# 붉은 전쟁 3

# 붉은 전쟁 3

초판 1쇄 인쇄  2018년 8월 20일
초판 1쇄 발행  2018년 8월 25일

지은이 | 구양근
펴낸이 | 배진한
디자인 | 류요한
펴낸곳 | 도서출판 온북스

등록번호 | 제 312-2003-000042호
등록일 | 2003년 8월 14일
주소 | 경기도 하남시 위례중앙로 215
전화 | 02-2263-0360
팩스 | 02-2274-4602

ISBN 978-89-92364-99-7  04810
      978-89-92364-96-6  04810 (세트)

잘못 만들어진 책은 교환해 드립니다.
이 출판물은 저작권법에 의하여 보호받는 저작물이므로
무단 전재와 무단 복제를 할 수 없습니다.

구양근 장편소설

| 펑더화이의 6·25

온북스
ONBOOKS

| 목차 |

## 3권

12 한반도를 찢어라     6

13 북·미의 기싸움     66

14 중공군의 땅굴만리와 파르티잔     110

15 아아, 상감령 전투     162

16 휴전 전야     202

17 전쟁과 평화     252

## 1권

1 이년당 회의     10
2 절치부심     56
3 조선의용군의 입북     100
4 몸부림치는 백범     152
5 6·25 술래잡기     224

## 2권

6 압록강을 건너는 펑더화이     6
7 먹구름 속 천둥소리     58
8 고래싸움은 계속되고     110
9 청천강전투, 장진호전투     150
10 미군을 37도선 밖으로 몰아라     210
11 반격, 재반격     260

# 12
# 한반도를 찢어라

# 1

유엔군의 처음의 공세는 비교적 순조롭게 진행되었으나 4월 22일(제5차 전역. 51.4.22-6.10)부터는 도처에서 중국 인민지원군의 강력한 저항을 받아 전진이 멈추었다. 리지웨이는 알아차렸다. 이것은 다시 중국이 새로운 대공세 준비를 완료하였다는 신호라는 것을.

제4차 공세 이후 두 달이 경과하는 동안 중국지원군의 특이동향이 없었는데 다시 공세를 취한 것은 상황이 바뀌었다는 의미인 것이다. 이에 리지웨이는 각 부대에 명령하여 "공세를 중지하고 적의 역공에 대비하여 방어체재로 전환하라."라고 하달하였다. 이로써 유엔군은 철의 삼각지대를 눈앞에 두고 일단 공격을 멈추었다. 철의 삼각지대는 강원도의 철원군, 김화군을 저변으로 하고 평강군을 정점으로 잇는 철원, 김화, 평강의 삼각형을 이루는 지역으로 중국지원군과 이북 인민군이 나진, 성진, 원산항에 양륙(揚陸)된 군수물자와 각지에서 동원된 병력을 이 지역에 집결시킨 후 전선에 최대 병력을 투입한 곳이다. 이곳은 신고산-평강으로 이어지는 추가령 지구를 통과하는 곳으로, 서울을 비롯해 여러 지역으로 연결되는 교통의 중심지로 중부전선의 심장부에 해당한다. 남북이 가장 치열한 쟁탈전이 벌어진 곳으로, 전쟁 후에는 결국 남북이 이 지역을 양분하게 된다. 미 8군 사령관 밴 플리트(51년 4월 14일 부임) 중장이 "적이 전선을 사수하려는 철의 삼각지(Iron Triangle)를 무너뜨려야 한다."는 말에서 유래한다.

그런데 미국과 중국은 한국과 이해관계가 달랐다. 실은 한반도의 완전한 통일을 바란 것은 김일성과 이승만과 맥아더뿐이었다. 이승만은 맥아더를 잡고 매달리는 판국이었다.

"장군! 우리 코리아를 통일시켜 주시는 거지요?"

"물론이지요. 마음 푹 놓으시라니까요. 세 불리하면 중공군의 근원지(만주)까지 쑥대밭을 만들어버릴 겁니다."

"나는 장군만 믿습니다. 꼭 통일시켜 주셔야 해요. 알았지요?"

그러나 이제 통일은 거의 불가능하다는 것을 안목이 있는 사람이라면 짐작하고도 남음이 있었다. 트루먼도 마오쩌둥도 상황이 통일로 가지 않는다는 것을 알았고 심지어 스탈린마저도 통일은 원하고 있지 않았다. 소련이 비록 MIG-15 같은 최신병기를 제공하고 있지만, 그것은 미그회랑(MIG Alley)이라 불리던 한·만국경에서 작전을 펼칠 수 있었지, 막상 가장 중요한 38선 일대는 공중지원을 할 수 없었다. 야포나 전차도 지원은 하고 있지만 그다지 충분한 양을 지원하고 있는 것은 아니었다. 그 원인은, 중국이 한국전쟁에서 완승을 하여 아시아의 패권을 장악하는 사태를 소련이 원하고 있지 않았기 때문이다. 즉 소련은 중국이건 미국이건 어느 한쪽이 완승을 하는 것을 원치 않고 있었다. 소련은 국력 면에서 현실적으로도 더 이상 개입이 불가능하였다. 불과 6년 전에 끝난 세계 제2차 대전에서 소련은 5천만 명 이상의 인명피해를 입었고 국토의 대부분이 황폐화되어 이제는 국가재건에 매진하여야 할 처지였다. 무엇보다도 소련은 미국과 직접 부딪치고 싶지 않았고 미국 역시 소련과는 충돌을 극히 꺼리고 있었다.

이번 조선의 제5차 전역은 지난 제2차 중국 국공내전의 화이하이 전역(淮海戰役) 때보다 10만 명이나 웃도는 병력이 출동한다. 화이하이 전역은 48년 11월 6일부터 49년 1월 10일까지 65일 동안 마오쩌둥의 공산군 60만 명이 미국의 지원을 받은 장제스의 국민당군 80만 명을 상대로 싸워 55만 5천 명을 살상하여 대승을 거둔 너무나 유명한 전투이다.

 이번 미군의 북진은 1.3km 전진하는데 평균 900명의 희생자를 내는 대가를 치르며 진행하고 있었다. 펑더화이의 사정은 국내로부터 병력 보충이 있으면서부터 상당히 호전되었다. 드디어 제3병단과 제19병단의 6개 군의 병력이 조선에 도착함으로써, 원래 참전하고 있는 9개 군과 포병, 철도병, 후근부대, 기술병 등과 조선인민군 8만 명을 합쳐 조선 내 총병력은 벌써 거의 70만 명에 달하고 있었다. 그 진용을 보면, 중앙돌격집단의 신예부대 제3병단은 군신(軍神)이라고 칭하던 리우뽀청(劉伯承)으로부터 훈련을 받은 용맹스럽기로 소문난 정예부대로서, 병단의 통솔자는 오호상장(五虎上將. 삼국지의 관우, 장비 등 다섯 호걸)이라는 왕진산(王近山)이었는데 그의 별명은 왕펑즈(王瘋子. 왕 미치광이)였다. 그는 공산당군 안에서 하늘도 땅도 무서워할 줄 모르는 용맹한 장수로 알려져 있었다. 그는 호언장담하였다.

 "미군이 얼마나 되건 무슨 상관인가? 이승만 괴뢰군까지 합쳐서 덤벼도 우리 1개 병단을 당해내지 못할 걸. 아무리 세도 화이하이 전역의 상대보다야 약하겠지. 나는 미 괴뢰군을 반드시 바다에 쓸어 넣어 버리고 말 거야. 조선처럼 이렇게 작은 나라쯤이야 38선에서 오줌을 갈기면 부산까지 뻗치겠던데 뭐."

이 '미치광이(?)' 휘하에는 제12, 15, 60군이 소속되어 있었는데 그 안에는 포병 2개 연대와 전문 대전차포 1개 연대가 딸려 있었다. 그들은 정면의 미 제3사단과 터키군 3개 여단 병력을 도살한 다음 종심(縱深)으로 돌격해 들어가기로 하였다.

좌익돌격집단은 제9병단이었다. 휘하에는 제20, 26, 27, 39, 40군이 소속되어 있고 6개의 포병대대와 1개의 대전차포 연대가 딸려 있다. 이 병단의 통솔자는 역시 오호상장의 숭스룬(宋時輪)이다. 그는 황포의 군인으로 공산당 백전백승의 명장 수위(粟裕) 밑에서 단련된 장수이고 전에 장진호 전투에서 대승을 거둔 명장이다. 그의 제20, 26, 27군이 미 해병 제1사단을 포위 섬멸하던 중 근골을 다쳐 5개월 동안이나 치료를 받은 연후에, 이제 다시 천하를 호령하는 장수로 돌아온 것이다. 이번 전쟁에 참여할 다른 제39, 40군도 어깨를 나란히 하고 있는데 미 제24사단과 한국군 제6사단에 대하여 단단히 복수해 주려고 벼르고 있었고, 미 해병 1사단을 반드시 찾아내어 보복하려고 벼르고 있었다.

우익 돌격집단은 제19병단으로서, 통솔자는 역시 오호상장의 양더즈(楊得志)인데 대단히 용맹한 자이다. 예하에는 제63, 64, 65군이 소속되어 있고 포병 1개 연대가 딸려 있다. 이번의 전투에서 덕현리에서 무등리에 이르는 31km 지구에서 임진강 방어선을 돌파하고 강을 건너 영국군 제25여단에 복수해 줄 참이다. 그런 연후에 종심으로 돌진하여 미 제25사단을 찾아 섬멸할 참이다.

여기에 비하여 5차 전역에 참여하는 유엔군의 지상부대는 다음과 같다. 미 8군이 관할하는 제1, 9, 10군단이 있는데 거기에는 기병 제1사단, 제2, 3, 7, 24, 25사단의 6개 사단과 미 해병 제1사단이 있고 제187공수연대가 있어서 합계 약 15만 명이다. 거기에 한국군 2개 군 7개 사단의 약 7만 명, 영국 보병 2개 여단(제27, 29여단) 약 1만 5천 명, 캐나다 보병 1개 여단(제25여단) 약 7천 명, 터키 보병 1개 여단(제5여단) 약 7천 명이 포함되어 있다. 기타 국가로 뉴질랜드 포병 1개 연대, 태국 보병 1개 연대, 오스트레일리아 보병 1개 대대, 필리핀 보병 1개 대대, 불란서 보병 1개 대대, 네덜란드 보병 1개 대대, 그리스 보병 1개 대대인데 이들 기타 군을 합치면 약 1만 명이다. 그 때문에 5차 전역에 참여하는 유엔군 전선의 총병력은 약 26만 명이다. 이외 한국군 3개 사단이 후방에 있었다. 합산하여 보면 중국 군대와 유엔군은 이번 제5차 전역에서 병력 대비 2.5대 1이다. 일단 병력 면에서 중국이 우위를 점하고 있었다.

제5차 전역을 위한 작전회의는 51년 4월 6일 김화 동북쪽의 상감령(上甘嶺)에서 열렸다. 이 회의에서 펑더화이의 의견은 부사령관 훙쉐즈, 덩화와 달랐다. 훙쉐즈, 덩화는 적을 북으로 깊숙이 끌어들여 완전 포위하고 퇴로를 끊은 다음 섬멸하자는 것이었다. 그럼으로써 그동안에 중국지원군은 충분한 준비를 갖출 수 있는 시간을 벌 수 있다는 것이었다. 또한 지금 급히 싸우면 갓 조선에 들어온 제3병단과 제19병단이 피로가 누적되어 있고 지리에 서툴며 도망가는 기계화 부대의 미군을 도보로 쫓아야 하므로 놓칠 가능성이 크다는 것이었다. 그러나 펑더화이는 미군에게 충분한 시간을 주면 가장 두려운 것이 그들의 상륙작전이었다. 만약 그들이 상륙작전을 하면 지원군의 측후면이 크게 위협을 받을 것을 염려하고 있었다. 이러한 사정의 전보를 받은 저우언라이는 훙쉐즈, 덩화의 의견에 동조하였으나 마오쩌둥은 오히려 펑더화이의 의견에 동조하였다. 그런데 이번 펑더화이와 마오쩌둥의 걱정은 실은 기우에 불과했다. 미군에게는 조선반도의 동서에서 상륙작전을 벌일 여력이 없었던 것이다. 하여튼 작전계획은 펑더화이의 의지대로 짜여졌다.

3개 병단의 합계 12개 군(북한인민군 1개 군단 포함)은 먼저 한강 서쪽의 적을 목표로 한다. 제3병단을 중앙돌격집단으로 삼아 정면에서 돌격하고, 제9병단과 제19병단을 좌우돌격집단으로 삼아 양쪽 날개에서 우회(迂廻) 작전을 쓴다. 맨 먼저 분할 섬멸할 부대는 한국군 제1사단과 영국군 제29여단, 미 제3사단 그리고 터키여단과 한국군 제5사단의 5개 사단 및 여단이다. 그런 연후에 다시 병력을 집중하여 미 제24사단과 25사단을 섬멸한다. 조선인민군은 적극적으로 견제 역할을 맡다가 기회가 오면 적 섬멸전에 참여한다는 것이었다.

리지웨이가 8군 사령관에서 맥아더의 극동사령관 자리를 차지한 이후, 8군 사령관은 밴 플리트가 승계하게 되는데, 밴 플리트는 2차 대전의 노르망디 상륙작전 때 미 제29사단의 일개 연대장에 불과했다. 제29사단이 오마하 해안(Omaha Beach)에서 작전이 순조롭지 못해 5일 동안이나 헤매며 독일군에 의해 막대한 살상을 당하고 있었다. 이 부대의 상륙작전이 완전히 실패로 끝나가려 할 즈음 전선을 시찰하던 아이젠하워와 브래들리는 당시의 29사단 사단장을 파면하고 밴 플리트 연대장을 사단장 대리로 교체함으로 전 사단은 소생하여 돌격에 성공하게 된다. 밴 플리트는 실은 아이젠하워, 브래들리 장군과 웨스트포인트 동기생이었다. 그런데 운 나쁘게 미국 국내에서 알코올 중독자로 악명이 높은 자와 이름이 같았기 때문에 알코올 중독자로 오인당해 진급 대상자 명단에서 누락되었던 것이다. 그 뒤로 그는 그리스에 파견되어 대 공산 게릴라 작전을 성공적으로 치렀다. 그리스 왕실과 미 국무장관 마셜의 전폭적인 지지 아래 자신의 경험을 모두 쏟아부어 효과적으로 그리스 내전을 종식시키면서 능력을 인정받게 된 것이다.

그가 8군 사령관에 부임한 직후 한국군 최악의 흑역사 현리 전투가 발생했고, 그 사건으로 인하여 한국군 제3군단은 밴 플리트에 의해 해체당한다. 밴 플리트는 중국지원군에 의하여 여지없이 무너지는 국군을 불신했으며, 국군에게 무기를 더 지원해 달라는 이승만의 요청에도 부정적인 입장이었다. 그 대신 그는 국군의 문제점을 "우수한 장교 인력 및 사단급 이상의 대규모 군사훈련의 부족"으로 보고 51년 10월에는 경상도 진해에 육군사관학교 건물을 신축하여 국군의 정예화를 꾀하였다. 밴 플리트는 국군의 제1군단을 제외한 모든 군단사령부를 해체하고 작전 지휘권을 미군 장성들에게만 부여하는 특단의 조치를 단행한다. 동시에 육군본부를 지휘선상에서 제외하여 이 시점부터 그나마 모든 한국군의 작전지휘권마저 몰수한다.

밴 플리트는 마오쩌둥과 마찬가지로 그의 아들 지미 밴 플리트(Jimmy Van Fleet)가 공군 중위로 한국전에서 희생된다. 그의 아들은 그리스에서 군 복무를 막 마친 상태였기 때문에 한국전에 참전할 의무가 없었음에도 불구하고 아버지가 사령관으로 싸우고 있는 한반도 출격을 자원했던 것이다. 52년 4월 4일 새벽 1시 5분, 그는 압록강 남쪽 평북 순천지역을 공습하기 위해 출격했다가 2시간 후 김포비행단 레이더와의 접속을 마지막으로 연락이 두절된다.

미군은 51년 4월 19일, 제24사단과 제25사단이 철원 부근까지 밀고 올라왔다. 이 두 부대는 전선에서 돌출부를 이루었고 그것은 중국지원군의 공격 목표로 더할 수 없이 좋았다. 그들은 21일에 벌써 개성, 고량포, 양구, 간성 선까지 치고 올라왔다.

미 제1군단의 제3사단, 제25사단, 한국군 제1사단은 문산에서 고남산과 그 동쪽 지역에 있었다. 국군 제1사단 학도병연대와 전초부대는 개성, 석주리 일대에서 이동하고 있었다.

군단지휘소와 예비대인 미 제3사단 15연대는 의정부에 있었다. 미 제9군단의 제24사단, 미 해병 제1사단, 국군 제6사단은 지포리-대리 선에 있었다. 영국군 제27여단은 예비대로 가평 일대에 위치하고 있었고 군단지휘소는 청평천에 자리 잡고 있었다. 미 제10군단의 제7사단, 제2사단, 국군 제5사단과 네덜란드 대대, 불란서 대대는 구만-원통리 선에 있었다. 군단지휘소는 신악에 자리 잡고 있었다.

국군 제3군단의 제3사단은 원통리-한계리를 잇는 선에 있었으며 제7사단은 현리 일대에서 예비대로 있었다. 한국군단 지휘소는 하진부리에 있었다. 국군 제1군단의 수도사단, 제11사단은 한계령과 간성 선에서 방어태세를 갖추고 있었고, 국군 제9사단은 강릉에서 예비대로 남아 있었다. 한국군 지휘소는 제장가동에 자리 잡고 있었다. 미 기병 제1사단과 미 공수 제187연대 그리고 국군 제2사단은 미 8군 예비대로 각각 춘천, 수원, 원주 등지에 자리 잡고 있었다.

4월 22일(제5차 전역 시작) 저녁, "우르르 쿵쾅!"하는 소리와 함께 폭 200km에 달하는 정면의 전선에 인민지원군의 대규모 반격의 포성이 울렸다. 어둠이 깔리자 인민지원군은 전 전선에서 강력한 포격을 개시하였고, 밤이 깊어지면서 하늘에는 둥근 보름달이 두둥실 떠올랐다. 야간전투를 해야 하는 인민지원군은 매번 대규모의 진공 때면 둥근 달밤을 선택하여야 했다. 이번 전역은, 전역 전의 포화의 준비도 그렇거니와 포화의 수량도 일찍이 경험할 수 없었던 다량의 군 장비가 준비되었다.

그런데 진격이 시작됐는데 참모가 어떤 부대에서 온 전문을 펑더화이에게 보고한다. "우리는 지금 돌격 개시 지점으로 이동 중에 있습니다. 왜 이렇게 빨리 돌격 명령을 내리십니까. 돌격 시간을 늦춰줄 수 없습니까?"하는 내용이었다. 펑더화이는 "안 된다. 즉시 출격하라!" 소리를 질렀다. 하룻밤의 시간은 유한적인데 포병의 포격 준비는 완비되었지만, 보병이 아직 공격지점에 도착하지 않았다는 것이다. 이런 부대들은 도대체 어찌 된 일인가. 펑더화이의 얼굴은 새파랗게 질렸다. "돌격! 일체를 고려하지 말고 즉시 돌격하라!"라고 다시 소리쳤다. 처음부터 삐걱하는 소리가 들리고 있었다.

그러나 좌익의 인민지원군 제9병단은 신속하게 상대의 최전방을 돌파하고, 주력은 종심을 향하여 나아가며 전후하여 미 제24사단과 한국군 제6사단의 일부를 섬멸하였고, 23일에는 상대의 종심 30km까지 용감하게 돌진하였다.

중앙집단인 제3병단은 중국 국내에서 조선의 공격 진지까지 도착하는 데 10일밖에 걸리지 않았을 뿐만 아니라 상대의 종심을 향하여 돌격하며 유엔군의 동서 부대의 연계를 끊어놓았다.

우익의 제19병단은 임진강 서안의 상대를 제압한 후, 4월 23일에는 벌써 임진강을 도하하여 전방의 상대를 향하여 기세 좋게 공격하고 있었다.

2

 인민지원군의 갑작스러운 반격 앞에 밴 플리트 사령관의 반응은 침착했다. 부대들은 질서 있게 철수하되 어떤 일이 있어도 서울은 포기하지 말라는 것이었다. 그는 펑더화이와는 달리 서울을 잃는다는 것은 단순히 하나의 도시를 빼앗기는 것이 아니고 전체 전장에 큰 영향을 미친다고 생각하고 있었다. 밴 플리트는 공수부대 제187연대를 긴급히 영등포로 이동하여 대기시키고, 예비대인 미 기병 제1사단 제5연대를 제9군단에 배속시켜 서울 방어를 강화하라 하였다. 동시에 유엔군에게 전 전선에서 캔자스 라인까지 철수하라 명령하였다.

미 제24사단은 즉시 중국지원군의 맹렬한 공격을 받았다. 국군 제6사단은 신속히 붕괴되었고 미 제9사단은 측익(側翼)이 뚫리므로 싸우면서 철수하고 있었지만, 부대는 이미 통제력을 잃고 있었다. 미 제25사단의 타격은 더 심각했다. 인민지원군의 돌격부대는 맹렬한 포화를 집중하고 있었으며 탱크부대까지 참여하고 있었다. 자정이 되자 그중 27연대는 버텨내지 못하고 지포리 방면으로 철퇴했고, 24연대도 한탄강 남안의 조직 방어진지까지 철수하였다. 인민지원군은 그들 제24연대가 철퇴하는 틈을 타서 터키여단을 포위하였다. 터키군은 결사적인 저항을 하며 하루 저녁에 그들 포병이 소유하고 있는 모든 탄약을 쏟아부으며 1개 대대를 선두로 퇴로를 개척, 전 여단이 단숨에 15km나 남으로 탈주하였다.

서울 방향을 엄호하는 유엔군의 철수 부대는 영국군 제27여단이었다. 영 27여단은 다시 유엔군의 선봉 전위부대를 맡았다. 그런데 인민지원군이 반격작전을 시작했는데도 영국군 29여단과는 아무런 충돌이 없었다. 그들은 하늘가가 붉게 물드는 포화를 보면서도 동서부 전선에서 들려오는 맹렬한 총성을 들으면서도 왜 자기들에게만 아무런 동정이 없는지 이해하지 못하고 있었다. 그런데 영 제29여단이 자기의 진지 주위에 어떤 동정이 있다는 것을 감지하였을 때는 이미 중공군에 의하여 삼면 포위되고 있었다. 그들의 가장 전면에 선 벨기에 대대가 먼저 타격을 받았다. 이들 벨기에 대대는 임진강 북안에 위치하고 있었는데 인민지원군의 제1파가 진격할 때 벌써 큰 혼란에 빠지고 있었다. 영 제29여단에서 1개 대대를 파견하여 그들의 도강을 도우려 하였으나 금방 스스로가 곤경에 처하고 말았다. 벨기에 대대는 홍수처럼 밀려오는 인민지원군에 의해 파도에 쓸리듯 밀리고 있었다. 놀라 허둥지둥 흩어진 벨기에 대대는 임진강에 뛰어들어 살길을 도모하였고, 다행히 탱크부대의 엄호하에 뭍에 올라왔으나 벌집을 쑤셔놓은 것처럼 남쪽을 향하여 전력 질주하여 망망한 흑암 속을 도주하고 있었다.

미 제3사단에 배속된 영국군 제29여단이 방어하고 있는 감악산 일대는 글로스터쉐어 연대 제1대대(1st Battalion of the Gloucestershire Regiment. 약하여 글로스터 대대)가 담당하였다. 4월 22일 밤 10시경, 임진강을 건넌 인민지원군 제63군단의 병력은 제1차 공격 후에 제1대대 최전선의 A중대를 포위하였다. 좌일선 중앙인 A중대가 진지를 사수하고 날이 밝았을 때 중대는 엥기어 소령을 포함한 지휘관 모두가 전사하고 장교 1명과 사병 53명만이 남아 235고지(나중에 글로스터 고지라 명명)로 철수하였다. 우측의 D중대도 12명의 중대원만 남아 역시 235고지로 철수하였다. 4월 23일 글로스터 대대는 재편성하고 부상병 40명을 후송하는 한편 F중대가 추가로 도착하려 하고 있었다. 그러나 F중대는 인민지원군이 설마리에서 신산로를 잇는 퇴로를 차단하고 강력한 장애물을 설치하는 바람에 길이 막혔다. 다음 날은 B, C중대가 역시 커다란 피해를 보았다. 특히 B중대는 완전히 포위된 상태에서 대대의 전 화력이 지원하는 가운데 겨우 20명이 탈출하는 데 성공하였으며, 2명이 여단으로 탈출하고 나머지 중대원은 전원이 사망하거나 포로가 되었다. 24일 밤이 되자 인민지원군은 물밀 듯이 파상공세에 들어갔다. 그러나 날이 밝자 인민지원군은 예상 밖으로 유엔군의 몇 배나 많은 시체로 산을 이루었고 낮에는 다시 썰물처럼 빠져나갔다.

이날 밤, B중대의 부스라는 하사는 신호용 나팔을 가지고 밤새 불어댔다. 인민지원군은 자신의 피리 소리를 제압하는 이 나팔을 빼앗으려고 7차례나 집요하게 공격을 가하였으나 부스 하사는 불사조처럼 나팔을 불어대면서 대대원들의 사기를 북돋아 주었고 후퇴할 때는 인민지원군이 사용하지 못하도록 수류탄으로 파괴하였다.

25일, 영 제29연대는 더 이상 전선을 지탱하지 못하고 덕정으로 철수 명령을 내렸다. 부로디(Tom Brodie) 영 제27여단장은 소울(Robert H. Soule) 미 제3사단장에게 보고하고, 글로스터 대대장 칸(James P. Carne) 중령에게 야간 철수를 명령하였다.

"10시 30분 이후 포병의 지원사격이 끊어진다. 귀 대대는 자력으로 포위망을 돌파하여 여단과 합류하라. 이것이 불가능하면 투항을 허락한다."

그러나 글로스터 대대는 아직도 글로스터 고지를 사수하고 연막을 이용하여 F-80 비행편대를 유도하여 인민지원군에게 네이팜탄을 퍼붓고 있었다. 4월 26일 06시 5분에야 칸 중령은 드디어 탈출 명령을 내린다.

이 파주 설마리 전투는 유엔군의 입장에서는 많은 의의를 지니고 있다. 인민지원군 제63군(사령관 푸충비〔傅崇碧〕)은 제5차 전역의 주공 집단으로서 서울을 신속히 탈취하도록 계획되었으나 1개 군 3개 사단이 글로스터 대대의 혈전으로 3일 동안이나 발이 묶여 체면이 말이 아니었다. 영 제29여단은 비록 전체 병력의 3분의 1의 손실을 보았으나, 1주일 정도만 공세를 지속할 수 있는 인민지원군이 임진강 언저리에서 3일간이나 지체함으로 제5차 전역에 큰 차질을 가져오게 만들었다.

인민지원군 제63군이 고전을 하고 있을 때 의정부를 뚫고 들어갈 임무를 맡은 64군도 진전속도가 무척 느렸다. 의정부는 정면에서 서울의 공격과 수비를 할 수 있는 곳이어서 펑더화이가 대단히 중시하던 곳이다. 그런데 제64군이 임진강을 건넌 후 미군의 탱크와 전투기의 폭격으로 더 이상 앞으로 전진할 수가 없었다. 이때 제19병단 군사령관 양더즈(楊得志)는 펑더화이 총사령관으로부터 한 통의 전문을 받는다. "그대들은 반드시 계속 돌파하라. 조직적 화력과 운동전(運動戰)을 결합하여 작전하되 의정부 및 그 남북 선을 향하여 돌진하라. 그렇지 않으면 적은 점차 반격하여 한강 남안으로 물러나 모처럼 이룬 도강 전국을 곤란하게 만들 수 있다."

인민지원군 제64군이 저지를 당하자 제19병단은 제2제대(梯隊)의 제65군을 파견하여 제64군을 증원(增援)하도록 하였다. 양더즈는 직접 제64군 사령관 정쓰위(曾思玉)에게 명령하여 어떤 대가를 치르더라도 신속히 돌파하여 종심을 뚫고 들어가 임무를 완성하라고 하였다. 그러나 격전을 거친 후에도 제64군은 다만 1개의 정찰대와 1개 대대가 돌파에 성공하였을 뿐이었다. 비록 후에 종심 120km까지 돌진하여 서울로 통하는 교통요지 도봉산을 점령하여 미군에게 위협을 안겨주었으나 인원이 너무 적어 유효한 작전을 할 수 없었다. 제64군은 주력이 반복하여 공격을 가하였으나 지지부진하고 별 진전이 없는데, 명령을 받고 증원에 나선 제2제대의 65군이 64군의 후면에 도착하였다. 이렇게 되자 인민지원군은 5개 사단 6만여 명이 임진강 남안의 좁은 강가에 집합하여 웅성대고 있는 꼴이 되고 말았다. 앞으로 돌격할 수 없고 후퇴하라는 명령은 없고 마침 대낮이었다. 이때 미군 전투기들이 벌떼처럼 날아와 아무런 방공능력이 없는 인민지원군에게 엄청난 공습을 가하였다. 인민지원군은 사방으로 흩어져 살길을 도모하였으나 임진강 남안에는 그들의 시체가 수북이 쌓이고 말았다. 이때 제64군과 제65군이 임진강 남안에서 사망한 숫자는 전체 병력의 20% 이상이었다.

인민지원군 돌격 전선의 좌익은 쑹스룬(宋時輪)이 이끄는 제9병단이다. 제9병단은 제2차 전역 때 동부전선에서 미 해병 제1사단과의 전투에서 막대한 손실을 보았는데, 병사들은 동상에 걸려 죽은 숫자가 전투에서 죽은 숫자보다 오히려 많았다. 그 때문에 그들은 동부전선에서 족히 5개월 동안이나 휴식과 정비를 거쳐 신병과 장비를 보충받아 이번 제5차 전역에 투입된 것이다. 이러한 제9병단의 정면 최전방에 국군 제6사단이 나타났다. 인민지원군의 반격전 첫날에 국군 제6사단은 계획대로 북진하고 있었고, 황혼 녘 5시경에 갑자기

인민지원군의 대규모 공격을 받게 된 것이다. 그들은 상징적으로 한 차례 저항을 한 후에 사단장 장도영의 지시 하에 'A선'까지 철수하였다. 소위 A선이란 곳은 뒤로 몇 km 떨어진 하나의 예정 방어선이었다. 그러나 그중 제2연대가 인민지원군에 의하여 양측에서 포위되고 연대지휘소가 포격을 당하자 전 연대가 뒤로 철수하였다. 국군 제19연대는 제2연대가 막혀서 전진하지 못하는 모습을 관망하고 있는 사이, 잠시 후에 자기들의 측면에 중공군이 공격해 오자 상황이 좋지 않음을 알고 급히 철수를 시작하였다. 그런데 철수하는 제19연대(연대장 임익순)를 향하여 인민지원군의 공세가 가해지자 부대를 정돈하여 반격할 틈도 없이 붕괴하고 말았다. 예비대로 있던 제7연대는 본래 A선에서 저격을 준비하고 주력의 후퇴를 엄호하는 임무를 맡고 있었으나, 그들은 예비대인 자기들이 곧 진지의 최전방이 된다는 것을 알게 되었다. 최전방의 운명이 어떻게 된다는 것을 감지한 제7연대는 싸워보지도 않고 뿔뿔이 도망쳤다.

　인민지원군 제9병단 제40군의 임무는 적진을 뚫고 들어가는 것이었다. 그중 제120사단이 한국군 제6사단에게 전면적인 공격을 퍼부은 뒤, 사단의 3개 연대가 동시에 뚫고 들어가 몰아붙이며 강타하였다. 그때 공격하던 제360연대는 도중에 한 장면을 목격하였다. 산 밑 한길에 1km나 되는 길이로 한 기계화부대의 대오가 남으로 철수하고 있었다. 연대장 쉬루이(徐銳)는 '먹잇감'을 본 이상 고려할 여지도 없이 즉시 부대에 공격명령을 내렸다. 알고 보니 한국군 제6사단의 포병대대가 남으로 철수하고 있었고, 마침 도중에 미 제24사단의 북쪽 지원 자주포대대와 마주치고 있었다. 한길은 한쪽은 절벽이었고 한쪽은 강을 접하고 있었다. 미군은 한국 병사들에게 다시 돌아서 최전선에 설 것을 주장하였고, 한국군은 미군에게 길을 양보하며 어서 지나가라고 하고 있었다. 두 편이 서로 다투고 있을 때 인민지원군이 들이닥쳤다.

인민지원군은 한길의 양쪽 끝을 틀어막고 손에는 경화기만 들고 이 부대를 향해 돌진하였다. 미군 병사들과 한국 병사들은 탱크의 엄호하에 서로 앞질러 도망가려 하고 있었으나 중국군의 맹렬한 포격, 총격을 받고 일단의 한길이 질펀한 불바다로 변하였다. 중국지원군은 화염 속에서 사방으로 도망가는 미군, 한국군을 추격하였고, 그들은 자동차 안에서 혹은 탱크 안에서 사살되거나 포로가 되었다. 날이 밝자, 쉬루이 연대장은 한길로 올라와 한 막의 놀랄만한 광경을 목격하게 된다. 무수한 탱크, 자동차, 자주포들이 한데 엉켜 불타고 있었으며 수많은 자동차가 탱크와 부딪쳐 네 바퀴가 하늘을 앙 쳐다보고 있었다. 한 대의 자주포는 한 대의 지프차를 덮쳤는데 지프차 안의 미군 병사는 벌써 납작하게 눌려있었다. 도처에 미국 병사와 한국 병사의 시체가 널려 있고 온통 한길에는 숨이 막힐 것 같은 역한 냄새가 진동하였다.

제120사단 358연대는 적진을 뚫고 들어가는 중에 미 해병 제1사단의 한 부대와 마주쳤다. 이보다 먼저, 제1중대 7분대의 한친중(韓勤忠)이란 병사는 헬리콥터 한 대가 산비탈에 멈춰 있는 것을 발견하는데 마침 몇 명의 미군 병사가 기내에서 나오고 있었다. 한친중은 즉시 7분대원을 이끌고 쳐들어가 헬리콥터에 기관총을 난사하고 수류탄을 투척하여 파괴하였다. 살아남은 미군 병사가 산 위로 도망갔고 7분대가 추격해 갔는데, 어찌 알았겠는가 거기가 바로 미 해병 제1사단 소속 부대의 진지였다. 한친중과 그의 병사들은 그들 병력의 다과를 불문하고 산상으로 돌격해 들어갔다. 미군 병사들은 이처럼 죽음도 불사하고 돌격해 들어오는 기세에 눌려 모두 진지를 버리고 도망쳤다.

제358연대는 359연대 2대대와 합동으로 판미동(板尾洞)에 위축되어 있는 미군을 포위하였다. 날이 밝자 몇십 대의 전투기 엄호를 받으며 미군들은 포위망을 돌파하기 시작하였다. 인민지원군은 전투기의 폭격과 포화에도 아랑곳하지 않고 돌격하였으나, 탱크에 대적할 무기가 없어서 미군의 포위망 돌파를 막지 못하고, 눈 뻔히 뜨고 도망가는 적을 보고 있어야 했다. 이런 사태는 각 전장에서 벌어지고 있었다. 적을 완전포위하고도 섬멸하지 못하고 놓치고 마는 경우가 허다하였는데 그것은 거의 중국군의 장비열세 때문이었다.

제118사단은 별 저항능력이 없는 국군 제6사단을 돌파하여 종심을 향하여 맹렬히 돌진하였다. 거기에는 처음으로 한국전에 참가한 사단 좌익돌격대의 354연대가 돌격대를 맡고 있었다. 그런데 그 중 제3대대가 너무나 맹렬히 상대의 저지를 분쇄하여 뚫고 들어가는 바람에 상대 후방 120km까지 깊숙이 들어가 버리고 말았다. 날이 밝았을 때 그들은 어느 목동리(沐洞里)라고 하는 마을에 도착해 있었는데, 그들 앞에 한국군은 그림자도 없었고 캐나다 군대가 앞을 가로막고 있었다. 후속부대와는 거리가 너무 많이 떨어져 있는 상태에서 제3대대는 순식간에 캐나다 25여단에 포위되고 말았다. 병력에도 큰 차가 난 데다가 탄약과 식량도 거의 바닥나 있었기 때문에 부대를 이끄는 연대참모장 리우위주(劉玉珠)와 제3대대장 리더장(李德章)은 극도로 긴장하였다. 캐나다군은 비행기와 탱크의 지원 하에 이 지혜 없는 고립된 군대에게 광적인 공격을 퍼부었다. 그들의 탱크부대가 방어하는 인민지원군 병사들을 향해 돌진하여 왔고 분산하여 저항하는 중국 병사들은 작은 산에서 포위되고 말았다. 그러나 일부 중국 병사들은 캐나다 병사와 육박전을 벌였고 중화기중대의 소형 로켓 발사기로 상대의 탱크를 몇 대 부수고 돌진하자 드디어 그들은 도주하기 시작하였다. 그때는 중국 병사들의 탄약이 모두 소진된 상태였다.

4월 23일에 좌익 병단의 각 군은 이미 상대의 종심 15-20km까지 진격해 있었다. 인민지원군은 좌우익에서 동시에 돌격하고, 중앙돌격집단인 제3병단도 화천 방면으로 돌격해 들어갔다. 그러나 연천 이북에서 미 제3사단과 터키여단의 완강한 저항을 받아 진전속도를 낼 수 없었다. 23일에 겨우 연천지구에 도착하여 수평, 초성리 방향으로 전진하였다.

4월 25일은 제5차 전역을 시작한 지 4일째 되는 날로서 인민지원군은 연속하여 삼일 밤낮을 싸웠다. 가평 방향으로 전역의 돌파구를 터서 미군의 양 날개에 위협을 주긴 하였지만, 전역의 기본 전황은 별 진전이 없고 상대의 살상도 많지 않았다. 유엔군은 점차 금병산, 죽엽산, 현리, 춘천의 2선 진지로 철퇴하여 계속 저지전을 벌였다.

밴 플리트는 리지웨이의 전술을 철저히 준수하여 하룻밤에 최대 30km만 철수하였으니, 인민지원군이 하룻밤에 진격하는 최대 거리가 30km라고 계산하였기 때문이다. 그들은 30km를 철퇴한 이후에 정지하였고, 그런 연후에는 낮에 방어전에 들어갔으며 자기들의 최대의 화력으로 인민지원군을 최대한으로 살상하였다. 날이 어두워지면 다시 상황을 보아 일단 후퇴하였다. 이때쯤 밴 플리트는 알고 있었다. 인민지원군의 공격작전 지속시간은 한계가 있다는 것을.

4월 26일, 인민지원군은 계속하여 유엔군의 종심을 향하여 진격하였고 그 날로 금병산, 현리, 가평 등 그들의 제2선 진지까지 점령하였다.

4월 28일은 우익 제19병단이 국사봉, 오금리(梧琴里), 백운대 지구를 점령했다. 이때 이북인민군 제1군단은 오금리에서 한국군 제1사단의 1개 대대에 타격을 주어 인민지원군을 도왔다. 중로의 제3병단은 자일리, 부평리 지구로 진격하였고, 좌익의 제9병단은 진벌리, 축령산, 청평리, 가평, 춘천 지구로 진격했다.

이날 미군 주력은 서울을 사수하고 북한강, 소양강 이남으로 철수하여 조직방어를 펴고 있었다. 미 기병 제1사단은 명령을 받고 전 사단이 서울에 도착하여, 서울 주위에 밀집 화망을 펴고 있었다. 화망은 대포와 비행기로 이루어졌는데, 인민지원군이 공격을 시작하자 포병은 중대마다 3천 발의 포탄을 발사하였고, 공군은 28일 하루에만도 서울 격전지에 39차례나 출격하여 맹폭을 가하였다. 이러한 화력의 장벽은 태평양 전사에서도 일찍이 유례를 찾아볼 수 없는 것이었다. 그런데 이때 인민지원군은 서울을 완전히 점령할 계획은 아니었다. 실은 그때 벌써 최전선 부대의 탄약과 식량이 바닥나고 있었던 것이다.

4월 29일에 펑더화이 사령관은 전 전선에서 공격을 중지하라고 명령을 내린다. 이것으로서 제5차 전역 1단계는 51년 4월 22일에서 29일까지 만 7일간 계속되었다. 7일은 바로 1주일로서 리지웨이가 말하는 소위 '주일 공세'였던 것이다. 이제는 미군이 중국지원군의 전략을 들여다보고 있었다.

천시우롱 기자가 타전한 기사는 상해 대공보를 위시하여 세계사회주의 국가 신문에 보도되어 이번에도 '승리'라고 자축하였으나 알고 보면 결코 승리라고 인정할 수 없는 싸움이었다. 펑더화이는 천시우롱에게,

"시우롱! 이번 전역은 결코 성공한 전역이 아니에요. 왜 승리라는 기사를 내보냈지?"

"승리지요. 대대적인 승리는 아니지만 저는 승리라고 생각합니다."

"아니요. 그것은 시우롱이 잘못 본 거요. 이번 1단계 전역에

서 적을 2-3만 명 섬멸하기는 했지만, 우리의 손해도 막대하오. 우리의 많은 약점이 노출된 전역이었어요."

"그러나 대패는 아니지 않습니까."

"대패는 아니지만, 종합적으로는 우리의 손해가 더 커요. 역사에서는 이번 전역은 우리의 패배라고 기록할 것이오. 다음부터는 정확한 보도를 하도록 해요."

"알겠습니다. 그러나 우리의 사기를 저하하는 기사는 신중히 내보내겠습니다. 어떤 일이 있어도 미 침략자들의 만행을 미화할 수는 없지요. 특히 신화사(新華社) 기자들이 대대적인 승리로 기사를 내보낸 것 같습니다. 지금 조선 전선에 신화사 기자만 20-30명은 상주하고 있습니다."

"사실 이상 더 좋은 것은 없어요."

펑더화이는 따뜻한 시선으로 천시우롱을 보았고 천시우롱은 사랑 가득한 눈으로 펑더화이를 쳐다보았다.

밴 플리트는 인민지원군의 공격이 끝나자 기자들에게 "이번은 중공군의 1차 실패한 진공이었다."라고 단정하여 말하였다.

인민지원군은 전선을 남쪽으로 50-80km까지 밀고 내려가, 유엔군이 38선을 넘어 차츰 북으로 올라오는 진공의 기세에 제동을 걸었다. 그러나 공격은 쉽지 않았고 우회작전도

번번이 저지당했다. 미군은 차차 저항하였고 질서 있게 후퇴하였으며 전 전선에 걸쳐 평행으로 남쪽으로 후퇴함으로써 전선의 어느 국부라도 쳐들어가기가 쉽지 않았다. 물론 이번 전역은 준비기간이 촉박했다는 데 관계가 있다. 특히 제3병단은 밤낮을 가리지 않고 조선 전선까지 와서 즉시 전장에 투입되었기 때문에 전투준비가 미비하였다. 인민지원군은 확실히 여러 차례 미군을 조직적으로 포위해 놓고도, 심지어는 1개 사단을 완전히 포위하고도 미군의 강력한 화력의 엄호하에 1개 사단, 1개 연대를 고스란히 놓쳐버리곤 하였다.

펑더화이에게 참모진이 한 통의 적정(敵情) 통보문을 가지고 왔다. "미군은 지원군이 공격을 정지할 때 이미 전선(全線)에서 반격의 기미가 있음."

이른바 리지웨이의 '자석전술'인 것이다. 바싹 달라붙어 인민지원군에게 준비할 시간의 여유를 주지 않겠다는 것이었다. 이쪽에서도 그들의 전법을 안 이상 앉아서 당할 수는 없는 일, 즉시 작전을 개시하여 리지웨이가 마음대로 반격하지 못하게 하여야 했다.

인민지원군이 진공을 시작할 때 리지웨이와 밴 플리트 두 사람의 관점은 아주 비슷했다. 방어선을 철저히 정돈하여 질서 있게 후퇴하되 적의 예봉은 피하며, '주일 공세'가 끝나기를 기다려 즉시 반격에 들어간다. 반격 시는 가능한 한 적을 다량 살상한다는 것이었다.

  제1단계에서 인민지원군의 돌격 방향은 서부전선 위주였다. 그 때문에 지금 전선의 형태는 서남방에서 동북 방향으로 기울어져 있는 형태여서 동부전선을 방어하는 국군 제3, 5, 9사단의 3개 사단의 옆 날개가 드러나 있는 형국이었다. 리지웨이가 "서울은 절대 포기하지 마라."고 명령하였기 때문에 미군 주력은 서울 주위에 집중되어 서울 사수의 태세를 갖추고 있었다. 그들을 맡았던 인민지원군 제19병단은 공격을 하다가 아직 후퇴하지 않고 여전히 서울의 최전선에서 미군에 압력을 가하고 있었다. 만약 19병단 주력이 신속하게 동쪽으로 이동하면, 한국 군대의 측면이 드러나 있고 미군은 빨리 서울을 빠져나오려 하지 않는 기회를 틈타 허약한 한국 군대 몇 개 사단에 큰 타격을 줄 수 있을 것 같았다. 인민지원군의 주력이 동쪽으로 이동하는 것을 들키지 않기 위하여 펑더화이는 제19병단과 이북 인민군 제1군단에게 전문을 보냈다.

  "서부전선의 미군, 영국군, 터키군의 8개 사단이 서울 주위 및 한강 남안에 집결하여 있으며, 우리에게 서울 공략을 유인하여 살상을 가하려 계획하고 있다. 적을 미혹하기 위하여 인민지원군 제1군단은 서울 하류 한강 북안에서 강을 건널 것처럼 양동작전을 펼치고 소부대는 당면의 적을 습격하여 교란시키기 바란다. 제19병단은 서울 동쪽 한강 상류에서 동시에 도강할 것처럼 양동작전을 펼치라. 제39군 주력은 소양강을 건너 춘천, 홍천 간에 진입하여 아군 제3병단이 다음 달 초에 동부전선으로 출격하는 것을 엄호하여 한국군 제3사단을 소멸하라. 이 전문은 비밀을 엄수하고 하달하지 말 것이며 열람 후 소각하라."

이때, 리지웨이는 "중국지원군 주력이 다시 집결하고 있다."는 정보를 입수한다. 그는 '자력전술'을 견지함과 동시에 소부대는 계속하여 적극 반격하라 하였다. 리지웨이는 인민지원군의 다음 단계의 주공격 방향은 중부전선이라고 판단하고, 미 제7사단을 추곡리, 용두리 지구로 이동하고 국군 제2사단은 화야산, 정배 지구로 이동하여 미 제9군단의 방어를 보강하게 하였다. 이처럼 비록 동부전선의 국군 3개 사단의 측후(側後) 면에 힘을 보강하였지만, 그 옆 날개는 여전히 노출되어 있었다.

5월 6일 저녁, 인민지원군의 제5차 전역 제2단계의 작전명령이 하달되었다. 제2단계 작전명령의 주요 내용은 다음과 같다. 인민지원군 제9병단과 조선인민군 제3, 제5군단은 먼저 힘을 집중하여 현리(縣里. 강원도 인제군 기린면) 지구의 한국군 제3, 5, 9사단을 섬멸하고, 연후에 기회를 보아 한국군 수도사단과 제11사단을 섬멸한다. 중로의 인민지원군 제3군단은 미군과 한국군의 연계를 끊고 동쪽 지원부대인 미 제10군단을 저지 공격한다. 서로의 제19병단은 당면한 적을 견제하되 동부전선과 협조하에 작전한다. 각 부대는 5월 10일 이전에 충분한 탄약과 식량을 휴대하여야 하며 9일 혹은 10일 야간에 공격준비 위치까지 이동하여 14일 여명 전에 집결 완료한다.

  미군이 아직 눈치채지 못한 상황에서, 5월 9일부터 인민지원군 동쪽 이동부대는 고산 협곡을 가로지르고 산간 소로의 관목 숲을 지나 15일 이전에 전역 발동 위치(춘천과 난전 사이의 북한강, 소양강 양안 지구)에 도착하였다.

3

　드디어 5월 16일 오후 6시 해 질 무렵, 제5차 전역의 제2단계 공세가 시작된다. 인민지원군 돌격부대는 공격명령에 따라 신속하게 그들의 방어선을 돌파하기 시작하였다.
　주력부대가 동으로 이동하기 위하여, 서울 방향으로 향하던 제19병단은 서울을 강공하려는 형세를 취하였다. 조선인민군도 최대의 양동작전을 벌여, 6천 병사를 동원하여 한강을 건너려 하자 미군은 초긴장을 하였다. 최전선에는 인민지원군 제64군단의 소부대가 부단히 미군과 소규모 전투를 벌였다. 그 사이에 제3병단과 제9병단은 16일 하룻밤 사이에 방어선을 돌파해 동부전선으로 깊숙이 파고들었다. 그

중 인민지원군 제12군단과 제27군단 그리고 조선인민군 제5군단은 한국군 제3군단을 공격하면서 동시에 보급로인 오마치 고개를 점령했다. 한국군은 이미 여러 차례 후퇴한 경험이 있어서인지 마치 인민지원군의 공격을 기다렸다는 듯이 빠르게 후퇴하였다. 제3군단이 포위당하자 군단장 유재흥은 부단장을 대리로 지정한 후 군단을 버리고 비행기로 도주하였다. 변명은 작전회의에 참석하기 위하여 라고 했지만 그것은 거짓말이었다.

이 도주 행각으로 국군 제3군단은 지휘체제가 불가능한 와해상태에 빠졌으며 사단장을 위시하여 모든 지휘관들이 지휘를 포기하고 계급장도 떼어버리고 살기 위해 무분별한 도피행각을 벌렸다. 산야에는 탈진과 굶주림으로 사망한 국군의 시신이 백결 치게 널리게 되었다.

결국 현리에서 한국군 제3군단의 예하 제3사단과 제9사단 병력은 19,000여 명이 희생되었고 병력의 40%가량만 복귀하였으며 무기는 거의 다 빼앗기고 말았다. 이 현리 전투는 한국 역사상 임진왜란 당시의 칠천량 해전, 병자호란 당시의 쌍령 전투와 함께 최악의 3대 패전으로 꼽히게 되었다.

미군은 이처럼 무능한 군대는 근본적으로 존재할 가치가 없다고 여기고 국군 제3군단은 5월 26일부로 완전 해체해버리고 만다. 본토의 군대가 본토의 전투에서 패망하였다고, 지원 나온 외국군대가 자기들의 작전에 위협을 받았다는 이유로 본토의 군대를 해산한 예는 그 이유 여하를 막론하고 세계전쟁사상 희귀하고 기괴한 사건이 아닐 수 없다. 미군은 한 걸음 더 나아가서 한국군 제1군단을 제외한 모든 군사 사령부를 해체하고, 조그만 재량권마저 다 빼앗고 일체의 작전 지휘권을 미군 장성에게만 부여하였으며, 제1군단과 육군본부도 지휘선상에서 제외하고 미군사령부에서 직접 지휘를 하달하였다.

리더성(李德生)이 사단장으로 있는 제35사단은 가리산 주봉을 공략한 연후에 주간 작전까지 견지하며 예정지점으로 나아가 홍양도로(洪川-楊口)를 차단하는 임무를 완성하였다. 그러나 제35사단은 공격 중에 손실이 막대하였다. 부사단장 차이치롱(蔡啓榮), 작전과 부과장 리차오펑(李超峰), 제105연대 부연대장 자오체위안(趙切源) 등 지휘관들도 사망하였다.

홍천 북쪽 자은리(自隱里. 홍천군 두촌면)는 원래 한국군 제5사단의 방어진지인 줄 알았는데 상대를 접촉해보니 미 제2사단 23연대의 두 개 대대와 불란서 대대가 진을 치고 있었다. 인민지원군 제12군 군단장 정사오산(曾紹山)은 비록 적정에 변화가 있지만 적을 섬멸할 좋은 기회라 생각했다. 단 제35사단은 연속적인 공격으로 힘이 소진되어 있었기 때문에 오직 제34사단의 1개 사단 병력만으로는 자은리의 상대를 섬멸하기가 버거웠다. 그리하여 즉시 병단에 타전하여, 원래 계획을 바꾸어 제31사단을 함께 묶어 협력하여 미군 2개 대대와 불란서 대대를 섬멸하게 해달라고 건의하였다. 그러나 병단에서 온 회신은, 오직 제100연대의 1개 대대만 지원할 테니, 31사단은 계속하여 자기들의 임무를 완성하게 하라고 했다. 그러나 통신문제로 제100연대마저 제때에 명령을 받지 못하고 벌써 남쪽으로 이동해 버리고 없었다. 정사오산 군단장은 의연히 제34사단에서 2개 연대를 차출하고 제35사단 책임하에 적을 결단내기로 작정하였다. 2개 연대의 중국 병사는 강대한 화력을 가지고 있는 미군을 조금도 두려워하지 않고 용감하게 돌격하였다. 불란서 대대는 전에 지평리 전투에서 인민지원군과 혈전을 벌렸던 그 부대로서 지휘관 역시 그 절름발이 해외병단의 노병이었다. 전투는 6시간 동안 계속되었고, 중국 병사들은 미 제23연대와 불란서 대대에 대타격을 가하고 2백여 명을 포로로 잡고 자동차, 탱크 250량을 파괴하였다.

미 제2사단과 불란서 대대는 수차례 타격을 받은 후 남쪽으로 도주하기 시작하였다. 그들은 18일에서 20일 사이에 복영동과 한계 지구에서 또다시 중국 제60군 181사단의 포위 공격을 받았다. 그중 제542연대는 도로상에서 불란서 대대를 가로막고, 머리에 붉은 천을 감은 그들 불란서 군에게 맹렬한 공격을 퍼부어 다시 한번 엄중한 살상을 가하였다.

4월 21일까지 중·조 군대는 동부전선에서 보편적으로 남쪽으로 50~60km 밀고 내려갔고, 그중에서 제3병단이 돌파 후 가장 멀리 뚫고 내려갔다. 그중에서도 제12군은 이미 37도선까지 도착하였는데 제91연대 같은 경우는 남으로 150km까지 멀리 내려가 37도선 이남의 하진부리(강원도 평창군 진부면) 지구까지 도착해 있었다. 그러나 인민지원군은 이때 벌써 군량이 거의 떨어져 가고 있었다.

5월 21일 펑더화이는 이러한 자세한 애로사항을 허심탄회하게 마오쩌둥에게 보고하였다.

"이전의 각 전역에서는 5일분의 군량을 휴대하고 7일간 전투를 하였습니다. 그것은 당지에서 양식을 구하여 보충할 수 있었기 때문입니다. 지금은 7일간의 군량을 휴대하고 5일이나 6일밖에 전투할 수가 없습니다. 전투 중에 양식을 유실하면 당지에서 보충할 수가 없기 때문입니다. 지금 홍천의 적은 완강하게 버티고 물러나지 않고 있어서 우리 동부전선 부대들에게 군량을 보급해 줄 방법이 없습니다. 미 제3사단이 동쪽으로 이동하여 홍천과 강릉 간의 틈을 틀어막고 있습니다. 이번 5차 전역에서 서부전선 출격(4월 22-28일) 부대는 벌써 3만 명의 사상자를 냈고, 동부전선 출격(5월 16-21일)도 사상자 1만여 명이 나왔습니다. 1개월간 작전을 하였기 때문에 동서 양 전선의 부대는 피로를 느껴, 현재 약간 회복기를 두어 전투력을 재결집할 필요가 있습니다. 전투가 일단 시작되면 제1선까지 군량을 운수 하기란 여간 어렵습니다. 인력으로 직접 운수 하면서 약간은 개선할 수는 있었습니다만 우기가 닥치고 있어서 강이 넘치고 산사태가 나면 교통이 중단될까 심히 걱정됩니다. 이번 전역에서는 아직 미군의 편제를 무너뜨리지 못하고 있으며 적은 우리의 사상자를 과대 선전하며 북으로 밀고 올 가능성이 있습니다. 이러한 상황을 고려해 보건대, 우리 군이 계속 전진하여도 적을 소멸하기가 쉽지 않으며 헛되이 곤란만 증가시킬 수 있습니다. 차라리 일단 후퇴하여 주력군이 휴식과 정비를 함으로써 헛수고를 덜게 하느니만 못하겠습니다…."

이러한 전문을 마오 주석에게 발송함과 동시에 펑더화이는 각 부대에게 진공 중지를 명령하였다. 동시에 제65군은 의정부와 청평리 지구에서 적을 저지하고, 제60군은 가평과 춘천 지구에서 적을 저지하며, 제27군의 1개 사단은 춘천과 대동리 지구에서 적을 저지하여 공동으로 제19병단, 제3병단, 제9병단의 주력이 위천리, 연천 이북과 김화 지구, 화천 이북 지구로 이동하여 휴식과 정비를 취하도록 하였다.

펑더화이가 중국의 3개 병단에게 북으로 이동하라는 명령을 할 즈음 유엔군의 반격은 이미 부서가 정비되어, 거대한 검은 그림자가 중국지원군을 향하여 조용히 압박해 오고 있었다. 미군의 중부전선 저지전으로 말미암아 전선은 하나의 큰 돌출 형태를 이루어 인민지원군의 넓은 옆구리가 노출되게 되었다. 더구나 인민지원군의 '주일공세'는 강도가 마지막에 이르러, 지금이야말로 유엔군이 반격하기 가장 좋은 시기가 되어 인민지원군에게 대단한 것을 안겨줄 때가 된 것이다.

유엔군은 벌써 5월 19일, 인민지원군의 공세가 점점 약해지는 조짐이 보일 때, 리지웨이는 비행기로 제10군단에 날아와 벤 플리트, 알몬드 및 제9군단장 힉게이 소장과 함께 미군이 장차 취할 행동에 대하여 계획을 세웠다. 회의에서는 즉시 4개 군단 13개 사단의 병력을 집중하여 오토바이 부대, 탱크부대, 포병부대로 조직된 특수임무를 띤 기동부대가 공군과 장거리 포병의 지원하에 서울에 연해 있는 연천, 춘천에 이르는 도로와 화천, 홍천에 이르는 도로, 인제에 이르는 도로에서 다방면 쾌속반격을 실시하기로 한 것이다. 인민지원군은 큰 재난에 봉착하게 되었다.

예상되는 미군의 반격에 대하여 펑더화이는 따로 계획을 짰다. 인민지원군이 철퇴할 때 미군이 꼬리를 물고 추격하지 못하게 하기 위하여, 5월 21일 펑더화이는 지원군 3개 병단과 조선인민군 전선부대에게 전보를 보낸다. 각 병단이 철퇴할 때는 반드시 1개 사단이나 1개 군단의 병력을 남겨서 미군을 감시 및 저지하여, 후퇴하는 위치에서부터 착착 저지하는 방식으로 주력의 이동을 엄호하라는 것이었다. 각 병단에게 상세한 철퇴 노선을 규정한 이후에도 펑더화이는 마음이 놓이지 않아 다음 날 다시 급전을 보낸다.

"적의 이전 습관에 의하면 우리 군이 진공을 멈춘 후에 가끔 그 고도의 기계화 부대를 이용하여 우리에게 '자석전술'로 소모전을 벌여 우리를 피곤하게 만들었다. 우리 군이 북으로 이동하여 휴식과 정비를 할 때 적군은 우리의 후미를 따라올 가능성이 많다. 그러나 그것은 적의 진공 속도 여하와 우리 군의 기동방어 여하에 따라 달라진다. 이번 우리 군의 최후 저항선은 원래 제5차 전역 발동시의 진지선까지 이다."

미군의 이번 반격은 장시간 계획을 거친 정밀한 조직하에 진행된, 한국전쟁 발발 이후 미군이 벌인 최대 규모의 전선

(全線)에 걸친 반격이었다. 밴 플리트가 이번 반격작전에서 정한 최초의 목표는 캔자스 라인이었다. '캔자스 라인'은 일종의 '찢기 작전'으로 전에 달성해 본 적이 없는 목표였다. 임진강 하구에서 동으로 연천에 이르며, 이어서 38선의 영평, 화천, 양구, 대포리로 연결된 한줄기 방어선이다. 이 선은 한국의 동서가 가장 좁은 거리로 가장 방어가 쉬운 선이기도 하다. 38선에서 약 20km 북상한 지점을 잇고 있는데 실은 리지웨이가 일찍이 한국전선이 38선으로 고착될 것에 대비하여 임의로 캔자스 라인이란 것을 정하고 그곳을 방어거점 확보지역으로 설정한 바 있다. 이 선을 중국으로서는 절대 용인할 수 없는 선이었다. 캔자스 라인 위의 와이오밍 선은 미군이 승승장구하여 북진하더라도 그 이상은 올라가지 말라는 선이었다. 즉 그때 벌써 밴 플리트와 리지웨이는 한국을 통일하려는 것이 목적이 아니고 한국을 두 동강이 내는 것이 목적이었다.

이때쯤, 국군은 1개 군단만 남아 있었기 때문에 인민지원군은 일선에서 약한 국군을 보기가 드물고 간 곳마다 강력한 미군 정예부대와 맞서야만 했다.

5월 22일, 미군은 400km의 전선 상에서 일제히 반격작전을 개시하였다. 인민지원군은 이번 5차 전역은 병단급이 참전하였으므로 지원군 사령부가 직접 군을 지휘하지 않았다.

지원군사령부는 철수 명령만 내렸을 뿐 각 병단에서 자체적으로 구체적인 철수 계획을 짰다.

　서부전선에서 미 기병 제1사단은 하루 만에 의정부 선까지 밀고 왔다. 중부전선에서는 미 제9군단이 제7사단으로 우익을 삼고, 제24사단으로 좌익을 삼아 5월 24일에 가평까지 들어왔다.

　동부전선에서는 미군의 반격전이 시작된 이래로 매일 겨우 4-5km밖에 진격하지 못하자, 미 제10군단장 알몬드는 이런 속도로는 인민지원군을 사지로 몰아넣을 수 없다고 생각했다. 그리하여 미 제3사단에 명령하여 37도선 부근 하진부리의 인민지원군을 협공하라 명령하고, 동시에 공수 제187연대를 제2사단에 배속시켜 인민지원군의 측익이 넓게 드러나 있는 홍천에서 인제 도로에 연해있는 일직선을 따라 소양강을 향하여 돌격하도록 하였다. 미군의 선봉부대의 주력은 견고하게 전진함과 동시에 별도로 탱크 위주의 '특파돌격대'를 조직하여 전 전선에서 맹렬히 뚫고 들어가 인민지원군을 전선에서 갈라놓기 작전을 하였다.

　이번 미군이 발동한 반격작전 중에서 특이할 만한 특징은 각 부대가 '특파돌격대'를 조직하여 인민지원군의 진지 사이를 과감히 뚫고 들어가는 것이었다. 가장 유명한 것은 알몬드 장군이 직접 조직한 한 탱크돌격 지대(支隊)였다. 탱크 돌격지대의 돌격 방향은 인민지원군의 가장 민감한 허리 부분이었다. 여기서 만약 그들의 계획대로 돌격 당해 허리가 뚫린다면 인민지원군은 이전 전투에서 뚫고 들어갔던 가장 먼 곳의 병력 몇 만 명이 38선 이남에 분리되어 남게 되어 미군에 포위되게 되어 있었다.

5월 23일 새벽, 미군은 대규모의 병력으로 짜임새 있게 반격을 가해 왔다. 철수에 어려움을 겪은 곳은 주로 동부전선이었다. 서부전선의 제19병단은 그다지 깊숙이 진격하지 않았었다.

미 공수부대 제187연대의 2개 대대는 대량의 포병과 비행기의 지원하에 대낮에 인민지원군 제15군의 저격 진지를 돌파하여 한계 이북 8km 지점의 외후동을 탈취하여 그들의 탱크돌격지대가 출격하기 좋게 만들었다. 5월 24일 오전 9시 30분에 알몬드는 탱크돌격대에게 두 시간 내에 출격하라고 명령하였다. 이 돌격부대는 1개 연대 규모로서 공수 제187대대와 제712탱크대대 그리고 한 정보정찰분대로 이루어졌다.

소양강은 인민지원군이 제5차 전역 제2단계 춘계공세의 출발점인데 강 언덕에는 질펀하게 미군들의 보급품이며 장비들이 널려 있었다. 중국 병사들은 이런 물품들을 가져갈

수가 없자 불을 질렀고 강 언덕은 온통 연기로 휩싸였다. 이 틈을 타서 인민지원군은 소양강 북안을 따라 황급히 철수하였고, 그로부터 1시간 후에 미군 탱크돌격대가 도착하여 소양강 북안을 점령하였다. 동부전선의 37도선 부근의 인민지원군 제12, 27군 등 부대는 철수 시기를 놓쳐 펑더화이가 철수 명령을 내린 지 3일 만에 공격을 받았다. 중부전선의 제15, 60군의 우익도 이미 완전히 드러나 있었다. 바싹 따라오는 돌격대의 미 제10군은 맹렬히 북으로 파고들었다. 서부전선과 중부전선의 인민지원군에게 닥친 상황은 절박하였다.

　서부전선에서는, 국군 제1사단의 공격으로 말미암아 북한군 제1군단은 강산 선까지 철수하였고, 중국지원군 65사단의 오른쪽 측면이 드러났기 때문에 부득불 의정부, 청평리 선까지 철수하였다. 펑더화이는 방위선을 유지하기 위하여 제65군에게 어떤 일이 있어도 의정부 선에서 20일간은 미군을 저지하고 버티라고 명령하였다. 그러나 미군의 맹렬한 공격으로 5일도 버티지 못하고 제65군의 진지는 돌파되고 말았다. 이렇게 되자 인민지원군 제3병단과 제19병단 사이에 존재했던 빈틈이 완전히 드러나고, 미 기병 제1사단, 제25사단, 영 28여단, 캐나다 여단 그리고 국군 제2사단은 이 빈틈을 비집고 대대적으로 북으로 몰려왔다.

중부전선에서도 국군 제6사단과 미 제24사단이 이미 제영리, 성황당 지구로 돌진하여 가평 이동의 북한강 남안 도하지점을 장악하고, 미 제7사단과 해병 제1사단은 이미 춘천에 접근하여 인민지원군 제60군에 위협적인 존재가 되었다. 제60군의 180사단 같은 경우는 부상자가 8천여 명이나 되었는데, 철수하지 않고 원래 지점을 사수하고 있는 중에 양측에 미군이 에워쌈으로 완전히 고립되어 있었다. 제9병단의 제20군은 구만리 부근에 낙하산으로 투하한 미군과 맹렬한 전투를 벌이고 있었다. 제27군은 미군에 의해서 부평리 이남과 홍천-인제 간 도로 동서 양측의 도목동(桃木洞) 지구에서 격리됨으로써 소양강을 따라 미군을 저격하라는 임무를 수행할 수가 없었으며, 제9병단에 배속되었던 제20군도 미군에 의하여 격리되었다. 제5차 전역의 제2단계 전투 중 가장 멀리 파고들었던 모 연대는 삼거리 부근에서 고립되어 군사령부와 연락이 끊겼다. 이처럼, 인민지원군이 예정한 기동방어 전선이 아직 형성되기도 전에 미군에 의해서 서부전선의 가평과 동부전선의 인제에서 각각 격리되었으므로 첩첩 험지를 분산 철수할 수밖에 없었다. 1951년 5월 26일, 미군은 드디어 전선(全線)에서 38선을 넘어섰다.

미군이 38선을 넘기 사흘 전, 5월 23일은 인민지원군 제3

병단 제60군 180사단의 최액운의 날이었다. 이날 제180사단은 아직 남으로 진격 중에 있었고, 이 사단의 제538연대와 539연대는 북으로 진격해 오는 미 제7사단과 진지 쟁탈전을 벌이고 있었다. 한참 격전 중일 때 사단장 정치구이(鄭其貴)는 60군 사령관 웨이제(韋杰)로부터 한 통의 전문을 받는다. 내용인즉, 제180사단은 북한강 이남에서 병단 주력이 북으로 철수하는 것을 엄호하라는 것이었다. 그런데 180사단은 자신도 모르는 사이에 벌써 큰 위기에 직면하고 있었다. 이때 제60군의 좌우익이 뚫려 있었고 공교롭게 제3병단의 무선통신 차량이 파괴되어 군부와 병단 간의 연락이 두절되었다. 치명적인 사태는, 제180사단 우익의 179사단이 철수하면서 180사단에 연락도 하지 않은 것이었다. 지원군 제180사단만 단절되어 38선 이남에 남게 된 것이다. 제180사단은 매봉〔鷹峯〕밑에서 미 제7사단과 국군 제6사단에 포위되어 7일 동안이나 기아선상에서 탄약도 떨어지고 중장비도 모두 잃어버린 상태로 버티지 않으면 안 되었다. 제180사단 당위(黨委)는 마지막으로 각자 분산 탈출을 결의하기에 이른다. 이 와중에서 사망 및 행불자가 7,644명에 이르렀고, 포로로 잡힌 자가 근 7,000명에 달하여 한국전쟁사상 인민지원군의 총 포로 중 70%를 차지하게 되었다.

4

 1951년 5월 31일, 북을 향하여 진공 중이던 유엔군은 중부 전선에서 이미 연천, 화천 선까지 다다랐고, 그 진공의 여세는 조금도 수그러들지 않았다. 중국 군대의 제9병단, 제3병단은 계속하여 북으로 철수하였고 전선은 38선에서 점점 멀어졌다. 죽음과 기근, 패배의 어두운 그림자가 드리운 중국 군대는 끊일 줄 모르는 장맛비 속에서 북으로 이동만 하고 있었다. 우리는 어디까지 철퇴하여야 하는가. 설마 이렇게 끝까지 북으로 향해서 드디어 한국전쟁은 지는 전쟁이 되고 마는가. 병사들은 수많은 상념들이 머리를 스치고 지나갔다. 미군 기기화부대의 '승리에 찬 추격'은 놀라울 정도의 속도로 치고 올라오고 있었다.

펑더화이는 번뜩 머리를 스치는 것이 있었다. 맞다, 리지웨이의 목표는 '철의 삼각지'다. 북측의 가장 중요한 군사요충지 철의 삼각지를 점령하려 사력을 다하고 있는 것이 분명했다. 그들은 철의 삼각지를 점령하면 국제 여론몰이를 할 것이고 휴전협정을 서두를 것이다. 그곳은 38선 이북이기 때문에 그들은 거기를 점령하고 휴전을 한다면 최대의 성공을 거둔 것이다. 철원과 김화를 밑변으로 하고 평강을 북쪽 꼭대기 점을 이루는 이곳은 첩첩 산봉우리가 이어져 있고 몇 개의 고산이 서로 호응하는 형세로 우뚝우뚝 솟아 있다. 여기를 점령하면 탁 트인 곳에서 북쪽을 굽어볼 수 있기 때문에 미군이 북진의 목표로 삼는 최적의 돌격 지점이 될 수 있었다. 그 때문에 중국의 입장에서는 더 이상 물러설 수 없는 지점이기도 하였다. 군사적으로 보나 정치적으로 보나, 도리적으로나 심리적으로나 이곳은 중국 군대가 반드시 지켜 내야 하는 최후의 방위선이었다.

이 방향은 원래 제19병단의 방어지구였다. 제19병단의 양더즈(楊得志) 사령관이 펑더화이로부터 '철원을 사수하라'는 전보를 받았을 때, 병단 지휘부는 금방 이동하여서 아직 가쁜 숨도 가라앉지 않은 상태였다. 제64군은 아직 전선의 최 서쪽에 있으면서 북진해 오고 있는 미군과 뒤얽혀 있었고, 제65군은 많은 손실을 입어 상황이 더욱 나빴다. 제대로 임무를 수행할 수 있는 부대는 푸충비(傅崇碧)의 제63군뿐이었다.

그런데 제63군도 한 달 남짓 전투하면서 사상자가 심각하였고 탄약, 군량이 떨어져 장병들은 완전히 지쳐 있었다. 탱크는 말할 나위도 없고 박격포마저 겨우 200여 문뿐인데, 그마저 포탄 공급이 되지 않아 많은 대포가 오히려 부대의 부담이 되었다. 쓸 수 없는 대포에 배속된 포병은 보병으로 배속하였다. 사수하는 방어선의 정면은 25km나 되었고 밴 플리트가 지휘하는 미군은 미 기병 제1사단, 25사단, 영 제28여단, 29여단의 합계 4개 사단 및 여단이었으며 병력은 5만여 명이었다. 미군이 가지고 있는 화포는 1,600여 문이었고 탱크가 300여 량에 강력한 공군의 지원을 받고 있었으며 무엇보다도 고양된 그들의 사기가 대단하였다.

양더즈가 자기 직속부대 중에서 제63군의 푸충비에게 가장 필요한 고참병 500명을 뽑아 보냈을 때, 젊은 사령관은 전화기에 대고 감격적인 목소리로 소리쳤다.

"네! 우리는 최후의 1인까지 싸울 것입니다. 밴 플리트가 더 이상 반 발짝도 북상하지 못하게 만들겠습니다."

가장 전선에 있는 인민지원군 제189사단 같은 경우는 사흘을 버티고 싸우다 결국 후퇴할 수밖에 없었으며, 제188사단이 제189사단과 임무를 교대하였다. 미군은 죽음을 불사하고 윤번제로 공격해 들어왔고, 하루에도 수차례씩 중·미의 진지는 주인이 바뀌었고 인민지원군의 시체는 산더미처럼 쌓여갔다.

리지웨이는 중공군이 가공할만한 적인 것은 사실이지만 지구전에는 약하다는 것을 알아냈다. 밴 플리트는 아예 자기네 나라 주명을 따서 공격라인을 정해놓고 단계적으로 진공하였다. 후퇴를 해도 원래의 공격 지점을 넘어서지 못하도록 한 것이다. 미 제8군은 얼마 전, 아이다호 라인과 38선 바로 위쯤의 캔자스 라인까지 점령했다. 다음 목표라인은 유타 라인으로 캔자스 라인이 교두보가 된다. 마지막으로 와이오밍 라인을 점령하면 소위 철의 삼각지에 근접하게 된다. 4월 말 미군이 유타 라인까지 점령하고 와이오밍 라인의 공략을 준비하던 중 중국인민지원군의 공세가 시작된다. 미군은 캔자스 라인까지 후퇴해 방어전을 펴고 있었다. 그러나 인민지원군은 '주일공세'로 1주일간 공격을 하다가 역시 잠적해 버렸다. 2주일 뒤에 다시 공격을 시작하였으나 이때는 미군은 소위 밴 플리트 화공으로 상대하였다. 단 24시간 동안에 한 포병대대당 포탄 12,000여 발을 퍼부었다. 이 싸움에서 인민지원군 사상자는 3만 5천 명이나 발생한 데 반해 유엔군은 단 9백 명의 사상자를 냈을 뿐이었다.

6월에는 미군이 와이오밍 라인까지 올라가는데 중국지원군이 북으로부터 밀고 내려온 이래 가장 멀리 치고 올라간 것이었다. 드디어 '철의 삼각지대'의 공략이 시작되어, 10일 밤낮의 격전이 벌어진다. 결국 미군이 탱크를 앞세우고 철의 삼각지구 일부를 차지했을 때 리지웨이는 트루먼에게 지금이 휴전협상 카드를 다시 꺼낼 절호의 찬스라고 급전을 쳤다.

그런데 리지웨이가 한국 전쟁을 수행하며 가장 골칫거리는 바로 공산군에게 절대 건드릴 수 없는 성역이 있다는 점이었다. 그것은 미국이 확전을 피하기 위하여 중국과 소련의 영토는 공격하지 못하게 했는데 막상 공산군의 모든 전투력은 거기서 나오고 있다는 것이었다. 리지웨이와 밴 플리트는 현재 위치에서 자기의 임무를 다하는 것뿐이었다. 하여튼 51년 5월에 벌어진 중국인민지원군의 5차 공세 때 전선 사수 명령과 함께 그들이 택한 방식은 화력에 의한 압도적인 제압이었다. 중국군의 무지막지한 인해전술에 맞서 '밴 플리트 탄약량(Van Fleet Day of Fire)'이라는 전술을 창안해 낸 것이다. 이것은 밴 플리트 포격이라는 이름으로 알려졌는데 미 포병 탄약통제 보급률을 5배로 늘려 이른바 무제한 사격이 가능하게 만들었다. 이 '밴 플리트 탄약량'에 힘입어 미군은 자기들이 경유해야 하는 모든 지역을 초토화했다. 미군 조종사들이 공중에서 지상을 내려다보며 전투가 벌어졌던 지역은 "더 이상 어떤 생물도 존재하지 못할 것"이라고 할 정도였다. 한국 국민이 살고 말고는 자기들과는 무관한 일이었다.

미국은 손해날 것이 단 한 가지도 없었다. 한국에 쏟아부은 대가는 몇 배로 돌아오게 되어 있고 세계의 경찰국가로서의 위상은 더욱더 공고해지고 있기 때문이다. 중국도 국부군 불만세력들을 마음껏 소비하고 국경을 미 제국주의자들과 맞대지 않을 수 있으니 좋다. 소련도 적당히 미국에 힘을 발휘함으로써 감히 함부로 날뛰지 말라고 단단히 경고해 주며 역시 미국과 국경을 접하지 않으니 좋다. 이리 보나 저리 보나 손해만 있고 이익은 단 한 가지도 없는 것은 한국뿐이었다. 미·중·소는 자기 나라의 풀뿌리 하나도 건드리지 않고 타국에서 전쟁을 벌이고 있으니 좋은 것만 있고 나쁜 것은 없는 것이었다.

하여튼 제63군은 펑더화이가 내린 임무를 완성하고 잔혹한 열흘간의 철원 저격전을 끝냈다. 63군이 철수하고 있을 때 펑더화이는 직접 철의 삼각지까지 와서 장병들과 해후하였다. 펑더화이는 푸충비를 힘껏 껴안았다.

"푸 사령관, 수고했소."

"총사령관 동지!"

푸충비는 체면불구하고 펑 사령관 품에 안겨 한참 동안 엉엉 흐느껴 울었다. 펑더화이가 병사들을 보니, 전신의 옷은 옷이 아니고, 천 조각이 한 오라기 한 오라기 나풀거리고 있을 뿐이었다. 전신에 핏자국이 낭자하고 포탄 거스름 자국이 생생한 잠방이 하나만 걸치고 있는 병사들이 수두룩하였다. 펑더화이는 병사들을 향하여 소리쳤다.

"중국인민지원군 동지들이여, 조국이 여러분에게 감사를 드리는 바이오. 우리는 만력조선지역(萬曆朝鮮之役. 임진왜란) 때 명이 조선을 도와준 몇 배를 도와주었소. 여러분이 흘린 피의 대가로 조선에 대한 우리의 권리는 부동의 지위를 차지하게 되었소. 누가 뭐래도 조선은 우리가 지켜낸 국토요."

"펑 사령관 동지!"

"총사령관 동지!"

병사들도 모두 울음을 터뜨렸다. 울다 보니 포탄에 쓰러져 간 전우들이 생각나 더 설움이 복받쳐 올랐다. 병사들도 펑더화이도 푸충비도 모두 부둥켜안고 울었고, 그 울음소리는 천둥 뇌성이 되어 조선의 산야를 진동하고 있었다.

6월 10일 이후는, 중국인민지원군에 대하여 그처럼 완강하게 몰아치던 미군의 공격이 차츰 약해지기 시작하더니 마침내 진공이 그치고 말았다. 미국의 화공에도 한계가 있었던 것이다. 그들이라고 화력이 무궁무진한 것은 아니었다. 이때가 곧 바닥이 드러날 참이었다. 화력이 바닥난 미군이야말로 허깨비 이외 아무것도 아니었다.

이렇게 중국지원군의 제5차 전역이 끝나고 이제부터는 한국 전쟁은 서로 대치하는 국면으로 접어든다. 이번 5차 전역(51.4.22-6.10)의 50일간에 유엔군 8만 2천 명을 살상하고, 인민지원군 8만 5천 명이 살상당했는데도, 마지막으로 전선은 다시 원래대로 38선으로 돌아오게 되었다. 이성이 있는 한국인이 생각한다면 이것은 참으로 미친 짓이 아닐 수 없었다. 한국은 성인의 3분의 1이 사망하고 국토는 초토화되었으며 아시아의 거지의 나라가 되고 말았다. 그러나 미국과 중국을 위시한 모든 한국전쟁 당사자들은, 미친 짓이기는커녕 전보다 열 배 스무 배 좋기만 한 결과를 초래한 것이다. 가장 좋아서 춤을 추는 것은 일본이었다. 미국의 날개 밑으로 들어가 미군에게 전쟁 물자를 제공한 일본은 전쟁 특수를 누려

태평양전쟁 이전보다 훨씬 더 좋은 나라가 되어버린 것이다. 누를 한 마리 잡아놓고 큰 짐승들이 뜯어먹는 중에 작은 짐승들이 치근거리면 큰 짐승들이 선심을 써서 배불리 먹게 해주는 격이었다.

그중에서도 한국 전쟁을 바라보면서 뒤에서 가장 흡족한 미소를 짓고 있는 것은 소련이었다. 소련의 입장에서는 중국은 자기의 독침을 맞아 봉('冤大頭'위안따터우) 노릇을 하고 있는 셈이었다. 50년 9월, 소련은 미국과 일전을 벌이는 것은 분명히 소련에게 불리하다고 생각하고 있었다. 그러나 북한을 지지하는 것은 소련의 극동 안전책에 절대적으로 이익이 되는 것이었다. 북한을 잃게 되면 미국이 소련의 극동 변경을 압박해 오기 때문에 소련으로서는 엄중한 위협이 아닐 수 없었다. 그 때문에 소련은 북한을 지지하기로 하였고, 그 지원은 중국에 전적으로 의지하기로 하였다. 만약 중국이 출병하지 않는다면 조선은 미국의 수중에 떨어질 것이고, 그렇게 되면 소련과 중국 모두는 편안한 나날을 보낼 수 없었다.

스탈린은 50년 10월 5일, 소련공산당 중앙정치국 회의를 소집하여 전적으로 조선 문제를 토론하였고, 회의에서의 일치된 의견은 어떤 일이 있어도 소련은 미국과 직접적인 충돌을 해서는 안 된다는 것이었다. 설사 조선을 포기하는 한이 있더라도 소련은 미국과 직접 충돌을 해서는 안 되었다. 그래서 조선을 포기하지 않을 유일한 방법이 중국을 조선에 파견하여 미국과 싸우게 하는 것이었다.

51년 1월, 미국의 참모장 연석회의에서는 맥아더의 조선 전쟁을 중국까지 확대한다는 계획을 정식으로 거절하였다. 이 연석회의에서는 미국의 진정한 적은 소련이라는데 모두 의견이 일치되었다. 그러나 가장 중요한 전략 지역은 유럽이기 때문에 미국의 역량을 중국처럼 이렇게 '절대적인 전략적 가치가 없는 지역'에 다 쏟을 필요가 없었다. 힘을 집중하여 소련에 대처하기 위해서는 심지어 유엔군이 조선을 포기할 수도 있다고 생각하고 있었다. 최선의 방법은 맥아더더러 현재 역량의 범위 안에서 저항하게 하는 것이고 중국 군대를 할 수 있는 한 많이 살상하는 것이었다. 그 저항 행동도 '미 8군이 엄중한 손실을 당하지 않는 한도' 내에서였다. 왜냐하면 미 8군은 아직 일본을 방어하여야 할 임무가 있기 때문이었다. 만약 미 8군이 엄중한 손실을 당하는 지경에 이른다면 맥아더에게 유엔군을 조선에서 철수하도록 허락할 작정이었다.

하여튼, 전에 마오쩌둥은 미국의 휴전 요구를 단호히 거절하였기 때문에 이제 와서 유엔에 먼저 휴전을 요구하기에는 좀 멋쩍었다. 그래서 6월 13일 동북의 가오강(高崗)에게 전보로 지시하여, 소련이 나서서 '미국 정부에게 휴전 문제를 타진'해 보게 하였다. 마오도 이제 상당히 조급해졌다. 이 이상 더 전쟁을 끌기란 무리였기 때문에, 휴전이 성립되기 위한 조건이라면 무엇이라도 포기할 수 있다는 자세였다. 그래서 이제 선결조건으로 대만 해방 문제와 유엔에서 중국의 지위 문제를 내걸 필요도 없었다. 미·중이 모처럼 '휴전협정'에 의견 일치를 보고 있었던 것이다.

# 13
# 북·미의 기싸움

1

　중국지원군의 항미원조전은 공식적으로 제5차 전역(戰役)까지만 있고 6차는 없다. 원래 인민지원군은 꺼림칙했던 제5차 전역을 만회하기 위하여 한 차례 대대적인 공격을 계획하고 있었다. 4, 5차 전역에서 인민지원군의 병참 보급은 최악이었기 때문에 5차 전역 후기에 중앙군사위원회에서 인민해방군 총후근부장 양리산(楊立三)과 부부장 장링빈(張令彬) 그리고 공군사령관 리우야러우(劉亞樓), 포병사령관 천시렌(陳錫聯) 등을 공사동 지원군 사령부에 파견하여 본격적인 후근부(後勤部. 병참부) 창설을 서둘렀다. 그때까지 조선의 인민지원군은 동북(만주)군구 후근부가 지원하고 있었지만, 동북군구 후근부도 6·25가 벌어지고 8월 초에야 서둘러 창설된 것이었다.

제4차 전역 때부터 인민지원군의 대부대가 속속들이 조선에 들어오고 있었는데 51년 4월에 벌써 16개 군, 47개 사단, 7개 포병사단, 4개 고사포사단, 4개 탱크연대, 9개 공병단, 3개 철도병사단과 그에 따른 2개 직속연대 등 총병력 95만 명이 되었다. 50년 10월에 첫 출전 때보다 무려 3배나 불어난 것이다. 호왈 백만대군을 부리기에는 동후(동북후근부)로서는 역부족이었다. 소련은 인민지원군에게 64개 육군사단, 22개 공군사단의 장비를 제공하였지만 대부분 할인가를 포함한 유상 제공이었다. 그들은 50년에 이미 미그15전투기를 보유하고 있으면서도 중국이 전투기를 사들이려 하자 미그9전투기를 제공하겠다고 했다. 중국이 소련의 미그9전투기는 미국의 F84전투기의 성능에 떨어진다고 항의하자, 겨우 스탈린의 특별허가로 무상으로 미그15기 372대를 제공하는 정도였다.

5차 전역 때의 경우만 보아도 중국지원군이 필요로 하는 일일 소모 물자량은 550만 톤인 데 반하여 공급능력은 2분의 1밖에 안 되었다. 그런 연유로 51년 6월에 원래 지원군 후방근무사령부가 있던 동북군구 전방근무지휘소를 기초로 하여 후근부가 훙쉐즈의 책임하에 새로 창설되고, 조선족 자오난치(趙南起. 조선족 중 첫 상장이며 소수민족 중 최고위직. 후에 군부 대표로 부주석에 오름)로 하여금 참모를 맡게 하였다.

원래는 6차 전역을 위해서 먼저 1개월분의 양식과 탄약을 준비함과 동시에 일련의 유격대를 창립하여 적후로 깊이 투입할 작정이었다. 인민지원군 13개 군과 조선인민군 4개 군단이 출동하고 포병과 장갑차의 지원하에 10개 항공병단이 지상의 작전을 지원할 계획이었다. 그러나 제6차 전역을 실행하지 않은 것은 지원군 부사령관 덩화(鄧華)의 건의가 중요한 역할을 한다.

덩화는 마침 정전 담판에 참가하고 있었다. 그는 6차 전역이 계획된 후에 펑더화이에게 타전하였다. 참전한 쌍방은 이미 '실제 접촉선이 군사분계선'이기 때문에 이쯤 해서 타협하는 것이 적당하다는 것이었다. 8월 26일, 덩화는 다시 펑더화이와 중앙군위에 타전하여 쌍방의 이해관계를 자세히 분석하고, 6차 전역 대신에 소규모의 전술적 반격으로 바꿀 것을 건의하였다. 마오쩌둥은 덩화의 건의를 받아본 후, 펑더화이와 의견을 교환하여 덩화의 건의를 받아들이기로 한다. 덩화의 건의는 바로 전장에서 소규모의 반격만 가하자는 것이었다. 이로 인하여 인민지원군과 유엔군은 공전의 진지전을 진행하게 되는데, 뒤의 장렬한 상감령(上甘嶺) 전투도 그 일환으로 일어나게 된다.

알고 보면 51년 하계, 추계 방어전은 충분히 전역급 교전이었다. 교전의 지역으로 보아도 동에서 서까지 38선 전역에 걸쳐서 전개되었으며, 쌍방이 동원한 병력은 유엔군 측이 14개 사단을 동원했고, 조·중 연합군이 조선인민군 3개 군단, 중국지원군 6개 군이 동원되어 거의 4차 전역의 수준이었다. 교전 중, 유엔군 측은 16만 명의 손실을 보면서 2-9km를 전진하였고, 미군 측 발표로는 공산군 23만 명을 섬멸하였다고 했다. 쌍방이 주장한 적의 섬멸 인원수를 보더라도 앞의 5차 전역을 훨씬 뛰어넘는다. 그러나 유엔군이 주동적으로 진공하고 인민지원군은 방어적인 입장이었기 때문에 중국의 입장에서는 전역에 넣을 수 없는 것이었다.

51년 5월 31일, 미국은 직접적으로 소련을 향하여 정전을 바라는 태도 표명을 하였다. 6월 10일에는 다시 중립국을 통하여 소련의 알선으로 중국에게 정전 요구를 하였다. 펑더화이는 7월 1일 마오쩌둥에게, 미군과 한 차례 중등급의 전역을 치를 것을 표명하고 상세한 전역 계획을 세웠다. 전역은 우기가 끝난 8월 중순에 10개 군의 우수한 병력을 동원하여 미군 3개 사단과 터키군 1개 여단을 섬멸하고, 다시 5개 사단의 우수한 병력으로 미군 제25사단의 2개 연대와 한국군 제2사단을 섬멸할 기회를 보겠다는 것이었다. 마오쩌둥은 펑더화이의 이 계획에 완전히 동의하나 이번 전역은 오직 정전을 감안한 전투여야 한다고 했다. 그러나 결과적으로 그것마저 취소하지 않으면 안 되었다.

그 원인은, 첫째 중국의 입장에서 별 승산이 없다는 생각이다. 이때 미군은 인민지원군과 비교가 안 될 만큼 강력한 기동능력을 갖추고 견고한 종심(縱深. 최전선에서 후방부대까지의 세로의 선) 입체방어체제를 갖추고 있었다. 마오쩌둥도 장비가 좋은 미군을 대대적으로 섬멸하기는 어렵다는 것을 민감하게 느끼고 있었다. 때문에, 첫째 인민지원군은 이제부터 미·영 군의 1개 대대씩만 섬멸하는 것을 목표로 하라고 하였다. 둘째 미군의 입장에서도 별 승산이 없다고 생각하게 되었다. 이때 미군에서는 인민지원군이 새로운 전역을 발동하리란 정보를 입수한 후 저의기 당황하고 있었다. 그들의 통계로는 인민지원군이 600대의 비행기와 1,000문 이상의 대포로 90만 명 이상의 대군이 몰려올 것으로 알고 있었다. 그 때문에 7월 초에 38선을 쌍방 분계선으로 하자는 것을 거절하기는 하였지만, 단판을 중단할 용기는 없었고 종국에는 38선을 분계선으로 하는 제안을 받아들일 수밖에 없을 것으로 알고 있었다. 인민지원군이 제6차 전역을 준비하고 있다는 소식은 담판 테이블에서 좋은 성취를 예견하게 하고 있었다.

51년 6월 30일, 유엔군 총사령관 리지웨이가 미국 국가안보위원회의 결정에 따라 중국 측에 회담을 하고 싶다는 뜻을 전해왔고, 7월 1일에는 중국인민지원군 사령관 펑더화이와 조선인민군 최고사령관 김일성은 성명의 형식을 빌려 리지웨이의 제의에 동의했다. 단 회담 장소는 미군이 주장한 원산항의 덴마크 병원선이 아니고 인민지원군 통제구역인 개성에서 개최하자고 수정 제안하였다. 미국도 더 이상 한국전을 잡고 있어봤자 별 이익이 없다고 판단한 것이다.

미국의 근본적인 이익과 최대의 관심은 유럽에 있었기 때문에, 미국은 유럽에 대량의 군사력을 배치하여 나토 동맹국들에게 보조를 같이해 달라고 협조를 구해야 했다. 만약 아시아에 미국의 힘이 쏠리고 유럽에 미국의 힘이 약해진다면 그것이 바로 크렘린궁이 바라는 것이 된다. 그 때문에 트루먼은 일단 아시아에서의 전쟁은 확산이 되지 않게 한국으로 제한하고 해·공군력도 제한하며 더 이상 증원부대도 파견하지 않고 38선 부근에서 휴전을 꾀해 6·25 이전으로 돌아가

자는 속셈이었다.

한국전선에 미국이 퍼부은 병력은 육군의 3분의 1, 공군의 5분의 1, 해군의 2분의 1이었다. 인민지원군이 조선에 들어올 때 42만 명이던 미군이 이때는 이미 69만 명으로 증원돼 있었다. 유럽 우위의 정책을 펴야 하는 미국의 입장에서는 본말이 전도된 것이었다. 미국의 병력은 전략예비대로 일본에 있는 미군 2개 사단과 한국군 3개 사단, 미국 내의 6개 사단이 남아 있을 뿐이었다. 곧 바닥이 드러날 판이었다. 이처럼 쏟아부은 전선이었지만 승리의 가능성은 전무하였다. 미 육군 참모차장 브래드 마이어가 잘 말했다.

"한국 전쟁은 밑 빠진 독에 물 붓기다. 유엔군이 이길 희망이 전혀 보이지 않는다."

이에 미국인들은 강한 불만을 표출하였고 반전사상이 고양되었으며 미국 정부 고위층에서도 불화의 조짐이 보였다.

김일성은 일단 펑더화이의 권고에 의하여 마지못해 리지웨이의 휴전협상 제의에 동의하는데 이름은 올렸지만, 본심은 오직 통일만이 뇌리에 가득하였다. 북경으로 달려간 김일성을, 6월 3일 주평양대사관 차이칭원 참사와 함께 저우언라이가 배석한 가운데 마오쩌둥을 만났다.

"마오 주석. 도대체 휴전협상 운운하는 것이 말이나 되는 것입니까? 이러려고 그 많은 인명과 국력을 소비해 가며 싸움을 했단 말입니까. 이것이 당신네들의 원래부터의 각본이었소? 말도 안 되는 소리입니다."

"김 주석. 당신의 심정을 이해 못 하는 건 아니지만 지금은 아무래도 휴전협상을 받아들이는 것이 좋을 듯하오."

"말도 안 된다니까요. 우리 조선을 뭘로 아는 거예요. 우리 조선의용군이 중국을 도와서 해방전쟁에 참전한 것은 잊었어요? 그때 당신들더러 미군의 장제스군과 중국을 절반절반 나누어 가지라 하면 당신들은 그렇게 했겠어요?"

"그런 비교도 안 된 말은 하지 말아요? 우리 중국이 조선하고 처지가 같아요?"

"뭐요? 그럼 뭐가 달라요. 우리도 반드시 중국처럼 조국을 통일해야 해요."

김일성의 조국 통일에 대한 열정이 너무 강하여 마오쩌둥으로서도 설득이 곤란하였다. 마오는 하는 수 없이 동북(만주)군구 사령관 가오강을 불러 김일성과 같이 모스크바에 가서 스탈린과 협상하라 하였다. 마오의 계획은 스탈린으로 하여금 김일성을 설득하게 하자는 것이었다. 스탈린도 처음에는 한국의 휴전협정을 달가워하지 않았다. 그는 휴전을 반대하고 남한 내 빨치산 활동 강화 등 적극적인 반격을 꾀하기를 바랐다. 그러나 자기들은 뒷장 섰고 마오쩌둥은 앞장섰다. 앞장선 자의 의견이 확실하다면 자기는 방법이 없다고 생각했다. 스탈린은 김일성과 가오강을 만나는 과정에서 협상 쪽으로 기울게 된다.

모스크바에 도착한 후 중국 대표들은 오스트로프스카야가 8층에 있는 아파트에 묵고 김일성 일행은 그 옆 아파트에 묵었다. 6월 13일 스탈린은 가오강과 김일성 일행을 만났다.

"김 주석, 현시점에서는 정전이 유익한 것으로 판단되오만."

"안 됩니다. 지금 휴전협정이 되어 나라가 두 동강이 난다면 언제 다시 통일을 하게요?"

"휴전협상은 아직 어떻게 결말이 날지는 모르지 않소?"

"그럼 38선으로 가르는 이외 다른 방법이라도 있단 말씀입니까? 있으면 말해 주시구려. 나라를 분단만 시키지 않는다면 얼마든지 협상을 받아들이겠소."

"그럼 이 마당에서 협상을 하지 않고 어떻게 하겠다는 거예요? 당신들이 미국과 싸울 힘이라도 있다는 거요 뭐요?"

"당신들이 그렇게 미온적인 보조밖에 하지 않으니까 이 모양 이 꼴이 됐지요."

"말조심해! 우리가 도와주지 않았다면 어떻게 되었을지 몰라서 그러는 거야. 가만 놔뒀으면 당신들은 하루아침 감이었어. 감사할 줄은 모르고 어디서."

여기서도 팽팽한 줄다리기였으나 김일성은 잘 알고 있었다. 중·소가 조선을 도운 것은 조선을 위해서가 아니고 자기들의 속셈을 위해서라는 것을. 이 마당에서는 협상 이외에는 다른 도리가 없다는 것을. 또 협상을 하게 되면 분단 이외 아무런 길이 없다는 것도 잘 알고 있었다. 아, 이일을 어찌하면 좋을까? 왜 애먼 조선이 쪼개져야 한단 말인가. 쪼개지려면 일본이 쪼개져야지. 그러나 일본은 미국이 철저하게 보호하고 있으니 쪼개지기는커녕 전쟁 최혜국이 되어, 아시아에서 가장 부자 나라가 되고, 한국은 아시아의 거지 나라가 되어버리고 말았다. 스탈린도 알고 있었다. 김일성이 아무리 저렇게 큰소리 쳐도 머리가 잘 돌아가는 자이니 이 방법밖에 다른 방도가 없다는 것을 스스로 깨닫고 받아들일 것이다. 상황은 이남에서도 비슷했다. 이승만 대통령의 결사반대에도 불구하고 휴전협상은 일사천리로 진행되었다.

쌍방은 2-3회에 걸친 상호 방송을 통한 합의에 따라 7월 8일 개성의 광문동 민가에서 대령급 예비접촉을 하게 되었다. 광문동 민가는 전쟁 전에는 다방으로 활용된 바 있던 곳이다. 북한 측은 장충산 대좌, 김일파 중좌, 차이청원(柴成文. 주조선 중국대사관 참찬) 중공군 중좌였고, 유엔군 측은 앤

드루 키니 미 공군 대령, 제임스 머리 미 해병 대령, 이수영 한국군 중령이었으며 한국어 통역관 언더우드 중위와 중국어 통역관 케네스 우 상사가 동행했다.

51년 7월 8일의 양측 연락관 협의에 따라 정식 휴전회담은 7월 10일 오전 10시에 개성 내봉장(來鳳莊)에서 개최되었다. 조선인민군 참모장 남일, 조선인민군 전선사령부 참모장 이상조, 조선인민군 제1군단 참모장 장평산이 대표로 참석하고, 중국인민지원군 부사령관 덩화, 참모장 제팡이 참석했다. 미군 측에서는 미 극동해군 사령관 조이(C. Turner Joy) 중장, 미 극동공군 부사령관 크레이기 소장, 미 제8군 부참모장 호데스 소장, 미 순양함대 사령관 버크 소장이 참석했고, 옵서버로 한국군 백선엽 소장이 참석했다.

이북 쪽은 조선 대표와 중국 대표가 참석했으나 북한이 주도권을 잡고 회담에 임했다. 특히 이북의 인민군 참모장 남일은 안하무인격으로 중국도 무시하고 완전히 주도권을 쥐었으며, 남쪽 대표들을 한낱 보잘것없는 시정잡배 취급을 하였다. 회담이 시작되자 마오쩌둥은 김일성에게 전문을 보내 "담판의 주역은 중국이다. 그러나 대외적으로는 조선인민군이 담판의 주역으로 나선다. 담판의 제1선은 리커눙(李克農)이 주관한다."고 원칙을 제시하였다.

남일은 원래 소련 태생으로 소련에서 성장한 경험을 가지고 있는 자로 마치 전승 장군처럼 행동하였다. 남한 측은 미국 대표와 한국 대표가 참석했으나 주도권을 미국이 쥐고 있어서 한국군은 존재도 알아볼 수 없을 정도였다. 즉 이북과 미국의 협상이 벌어지고 있었다.

  회담 장소도 개성으로 결정됨에 따라 자동적으로 북측이 초청자의 입장이 되었다. 조선 인민군과 중국 인민지원군 대표들은 붉은 천에 한국어와 중국어로 '정전회담대표단'이라는 표찰을 가슴에 달고 유엔군 측 대표단을 맞이했다. 회담장에는 일찌감치 남일이 북쪽의 상석에 자리를 잡고 앉았으며 남일의 의자가 남쪽에 있는 유엔군 편보다 조금 더 높고 큰 의자였다. 남일은 자기보다 낮은 의자에 앉아 있는 조이 중장을 내려다보며 흡사 정복자가 항복을 받아내는 모습을 연출하고 있었다. 젊은 남일은 그의 상아 담뱃대로 연방 담배를 품어대고 있었는데 이번에는 아주 노골적으로 조이의 얼굴을 정조준하여 '후!' 담배연기를 날린다. 남일은 드디어 분노를 참지 못하고 주먹이라도 한 대 날릴 것처럼 눈을 부릅뜨고 조이를 노려보았다. 조이는 두 손을 턱으로 받치기도 하고 연필을 만지작거리기도 하고 남일과 어쩌다 눈이 마주치면 시선을 피해 머리를 숙이고 궐련을 꺼내 피우며 가느다란 연기를 내뿜기도 하였다.

한국 측이라고 참석한 백선엽의 맞은편에는 북한 제1군단 참모장 장평산이 앉아 있었다. 장평산은, 미군 군복을 입고 미군 계급장을 달고 데려온 자식같이 앉아 있는 백선엽을 보자마자 '이놈 봐라!'하는 시선을 보내더니 이어서 멸시의 심줄이 얼굴에서 실룩하였다. 마치 '이 괴뢰군!' 하는 말이 금방 입 밖으로 튀어나올 듯한 표정으로 백선엽을 노려보았다. 이어서 맹호가 으르렁대듯이 '으음!' 하는 신음소리와 함께 메모지에 무엇인가를 속사해서 휙 백선엽에게 들이밀었다.

"이 상갓집 개 같은 미국의 주구!"

백선엽은 떨리는 손으로 메모지를 잡고 무엇인가 대꾸를 할까도 생각했으나, 회의 전에 미군으로부터 일체의 발언을 못 하게 주의를 받았기 때문에 꿀 먹은 벙어리가 되어 바라보고만 있었다. 장평산은 원래 중국에서 일본군과 미군(의 지원을 받은 장제스군)과 싸우는 팔로군 대대장을 하다가 조선의용군으로 입국한 자이다. 거기에 비하여 백선엽은 일본의 만주국 육군 군관학교 9기생으로 시라카와 요시노리(白川義則)라는 이름의 일본군 중위로 해방을 맞은 자이다. 시라카와 요시노리라고 하면 윤봉길 의사가 중국 훙커우 공원에서 천장절(일본 천황 생일) 날 폭사시켰던 상하이 파견군

사령관 시라카와 요시노리 대장과 같은 이름이다. 그는 자기가 존경하던 시라카와 요시노리 대장의 이름과 한 획도 다르지 않게 창씨개명을 했던 것이다. 그는 일본의 육군 군관학교를 졸업한 후 간도특설대에 들어가 항일유격대를 잔혹하게 토벌한다. 그는 간도특설대에서 '공비'나 '비적'을 토벌했다고 하나 이는 대개 조선독립군을 폄훼하여 부르던 명칭에 지나지 않았고, 실제 간도 지역의 경우 그가 토벌하였던 항일유격대 3,125명 가운데 조선인 비율이 98%나 되었다. 오늘 장평산과 백선엽이 마주 보고 앉은 것은 독립군과 일본군이 외나무다리에서 만난 격이었다.

2

　처음 미국이 무모하게 핵무기 사용을 고려한다는 여론이 일어나면서, 이를 결사적으로 저지하고 나섰던 아랍 나라들과 인도, 파키스탄, 인도네시아 등 비동맹운동을 주도하는 제3세계 국가들을 중심으로 한국전의 휴전협상에 대한 요구가 거세게 일어났다. 이런 시류를 타고 소련의 유엔 대표 말리크(Yakov A. Malik)가 51년 6월 23일 자로 휴전협상을 제의하기에 이른 것이고, 6월 23일의 말리크 성명과 다음날 24일 중국의 찬의 표시는 곧바로 세계의 전파를 탔다. 한국에 정전의 정책이 알려진 것은 그로부터 이틀이나 지난 26일(6·25전쟁이 발발한 지 만 1년)이었다. 26일 오후 4시경에

서울로 날아온 리지웨이 대장은 밴플리트 사령관 및 무초 대사를 대동하고 이승만을 방문하였다. 평소에도 이승만을 상당히 업신여기던 태도대로 리지웨이는 불쑥 일방적으로 자기들의 계획을 전달하였다.

"대통령! 워싱턴의 지령에 따라 말리크의 제안을 수락해 휴전 교섭에 응할 것입니다."

이승만은 잠시 말없이 그 말을 재음미하더니 입술이 가볍게 떨리며 얼굴이 파래졌다.

"뭐라고요? 휴전 교섭?"

"네, 휴전 교섭이요. 당신은 우리 미합중국의 정책결정은 무조건 따라야 해요. 뭐 할 말이라도 있소?"

"안 돼요. 당신네들이 지금까지 우리에게 한 약속은 통일시켜준다는 것 아니었소?"

"그러나 정책은 수시로 변하는 것이요. 왜 거역이라도 하고 싶은 게요?"

이승만은 그날은 하는 수 없이 수모를 참으며 설명을 듣는 편이었지만, 이틀 후(28일)부터 노골적으로 반대 의사를 일방적으로 표시하기 시작하였다. 그는 세계 여론에 호소하는 길밖에 없다고 생각한 나머지 그로부터 2년 17일 동안 계속되는 정전회담 동안에 무수한 반대 성명을 발표한다. 그중 변영태

13 북·미의 기싸움

외무부장관을 통해 발표한 제2호 성명을 보면 다음과 같다.

"전쟁에 관한 대한민국의 태도를 명확히 해둘 시기가 왔다고 생각한다. 우리는 무리하게 정전에 반대는 하지 않는다. 따라서 정전의 조건을 명시하여 공산주의자의 모략 및 술책에 빠질 위험성을 제거하려고 한다. 다음 다섯 가지 항목을 정전 조건의 기초로 한다면 교섭에 응할 용의가 있다.

1) 중공군은 만주로 철퇴한다. 북한의 비전투원 및 재산에 위해(危害) 및 손해를 주어서는 안 된다.

2) 북한 괴뢰군은 무장을 해제한다.

3) 유엔은 제3국이 북한공산당에게 군사, 재정, 기타 어떠한 형식의 원조도 부여하지 않게 하는 조치를 취한다.

4) 한국은, 한국 문제에 대한 전부 혹은 일부를 토의하는 국제회의 및 회담에는 참가하지 않는다.

5) 대한민국의 주권과 영토를 보전한다.(북한도 대한민국 영토)"

이것은 누가 보아도 이북더러 무조건 항복하라는 말이었다. 전선이 어떻게 돌아가는 줄도 모르고, 전체 국민들의 여망이 무엇인 줄도 모르고 자기 나름의 동문서답을 하고 있는 격이었다.

한편 휴전협상에서 미국측 수석대표 조이 중장은 중국과

조선 측에 9개 항목의 의사 일정을 제시하였다.

"1) 의사 일정의 채택. 2) 포로수용소 지정, 국제적십자사 대표의 방문 허용. 3) 토론 범위는 한국에서의 순수한 군사문제에 국한할 것. 4). 무장부대의 설정문제. 5) 비무장지대의 설정문제. 6) 정전감시 위원회의 직분, 조직, 권한 등의 토의. 7) 군사시찰 소조(小組)의 행동원칙. 정전 감시위원회 휘하에 둘지 여부. 8) 이상 소조의 조직과 직분. 9) 포로의 처리문제."

조이의 이 제안은 대만 문제도 중국의 유엔의석 문제도 언급이 없다. 그것은 한국 밖의 문제로 군사문제가 아닌 정치적 고려의 대상이 될 수 있음을 주장하려는 것이었고, 국제적십자사를 동원하여 공산 측에 억류되어 있는 유엔군의 포로에 대한 대우, 인권문제 등을 내세울 심산이었다. 이 뒤로 25개월에 걸친 지루한 기싸움이 계속되지만 휴전협상의 핵심의제는 외국군대의 철수와 38선 경계문제, 포로 교환의 셋으로 압축된다.

마오쩌둥의 특사로 내한한 리커능은 회담장에서 100m쯤 덜어진 민간 가옥에 자리 잡고 있는 공산 측 전방지휘소에 은거하고 있었다. 리커능은 외교부 상무부 부장 겸 중앙군사위 총정보부 부장으로 중국 측 총지휘를 맡고, 외교부 정책위원회 부주임 차오관화(喬冠華)와 주조선 중국대사관 연락관 차이청원, 그리고 중국어 통역관 조선여자 안효상이 항시 대기하고 있었다. 리커눙은 노출을 피하고 기밀을 보전하기 위하여 대표단을 공작대라고 했고, 자신은 리 대장(隊長), 차오관화는 지도원으로 행세했다.

쌍방은 서로 유리한 입장을 차지하려고 안쓰러울 정도로 처절한 신경전을 벌이고 있었다. 처음 8일의 예비접촉에서 유엔군 측은 동양의 풍습에서 '황제와 승자의 자리'를 의미하는 남면(南面)을 선점하였다. 반격에 나선 북한은 보드카와 맥주, 과일, 캔디 등의 응접 음식을 내놓았다. 이것은 승자의 아량으로 베푸는 하사품이라고 알아차린 미군 측 연락장교단은 이를 거절하였다. 이틀 뒤인 10일에 북한 측 지역인 개성 선죽교 부근 내봉장의 99칸 한옥 집에서 본회담이 열렸다. 양측은 예비회담에서 안전을 보장하기 위해 미군 측 대표가 탑승할 지프차에 백기를 게양한다고 합의한 바 있다. 그 합의대로 백기를 단 미군의 지프가 개성에 들어오고 있었다. 그런데 미군 대표단이 도착하자 마구 통과시키지 않고 일단 시간을 기다리게 하면서 기선을 제압했다. 잠시 후 깔끔한 제복을 입은 북한군 장병을 태운 트럭 3대가 유엔군 대표단의 행렬을 개성 시내로 천천히 안내하였다.

북한이 준비한 미군 대표가 탈 지프차는 미군으로부터 노획한 더러운 차량이었다. 어떤 지프에는 유리창에 총알 자국과 혈흔이 그대로 남아 있었다. 이것은 누가 보아도 항복하러 온 미군을 승자인 북한군이 회담장으로 안내하고 있는 광경이었다. 국내외 기자들도 자기의 눈을 의심하였다. 미군이 백기를 달고 조선인민군 뒤를 따라가고 있다. 약간 겁에 질린 유엔군 대표단은 각자 작은 손거울을 하나씩 호주머니에 넣고 있었다. 회담장이 적진인 개성이었기 때문에 안전보장을 장담할 수 없어서 여차하면 손거울로 유엔군 전투기에 신호를 보낼 참이었다.

회담장에서 미리 기다리고 있던 천시우롱 기자가 덩화에게 질문하였다.

"미군이 백기를 달고 있는 것은 항복하러 오는 것입니까?"

"반드시 그런 것은 아니지만 미군의 입장은 항복 디신하지요."

"놀랍군요. 미군이 백기를 꽂고 들어오다니."

"더 두고 보아야 할 것이요. 저들이 호락호락 항복할 자들은 아니니까요."

"그러나 저들이 백기를 꽂았다는 것은 자기의 잘못을 인정한다는 말 아닙니까?"

"그건 사실이지요. 더 두고 보면 더 재미있는 장면들이 많이 포착될 것이오."

천시우롱은 미군이 지프차에 백기를 꽂고 입장하는 장면이며 미군에게서 뺏은 총탄 뚫린 지프에 태워 안내하는 장면이며 덩화와의 대담내용 등을 상세히 국내에 타전하였다. 중국 국내에서는 일제히 환호의 탄성이 울려 퍼졌다.

처음, 7월 8일 쌍방이 파견한 연락관들의 예비회담에서 쌍방의 깃발 문제를 논의한 바 있다. 중국 측의 차이청원이 미국 측에 제의하였다. 붉은 색깔이 가장 선명한 색깔이니 쌍방은 각각 홍기를 꽂자고 했던 것이다. 그러나 미국 측 키니 대령은 이를 반대하고 남색으로 하자고 제의하였다. 왜냐하면 유엔군의 깃발이 파란 남색이기 때문이었다. 차이청원이 키니에게 말했다.

"남색은 눈에 잘 띄지 않는다. 그 뿐만 아니라 우리 공군과 포병은 남색 깃발만 보면 발포하도록 길들여져 있다. 오해를 사지 않기 위하여 남색으로 표시하는 것은 피하자."

그러자 중국어 통역관 케네스우 상사가 영어로 키니에게 통역한다. 키니가 말했다.

"눈에 띄는 색깔로 표시하자는 것은 과학적으로도 옳은 말이다. 가장 눈에 띄는 색깔은 홍색과 백색인데, 그러면 쌍방이 다 차량에 백색 기를 다는 것이 어떤가?"

"기왕 당신들이 홍색도 가장 눈에 띄는 색깔이라고 인정한다면 왜 백색을 선택하자는 것인가? 우리 측이 먼저 홍색을 달자고 건의하지 않았는가?"

"안 된다. 홍색은 당신들의 전용 색깔 아닌가?"

"태양도 붉은 색깔인데 태양이 우리들의 전용이란 말인가?"

"당신네들 공산당의 깃발은 모두 홍색 아닌가?"

"그렇지 않다. 당신들은 최소한의 인식마저 결여되어 있다. 우리의 당기(黨旗)는 금색의 도끼와 낫이 그려져 있고 국기에는 다섯 개의 금색별이 그려져 있다. 어떻게 모두 붉은 색이라고 말할 수 있는가."

"어떻든 당신들은 상대를 강요하지 말라."

"우리 쪽은 홍색을 택하겠다."

"우리 측은 백색을 택하겠다."

이때 장충산 대좌가 기다렸다는 듯이 즉시 말을 이었다.

"좋다. 누구도 자기의 의견을 상대에게 강요하지 않기 위하여 내가 결론을 내리겠다. 우리 쪽은 홍기를 달고 당신 쪽은 백기를 달기로 하자."

그러자 한국어 통역관 언더우드 중위가 키니에게 통역한다. 키니는 엉겁결에 대답하였다.

"좋다. 그런데…."

키니가 일시적으로 약간 머뭇거리는 몸짓을 하고 있을 때, 장충산이 기회를 놓칠세라 말을 이었다.

"이것은 쌍방이 원해서 선택한 자기 표시 색깔이다. 눈에도 잘 뜨이니 과학적으로도 맞는 말이다. 만약 이 문제를 가지고 당신들이 다시 트집을 잡는다면 이는 당신들이 정전 담판을 깨트리려는 의미로 받아들이겠다."

그 자리에는 수많은 외신기자들이 이러한 대화를 듣고 있었다. 제의를 했던 키니는 이치에 닿지 않은 것 같아 좀 머뭇거리기는 하였으나 하는 수 없이 협상기록문에 서명하였다.

이런 과정을 거쳐서 미군은 백기를 펄럭이며 회담장으로 들어서게 되었던 것이다. 그러나 백기를 드는 것이 항복을 의미한다는 것은 세계가 다 아는 상식이었다.

7월 13일에는 미국 신문과 자유진영 신문에 일제히 "미국 사령관이 미국 정부의 명령에 따라 백기를 걸고 적과 담판하였다. 미국이 건국한 지 175년의 역사에서 처음 있는 일이다. 백기를 들고 적과 담판하는 것이 무엇을 의미하는지 전장(戰場)에서는 모르는 사람이 없다."라고 게재하였다.

리지웨이는 뒤늦게 이런 사실을 알고 노발대발하였다. 그는 유엔군이 벽두에서부터 저자세를 취한다고 대표단을 엄하게 나무랐다.

첫날 회담장에 앉은 유엔군 측 대표단은 왠지 이상한 시선을 느꼈다. 키가 작은 남일 등 공산 측 대표들의 앉은키가 더 높이 보였던 것이다. 북한이 유엔군 대표단 자리에 4인치(10cm)나 낮은 의자를 놓았던 것이다. 유엔군 측이 항의하고 의자를 바꿨을 때는 이미 내외신 기자가 '높은 의자에 앉아 패자를 내려다보는 사진'을 충분히 촬영한 후였다.

그 뒤로 양측은 우여곡절 끝에 회담 장소를 판문점으로 옮겼다. 회담 장소의 중립성이 문제화되자 미군은 9월 6일 회담장소 이전을 북한 측에 제의한다. 북한 측이 새로운 장소로 널문리 주막 마을을 제의하자 미군이 그다음 날 동의함으로써 회담 장소가 개성에서 널문리 마을로 옮겨지게 된다. 널문리는 당시 행정구역으로는 경기도 장단군 진서면 선적리와 개풍군 봉동면 발송리 사이에 걸쳐 있었다. 그리하여 최초의 회담은 도로변에 초가집 4채가 있던 널문(板門)이라는 고장에 천막을 치고 정전회담을 하였다. 판문점이라는 이름은 널문이라는 고장 이름을 한자화한 것이다. 판문점은 당시 문산-개성을 잇는 1번 국도 언저리에 자리 잡은 보잘것없는 주막거리였다. 판문점으로 옮긴 뒤로도 회담은 1년 9개월이나 더 끌었다. 정전회담 본회의 159회를 비롯하여 총 765회에 이르는 각종 회의를 거쳐, 1953년 7월 27일에 가서야 정전협정에 양측이 서명을 한다. 협상은 51

년 7월 10일에서 53년 7월 27일까지 2년이 넘은 747일이나 걸렸고, 전쟁 발발에서 셈 치면 3년 1개월이 걸린 것이다.

정전협정 의제는 얼핏 보기에 복잡한 성싶지만 알고 보면 아주 간단한 것이었다. 북한 측의 요구는 아주 분명했다. 남북한의 분계선은 전쟁 이전, 즉 38도선 분단 상태의 원상회복을 주장했다. 거기에 모든 외국 군대의 완전 철수와 포로들의 무조건 상호교환이 포함되었다.

생각해 보면 다 맞는 말이다. 만약 양측이 다 맞는 말이라고 인정한다면 휴전협정은 하루 이틀 만에 다 끝날 문제였다. 그러나 미국의 셈법은 복잡하였다.

미국은 38선 분계를 반대하고 현시점의 점유지역으로 분계선을 설정하자고 주장하였다. 그런데 정말 정전협정을 할 참이면 전혀 그럴 필요가 없는 일이었다. '정전'이란 말 그대로 잠시 총 쏘는 것을 멈추는 것을 의미하기 때문에 길어봤자 1주일, 더 길어봤자 1개월을 넘길 수 없다. 그 안에 평화협정으로 바꾸던지 아니면 통일방안이 도출되어야 하는 것이다. 그렇다면 무엇 때문에 현 점유 지역으로 할 필요가 있는가, 어차피 곧 분계선은 아무런 의미도 없어지는데. 그러나 미군은 이번 정전협정 분계선을 영구분할 선으로 생각하고 있는 듯했다. 그렇다면 이번 분계선 확정은 이 뒤로 몇 십 년이 갈지 몇 백 년이 갈지 모르는 일이다. 미국으로서는 남한을 군사기지화 하여야만 아시아에서 중국과 소련을 견제할 수 있는 교두보를 확보할 수 있다. 그렇다면 정전 협상 도중에 1m라도 더 차지하려고 피비린내 나는 전투를 벌일 수밖에 없다. 그렇게 해서 눈 뜨고 볼 수 없는 처절한 고지쟁탈전이 정전협정 기간 내내 벌어지고 있었던 것이다.

외국 군대 철수 문제 역시 생각해 보면 토론의 여지도 없는 것이다. 전쟁이 끝나면 당연히 철수하여야 하는 것은 국제 상식에 해당한다. 중국은 처음부터 인민지원군을 완전 철수하려 계획하고 있었다. 그러나 미군은 처음부터 할 수만 있다면 영구주둔을 생각하고 있었다.

포로교환 문제도 원칙에 따라서 서로 전원을 교환하면 되는 것이다. 제네바 협정(49년 8월 12일)에도 "포로는 적극적인 적대행위가 종료된 후 지체 없이 석방하고 송환하여야 한다(제118조)"라고 규정하고 있다. 미국도 물론 이 협정에 조인한 나라 중의 하나이다. 그러나 미국은 제네바 협정에서 제시된 원칙에서 벗어난 소위 포로의 자유 교환을 주장하고 나섰다. 자신들이 조인한 제네바 협정에 대한 명백한 위반행위였다. 미국의 가장 설득력 있는 무조건 교환 반대의 이유는 공산 측 포로는 많고 유엔군 측 포로는 적다는 것이었는데 그것이야말로 말이 안 된다. 어느 전쟁이고 양측의 포로 수가 같을 수는 없는 것이다. 일단 원상복귀를 해주면 포로를 접수한 나라에서 인도적인 처리를 할 수는 있다. 더구나 뒤에 단행한 이승만의 반공포로 석방이라는 경천동지할 사건은 포로 교환 자체를 전면적으로 부정한 폭거였다.

예상했던 대로, 정전회담에서 유리한 고지를 차지하기 위한 국지적인 고지쟁탈전은 전쟁 전 기간의 3분의 2를 소모했다. 그러고도 회담기간 중 전선의 변화는 기껏 종심 20km에 불과했다. 전투는 참으로 아무런 가치도 없는 소모전이었고 양측의 사상자는 한없이 늘어만 갔다. 희생자 수가 비례적으로 적은 미군만 보아도 무려 6만여 명이 휴전회담 와중에 희생당하였다.

지상군 작전이 정전회담의 조기 타결을 위해 소강상태로 들어간 중에도 미 공군의 폭격은 가열되고 있었다. 미군의 포로 자유 송환과 북한 측의 전원 송환이 접점을 찾지 못하고 있을 때, 미 공군은 북한 측에게 포로처리 협상의 조기타결을 유도하기 위하여 이른바 '항공압박 전략'을 실시하여 평양, 수풍, 장진, 부전, 허천(虛川) 수력발전소 등 주요 표적을 폭격하여 심대한 타격을 입히고 있었다.

그런데 남한 측의 주장은 여러 가지 문제점을 가지고 있었다. 예컨대, 제네바 협정을 무시한 미국 측의 포로 자유 교환 주장의 근거는 북한군 포로 111,754명 중 65,000명, 또한 중국 지원군 포로 20,720명 중 5,000명만이 송환을 희망하고 나머지 이북 인민군의 절반 정도와 중국지원군의 4분의 3 이상이 자기 지역으로 돌아가지 않겠다고 희망한다는 것이었다. 그런데 이러한 미국 측의 주장은 전혀 객관적인 증거가 결핍되고 확인할 수도 없는 수치였다.

거제도 포로수용소(Koje POW Camp)를 예로 들어, 51년 말부터 계속 터져 나오기 시작한 포로들의 항의 투쟁을 눈여겨볼 필요가 있다. 미국 측이 중국지원군과 북한인민군 포로들에게 본국으로의 귀환 포기를 강요하는 심사를 지속적으로 벌리자 포로들이 격렬하게 저항하며 강압심사에 대한 반대 투쟁을 시작하였다. 그 최초의 충돌이 52년 2월 18일에 있었다. 포로들의 저항이 가장 격렬하게 벌어졌던 거제도 제62 포로수용소에서 포로들이 미군의 강압적인 심사를 거부하자 미군이 발포하여 포로 72명이 사망하고 140명이 부상당했으며 미군 측 1명도 사망하고 38명이 부상을 당한다. 그런가 하면 동 3월 13일에는 한국군 경비대에 의하여 포로 12명이 죽고 26명이 부상을 당하였다. 제네바협정을 무시한 미군 측의 계속적인 살상 등 잔혹행위에 격분한 거제도 제76포로수용소 포로들이 동 5월 7일에 수용소 소장 도드(Francis T. Dodd) 준장을 납치하여 인질로 잡고 식량, 피복, 약품, 기타 물품을 보급해 줄 것과 포로 송환을 위한 어떠한 형태의 강압적인 심사도 하지 말 것, 그리고 그동안의 잔학행위 등에 대한 시인과 사과를 요구하였다. 결국 도드 준장의 잔학행위 인정이 있고 나서야 겨우 석방되었다. 그런데 미군은 도드 준장을 포로수용소 소장에서 해임한 이후에도, 포로에 대한 강압심사를 재개하는 한편 잔학행위도 계속하고 있었다.

포로들은 거기에 대하여 강력하게 거부하고 반대 투쟁을 벌렸다. 이에 6월 13일 또다시 거제도 제76수용소에서 미군의 총격에 의한 포로 38명 사망, 195명 부상이라는 불상사가 일어났다. 동 10월 1일에는 중국지원군 포로수용소에서 56명이 살해되고 120여 명이 부상당하는 사건이 발생하였다. 12월 4일에는 봉암도 수용소(거제도의 남단 해상)에서도 포로 87명이 살해되고 115명이 부상을 당하였다.

이처럼 미군의 포로 '자유 교환'의 주장은 포로들의 자유의사라는 미국 측의 주장과는 달리, 미군의 회유와 협박에 의한 것일 뿐 포로들의 자유의사와는 별 관계없는 일종의 미국 측의 휴전회담 지연작전에 불과하였다.

3

 난항을 거듭하던 휴전회담은 52년 6월 22일, 미군 측 대표들의 일방적인 회담장 퇴장으로 말미암아 1차 결렬되고 말았다. 회담이 결렬되자마자 기다렸다는 듯 미군은 북한에 대하여 맹폭을 가하여 겨우 복구된 발전시설의 90% 이상을 파괴해 버렸다. 동시에 북한의 강력한 반발에도 불구하고 미국이 지배하고 있는 유엔을 앞세워 52년 12월 3일 미국이 내세운 포로 자유 교환을 요지로 하는 유엔 결의안이란 것을 채택하게 되었다. 미국의 작간으로 지지부진하게 된 정전회담에 대하여 미국의 동맹국마저도 북한을 옹호하며 제네바협정에 의한 정전회담 재개를 미국에 강력히 요구하였다. 미국의 국내 여론 역시 조속한 정전협정 체결을 요구하는 쪽으로 기울었다. 이런 와중에 52년 미 대통령 선거에서 한국전쟁의 조속한 휴전을 공약으로 내건 아이젠하워가 대통령으로 당선되었다. 이에 당황한 이승만은 갖은 관제 데모를 조작하여 북진 무력통일을 주장하고 어떠한 평화적 협상도 거절하였다. 그러나 이승만의 부당한 행동에도 불구하고 아이젠하워 정부는 북한과 휴전회담을 재개하였다.

미국은 국내외적인 압력에 쫓기면서도 보다 유리한 조건에서 휴전협정을 타결하기 위하여 북한지역에 대한 미 공군의 폭격을 강화하고 중국에 대하여는 원폭투하라는 카드를 만지작거리며 으름장을 놓았다. 이러한 미국의 위협과 오랜 전쟁수행으로 야기되는 제반 상황들에 시달려온 북한은 갖은 난관에 부딪혀 있던 포로교환 문제를 미국 측의 제안으로 수용함으로써 정전회담은 타결 직전에 이르게 되었다. 이에 다급해진 이승만은 '반공포로 석방'이라는 대형 사고를 치고 만다. 53년 6월 18일부터 19일의 이틀 사이에 거제리 수용소, 가야리 수용소, 광주 수용소 등 총 8개 수용소에서 27,388명을 탈출시켜버리고 만다. 그들은 대부분 지방주민들과 섞여버리고 한국 경찰이 비호하고 있었기 때문에 포로들의 행방은 일시에 묘연해져 버리고 만다.

이는 반공포로 석방의 며칠 전, 국군이 중국지원군의 6월 공세로 금성지역의 일부분을 빼앗긴 데 대한 충격을 희석하려는 의도도 있었다. 이로써 회담장은 발칵 뒤집히고 모든 회담이 결렬되면서 전선은 다시 긴장상태로 접어들고 마침내 중국의 7월 공세라는 더 큰 비극을 초래한다. 7월 공세로 인하여 국군 측은 약 24,000명 사망, 약 4,000명의 포로가 발생한다. 이들 포로들은 휴전 이후 포로교환 과정에서도 논외로 취급되어 돌아오지 못하게 되었고 결과적으로 총면적 192km²의 금성 돌출부를 인민지원군에게 완전히 빼앗기고 만다.

1951년 7월 정전회담이 개시된 후부터 한국전쟁은 세계 전쟁사상 처음 보는 소위 '제한공격'이라는 전법을 채택하게 되었으니, 이는 쌍방이 함께 휴전의 성립을 희망하며 서로 관망하는 태도를 취하고 있었기 때문이다. 그러나 이번의 전투는 다만 진격을 감행하지 않은 것뿐이지, 거의 고정된 전선에서의 근거리 고지쟁탈전은 더없이 치열하였으니, 한 능선 한 고지에서 퇴각과 탈환을 20여 회 이상 거듭하는 것이 보통이었다.

휴전회담이 개시된 후부터 시작된 제한공격은 당사국인 남한과 북한의 의지와는 별무관계였다. 중국인민지원군은 제5차 전역이 끝난 51년 6월 11일부터 휴전협정이 체결된 53년 7월 27일까지를 항미원조전쟁 제2단계라고 칭한다. 51년 7월 10일 쌍방의 정전 담판이 시작되어 장장 2년여 동안 '싸우며 담판하는(邊打邊談)' 지루하고 피곤한 국면이 계속된다. 동시에 이 기간은 이제껏 전혀 존재를 의식하기 어렵던 북한군과 남한군이 전면에 모습을 드러내는 기간이기도 하다.

담판 테이블에서 중국과 북한에 군사적 압력을 가하기 위하여 51년 8월 18일, 유엔군은 드디어 하계 공세를 발동한다. 주요 공격 목표는 북한강 동쪽에서 동해안에 이르는 주로 조선인민군이 방어하고 있는 전면 80km² 넓이의 진지였다. 동시에 미 공군이 출동하여 중·조 양군의 후방에 소위 '교살전(絞殺戰)'을 실시하였다. 후방 보급선을 끊어놓겠다는 전술이다. 미군과 한국군 3개 사단의 병력은 항공병 장갑병의 지원하에 인민군이 주둔하고 있는 돌출부를 빼앗아 전선을 평행으로 만들어 협상 테이블에서 미군의 일방적인 요구를 받아들이게 만들려는 것이었다. 인민군은 후방공급이 태부족인 상황에서도 야전 공사를 이용하여 완강한 저격과 반격으로 맞서며 촌토도 빼앗기지 않겠다는 각오로 상대에게 막대한 타격을 가하였다.

한반도에는 51년 7월 20일부터 엄청난 장맛비가 퍼붓기 시작하였다. 강의 수위는 갑자기 3-11m까지 불어나서 40년래의 최대 홍수 사태가 벌어졌다. 한국전쟁이 발생한 지 1년여 만에 일어난 이 이상기온은 누구도 그 이유를 알 길이 없었다. 낙동강 전선에서는 영상 40도가 넘는 폭염이 들이닥쳤는가 하면, 장진호 전투에서는 영하 40도까지 내려가는 폭한이 엄습하였는데 이제는 북한의 250여 개의 교량이 다 무너져 내리는 폭우가 쏟아진 것이다. 한국에 언제 이런 이상기후가 있었던가. 인민지원군의 주요 물자 집결지인 삼등(三登)의 창고와 야전병원도 물에 잠겼고 고사포진지도 모두 유실되었다. 삼등의 고사포대대 병사들은 갑자기 불어나는 홍수를 미처 피하지 못해 전봇대로 올라갔고, 그렇게 피하는 것도 한계가 있어 무려 167명이나 홍수에 쓸려 목숨을 잃었다.

미국은 정전회담이 시작되면서부터 오히려 반격의 기회라도 잡은 듯 전혀 성의를 보이지 않고 병력만 증강시켰다. 정전을 하자는 마당에 무슨 병력의 증강이 필요한지, 미 본토로부터 10여만 명의 병력을 수송해와서 보충하는가 하면 포병과 탱크부대도 증강하였다. 미 제40사단, 45사단이 일본에서 한국으로 파견되었고 미 공군 제116사단, 제136사단의 두 개의 전투폭격기 연대가 일본에 진주하였다. 영연방 제1사단을 새로 편성하여 영국군 제27여단, 29여단과 캐나다 제25여단, 뉴질랜드 포병 제16연대를 포함시킨 연합사단을 만들었다. 그런가 하면 대구비행장을 늘렸으며 원주, 수원 등 10여 개의 해·공군 수송보급기지를 새로 건설하였다. 동두천, 인제, 영평 등 10여 곳의 전방비행장도 만들었다. 미군의 작전물자를 수송할 도로를 건설하고 중국지원군이 사용할 교통수송선과 후방기지는 폭격을 가하였다.

한편 미군은 군사분계선을 인민지원군 진지에서 38-68km나 북쪽으로 올라간 개성-이천-동천 선으로 삼자고 터무니없는 요구를 하였다. 그 논리를 들어보니 공중과 바다에서 모두 미군이 제공권 제해권을 장악하고 있으니 그 보상을 육상에서 받아야 한다는 것이었다. 물론 인민지원군 측에서 거절하였지만, 리지웨이 사령관은 공개적으로, "유엔의 힘으로 유엔 대표단이 요구하는 분계선까지 진격할 수밖에 없다."고 선언하였다.

이렇게 하여 51년 8월 18일에 미군, 한국군의 33개 사단이라는 대군이, 인민지원군의 막대한 홍수피해와 공습에 의한 질식 직전의 위기를 맞은 틈을 타서 북한강 동쪽에서 동해안에 이르는 80km의 전선에서 여름 공세를 개시하였다. 조그만 진지 하나를 놓고 10-20여 차례나 뺏고 빼앗기는 무익한 소모전은 각지에서 벌어지고 있었다. 8월 22일에는 중·조 대표단의 숙소에도 포탄을 퍼부었고 당연히 회담도 중단되었다. 그런 와중에 인민지원군 제5군단은 두밀리 북쪽 일대에서, 제2군단은 대우산 일대에서 선전하고 있었다.

8월 18일에서 9월 5일까지 벌어진 동부전선의 피의 능선(983고지)의 전투(Battle of Bloody Ridge)는 이번 동부전선 고지쟁탈전의 대표라 할 만하다. 강원도 양구의 방산면과 동면 일원에서 한 능선을 차지하기 위하여 벌어진 전투이다. 대부분의 고지 쟁탈전은 북쪽이 점령한 고지를 미 공군과 함포사격 등으로 폭격하고 그 뒤 육군이 고지를 점령하는 형식이다. 피의 능선에만 하루에 미군의 3만 발 이상의 포탄이 쏟아졌는데, 공군의 폭격과 지상에서 박격포 200문으로 계속 부단으로 쏘아대고 있었다. 이 능선은 미군의 폭격으로 말미암아 원래의 높이에서 평균 2m가 깎여 내려앉았다. 미국 국민의 혈세를 한국의 이름 없는 산줄기 하나에 다 쏟아붓고 있었다.

국군은 능선에서 가장 왼쪽인 983고지의 전면 공격을 피하고 우회하여 공격하는 방법을 사용하였다. 국군 제36연대장 황엽은 능선에서 가장 오른쪽의 773고지와 능선 가운데의 940고지를 공격하였다. 983고지는 조선인민군 제5군단 제6사단이 맡고 있었고, 그 서쪽 문등리 도로 및 산줄기는 인민군 제5군단 제12사단이 맡고 그 동쪽의 사태리에서 1211고지 구간의 773고지는 중국인민지원군 제2군단 부대가 방위하고 있었다.

기습당한 북측은 허점이 노출되어 후퇴하였고 한국군은 8월 22일에 983고지를 점령하였다. 황엽은 983고지의 방어를 미군이 맡아주기를 건의하였으나 미 제1사단장 클락 루프너는 단연히 거절하였다. 조선인민군 제12사단 1연대와 제27사단 14연대는 최충국과 조관의 인솔하에 22일 밤에 역습을 시도하였고, 26일에는 대대적인 역습을 감행하였다. 이에 포위된 국군 제36연대는 후퇴할 수밖에 없었다. 9월이 되도록 능선 공격은 별 효과를 보지 못했지만, 능선 왼쪽에서 공격하는 국군과 오른쪽에서 공격하는 미군의 공격이 성공을 거두면서 북측이 점령한 983고지는 포위 위기에 놓이게 되었다. 결국 북측은 9월 3일에 983고지에서 후퇴하였고, 9월 5일 오후 2시경 미군이 다시 983고지를 점령하였다. 인민지원군이 가장 많이 사상자를 낸 곳은 773고지이기 때문에 중국에서는 오히려 773고지를 '피로 물든 봉우리'('血染嶺'. '血染嶺之戰')라 한다.

이 능선 하나에서 사망자만 한국군 제5사단 제36연대의 2,272명, 미군 제1사단 1,700명, 북한군 15,000명이며 중공군 사망자의 통계는 나와 있지 않다. 고지 쟁탈전을 취재하던 외신기자가 차마 눈뜨고 볼 수 없는 이 처참한 전장을 보고 피의 능선(Bloody Ridge)이라고 부른 데서 이름이 유래한다. 수많은 사상자로 인해 비가 내리면 온 능선에 핏빛 냇물이 흘러내렸기 때문이다.

피의 능선의 공방전이 벌어진 지 5일째 되던 8월 22일에 중상을 입은 조선인민군 병사 한 명이 국군 의무대로 이송되었다. 포로를 심문하러 온 국군 정보병 한 명이 갑자기 전기에 감전이 된 듯 입을 벌리고 그 자리에 멈춰 섰다.

"형~!"

"뭐? 홍철이?"

둘은 순식간에 부딪치듯 끌어안고 통곡하였다. 인민군인 형 손홍민과 국군인 동생 손홍철은 친형제였던 것이다. 동생은 형의 품 안에 안겨 도저히 울음을 그칠 생각을 하지 않고 형의 가슴을 때리며 울어댔다. 주위의 국군 제36연대 병사들도 모두 자기 서러움이 복받쳐 올라 온통 울음바다가 되었다.

"네가 왜 여기 있는단 말이냐?"

"모릅니다. 왜 제가 여기 있는지."

"뭐? 실은 나도 모른다. 내가 왜 여기 있는지."

형제의 대화를 들은 병사들은 또 한바탕 울음바다가 되었다. 자기들도 모두 자기가 왜 여기 있는지 아무도 그 이유를 모르고 있었다. 아버님이 돌아가시고 편모슬하에서 자란 형제는 누나들이 다 출가한 이후, 유별나게 형제간 의가 좋기로 원근에 소문나 있었다. 동생 홍철이는 어제저녁 꿈에 어머니와 형이 자기만 놔두고 멀리 가는 것을 보고 소리쳐 울며 어머니와 형을 불러댔다. 옆에서 전우들이 흔들어 깨워서야 잠에서 깨어난 홍철이는 혹시 오늘 무슨 소식이라도 있으려나 했는데 진짜로 생시에 형님을 만나게 된 것이었다.

미 8군 사령관 밴 플리트는 피의 능선 전투를 평하여 말하기를 "6·25 전쟁 발발 이래 가장 많은 포격을 가하였다."고 하였다.

피의 능선 전투에서 미군과 한국군이 승리함으로써 북한군과 인민지원군은 양구 해안분지 북쪽으로 쫓겨났다. 한 미국의 페렌바크라는 역사학자는 피의 능선 전투에 대하여 "이 보잘것없는 둥근 언덕 세 개(피의 능선)를 차지하려 4,000명이 넘는 아군 병사가 목숨을 바쳤다."고 기록하고 있다.

51년 여름 공세만 하더라도 어찌 피의 능선뿐이랴. 이 외에도 대우산 전투(7.15-7.31), 향로봉 전투(8.18-8.24), 스트랭글 작전(8.18-1952.5.30), 펀치볼 전투(8.31-9.20), 가칠봉 전투(9. 4-10.12), 적근산 삼현 전투(9.21-9.22), 백석산 전투(9.24- 10.1), 단장의 능선 전투(9.13-10.13) 등 고지가 있고 능선이 있는 곳이라면 어디서나 전투는 벌어지고 있었다. 이중 단장의 능선 전투(Battle of Heartbreak Ridge)만 보아도 다음과 같다.

단장의 능선은 동부전선 강원도 양구군 방산면과 동면의 문등리-사태리 간의 851고지를 말한다. 치열했던 피의 능선 전투와 바로 이어지는 전투이다. 그러나 단장의 능선이라고 해서 남측이 진공한 것이 851고지 하나가 아니고, 894, 931, 851, 871고지 등의 여러 개로 이루어진 고지군이다. 소위 851고지니 하는 숫자는 봉우리의 고도가 해발 851m라고 해서 붙은 이름이다.

공격을 감행한 남측 병력은 미 제2보병사단과 프랑스 대대 및 필리핀 제20전투단, 네덜란드 판 회츠 연대(네덜란드 왕립 육군연대. 네덜란드령 동인도의 총독 J. B. 판 회츠에서 따옴), 한국군 제7사단으로서, 중동부전선의 주저항선을 강화할 목적으로 벌린 전투이다. 북측 병력은 중화인민공화국 제68군 제204사단과 조선인민군 제6, 12, 13사단이다. 단장의 능선이란 이름도 역시 이 산봉우리의 혈전을 목격한 미군 기자가 너무나 놀라 "핫브레익 리지(Heartbreak Ridge)"라 한데서 유래한다. 중국에서는 단장의 능선 전투를 상심령 전투('傷心嶺之戰')라고 한다. 이 전투에서 남측은 전사자 3,700명(이 중 절반은 미군 23연대와 프랑스군), 북측은 전사자 21,000명(그중 인민지원군 제68군 사상자 2,400명)이라는 대가를 치렀다.

이번 하계 전투가 끝나자 조선인민군의 유능한 장성 방호산이 문책을 당해 물러난다. 인민군 제5군단장 방호산은 보기 드문 우수한 지휘관이었다. 그는 진지 방어전에서 아주 민첩하고 유효한 전법을 결합하여 기궤하고 다양한 지휘예술을 보여줌으로 항상 상대의 의표를 찔렀다. 전체 한국전쟁 기간 중 유엔군이 가장 많이 칭송했던 북한 지휘관이 바로 방호산이다. 그러나 그의 지휘하에서 치러진 '피의 능선 전투'와 '단장의 능선 전투' 등에서 진지를 잃은 것은 조선노동당 중앙과 인민군 최고사령부의 국토사수 정신에 위배된 것이었다. 그만큼 선전한 것은 그의 탁월한 지휘 능력이 발휘된 공로였지만 결과적으로 조선노동당 중앙의 비판을 받아 전선에서 물러나게 된다.

6·25 전쟁 중 남과 북으로 달리며 치른 1년여의 전쟁이 끝

나고, 휴전협상이 시작되는 제2단계의 2년여간은 전선에 변화가 거의 없던 교착기이며 고지쟁탈전이 벌어진 시기이다. 그런데 이 기간이야말로 참으로 무익한 희생자만 한없이 양산하고 있었으니, 6·25 전쟁 중 총 희생자 400만여 명 중에 300만여 명이 고지쟁탈전에서 희생되고 있었던 것이다.

# 14

# 중공군의 땅굴만리와 파르티잔

1

　유엔군이 발동한 하계 공세의 제한전쟁은 시작부터 순조롭지 않아 그들은 막대한 대가를 치르고 겨우 몇 개의 산봉우리를 차지했을 뿐이다. 휴전 담판에서 조·중 연합군을 압박하여 획정하려던 분계선에 이르지 못하자 이번에는 미 8군 사령관 밴 프리트 주도하에 새로운 추계 진공계획을 세운다.
　서부전선에서 51년 9월 29일, 미 제1군 제3사단의 2개 연대 병력은 20여 개의 중포군(重砲群)과 60여 량 탱크의 지원하에 철원 서쪽의 인민지원군 제47군단이 방어하고 있는 야월산, 천덕산에서 대마리에 이르는 일선의 진지를 향하여 맹렬한 선제공격을 감행하였다. 이 지역을 방어하고 있던 인민지원군 제47군단 141사단은 포병과 탱크부대가 합동으로 진공하는 미군을 대량 살상하며 방어하였다. 그런데 야월산 진지를 방어하던 인민지원군은 오직 1개 중대뿐이었는데 미군은 하루 동안에 수 만발의 포탄을 날려 초토화 작전을 쓰고 있었다. 싸움은 황혼 녘까지 이어졌으나 야월산 주봉을 끝까지 지키던 인민지원군 1개 소대원 전원이 사망하고 나서야 겨우 미군은 야월산 진지를 점령할 수 있었다.

30일에는 미 제3사단이 계속하여 292고지, 천덕산, 418고지의 선을 향하여 맹공을 퍼부었다. 쌍방은 10월 2일 16시까지 격전을 벌였고 진지는 여러 차례 주인이 바뀌었다. 그러나 미군은 292고지 하나를 점령하였을 뿐 다른 곳은 모두 인민지원군이 그대로 장악하며 쌍방이 대치한 상황이 되었다.

미 기병 제1사단과 영연방 사단의 각 일부는 10월 2일에 인민지원군 제64군단 191사단의 전방 진지를 점령하였다. 다음 날(3일)부터 미 제1군단은 기병 제1사단 전부와 제3사단의 2개 연대, 태국 제21연대 및 필리핀 대대의 병력까지 합하여 100여 량의 탱크와 40여 대의 전투기, 10여 개의 중포(重砲) 대대(대구경 화포 합계 110문가량)의 엄호하에 인민지원군이 지키고 있는 남쪽의 고작동에서 북쪽의 천덕산에 이르는 30여km 방어진지 전면을 향해 진격해 왔다. 동시에 영연방 1-2개 연대 병력은 7개의 포병군, 62대 탱크, 40여 대 전투기의 지원하에 인민지원군 제64군단 제191사단이 방어하고 있는 지역을 향하여 보조성 공격을 해왔다. 인민지원군은 촌토도 빼앗기지 않겠다는 각오로 싸웠으며, 천덕산 및 418고지를 방어하던 인민지원군 제141사단 422연대의 11개 대대(뒤에 2개 중대가 더 가세)는 상대의 공격을 2박 3일간 막아냈으나 마지막에 다만 부연대장 이하 10여 인만 남은 상황에서 철수하였다. 그런데도 인민지원군의 포병은 상대 1,000여명을 살상하였다.

10월 6일 이후, 미군의 인민지원군에 대한 서부전선 공세는 매일 1개 연대 이상의 병력이 입체적인 화력의 지원하에 천덕산 서쪽 334고지의 고작동 지역 모든 고지를 차례차례로 공격해 왔다. 쌍방은 격렬한 전투가 벌어졌는데 미군의 이러한 방법은 실은 상당히 효과가 있었다. 드디어 10월 7일에 미군은 334고지, 346.6고지, 287.2고지를 점령하였다. 이 몇 개의 고지는 모두 인민지원군이 방어하고 있던 곳으로 전투 도중 통신 연락이 끊기고 탄약이 완전 소모된 상태에서 전원이 몰살된 후에 미군에게 진지를 뺏겨야 했다.

10월 11일에는 미군 제1기병사단 제7연대의 1개 대대가 상포방(上浦坊), 하포방을 향하여 진격하여 옴으로 인민지원군 제140사단 418연대가 하루 종일 격전을 벌였고, 종국에 두 개의 진지를 모두 미군에게 점령당하고 만다. 황혼 녘에 미군이 피로해 있을 때를 틈타 돌격대 5개 소대의 병력으로 반격을 가하여 일거에 낮에 미군에 빼앗겼던 진지를 모두 수복하고 미군 2개 보병중대와 1개 중화기중대의 대부분을 섬멸하였다.

하여튼 10월 18일까지, 미군 기병 제1사단과 제3사단은 인민지원군 제47군단 진지에 20일간에 하루 평균 20,000발 이상의 포탄을 날려 보냈고, 진지의 돌과 흙은 1m 이상이나 깎아내려졌다. 그런데 알고 보면 이 과정에서 미군은 20,000여 명의 사상자를 내면서 불과 전선 4km를 밀고 올라와 진지 90km²를 점령했을 뿐이었고, 인민지원군은 불과 7,000여 명의 사상자를 냈을 뿐이었다.

서부전선의 인민지원군 제64군단 정면의 미·영군은 인민지원군에 의해 큰 곤란을 겪고 있었다. 인민지원군 제64군단은 고왕산, 마량산의 견고한 공사조직(工事組織)에 힘입어 원활한 방어와 공격을 할 수 있었다. 그중에서 마량산(馬良山) 주봉 서남방 216.8고지를 사수하고 있던 제517연대의 1개 중대는 10월 5일부터 7일까지 땅굴 형식의 방어진지에 의지하여 상대에게 3일 밤낮을 완강히 저항하며 공격을 가했다. 드디어 영 제29여단의 2개 대대를 향하여 21차례나 돌격하였고, 결과적으로 상대는 700여 명이나 사상자를 냈으나 인민지원군은 26명의 사상자가 나왔을 뿐이었다. 이것은 방어작전의 기적을 만들어낸 것인데, 이러한 땅굴 작전의 효과가 알려지면서 인민지원군의 방어진지에는 여기저기서 땅굴을 파기 시작하였다.

물론 이 기간 동안에 그 외 백석산 전투(9.24-10.1), 연천 313고지 전투(10.3-10.5) 학당리 전투(10.11-10.13), 월비산 전투(10.12-10.15) 등 수많은 진지에서 치열한 전투가 벌어지고 있었다. 10월 18일에 일단 유엔군의 공세는 정지되었는데 그렇게 많은 대가를 치르고 얻은 결과치고는 너무나 초라한 것이었다.

마량산에서 인민지원군의 땅굴이 주효하였다는 소식이 전해지면서 땅굴 굴착작업은 인민지원군이 있는 곳이라면 어디서나 벌어지고 있었다. 원래 인민지원군 총사령부도 모두가 땅굴이었다. 한국은 금이 많이 나는 나라이기 때문에 대개는 어디나 금을 캤던 폐광이 있었고 폐광은 미군의 공습을 막을 수 있는 절호의 장소였다. 인민지원군이 한국에서 작전한 2년 9개월 동안에 옮긴 사령부를 살펴보면,

첫 번째 지원군 사령부는 대유동(大楡洞)이었다. 1950년

10월에 중국인민지원군이 압록강을 건넌 이후, 지원군 제13병단 사령부가 평북 삭주군 동쪽, 북진군 서북쪽의 대유동에 있게 되었다. 10월 25일에 중국 인민지원군 사령부가 정식으로 조직되면서 대유동은 지원군 사령부의 제1차 주둔지가 되었다. 여기서 1-2차 전역을 모두 치르는데 역시 폐광이었다.

두 번째는 수도동(隧道洞)이었다. 제2차 전역에서 승리한 후 인민지원군은 남진하며 미군을 쫓고 있었다. 펑더화이는 50년 12월 10일, 지원군 사령부를 평남 성천군 신성천 서쪽의 수도동으로 옮겼다. 그러나 미군기에 발각되어 공습이 심함으로 겨우 이틀 밤낮을 주둔하고 다른 곳으로 옮겨야 했다.

세 번째가 군자리(君子里)이다. 미군 폭격을 피하여 심야에 같은 성천군 군자리로 자리를 옮긴다. 여기서 제3차 전역을 지휘하고 조선인민군과 연합하여 조·중 양국 고급간부회의를 개최한다.

네 번째로 옮긴 곳이 하감령(下甘嶺)이다. 3차 전역에서 미군을 38선 이남으로 밀어냈으나, 미군은 실패를 인정하지 않고 51년 1월 27일 반격을 개시하였다. 이에 4차 전역을 지휘하기에 편리한 곳을 찾아 51년 2월 초에 인민지원군 사령부는 금화 북쪽에서 10km 떨어진 하감령의 한 은폐하기 좋은 산골짜기로 옮긴다. 오성산(1062고지)과 남대천 사이에 상감령과 하감령 등 두 개의 고개가 있다. 이곳 하감령에서 제4차 전역을 지휘한다.

다섯 번째로 옮긴 곳이 공사동(空寺洞)이다. 4차 전역이 끝난 이후에 미군의 공습은 가중되고 새로운 인민지원군 지원부대가 대량 조선으로 들어옴으로 거기에 걸맞은 사령부가 필요했다. 51년 4월 초순, 인민지원군 사령부는 강원도 이천 서북쪽 상감령 북쪽 기슭의 공사동으로 옮긴다. 여기서 제5차 전역을 지휘하고 각 병단사령, 정위(政委), 각 군단장 회의를 개최한다.

여섯 번째로 옮긴 곳이 회창(檜倉)이다. 51년 6월 10일 제5차 전역이 끝난 후 전쟁은 쌍방이 모두 방어 위주의 전략으로 바뀌었다. 그런데 미군이 다시 상륙작전을 할 것이라는 정보가 여러 곳에서 새어 들어왔다. 거기에 합당한 곳을 찾은 곳이 회창(마오안잉 열사릉이 있는 곳)이었다. 인민지원군이 조선에서 완전 철수하는 58년 10월까지 회창을 지원군 사령부로 쓴다.

이상 6차례나 옮긴 지원군 사령부의 땅굴은 모두 폐광이거나 폐광을 보수 증축한 곳이었으나, 51년 추계 공세 때부터 새로 파기 시작한 땅굴은 완전히 진지쟁탈전을 수행하기 위한 새로운 방어진지였다.

인민지원군이 창립한 갱도식(坑道式) 방어진지 구축은 조선 전국(戰局)에 중요한 영향을 끼쳤다. 서부전선 마량산에서 1개 중대의 병력이 3일 밤낮을 사수하며 미군 700명을 사살하고 중국지원군은 26명의 사상자 밖에 안 나왔다는 소식은 낭보가 아닐 수 없었다. 이때부터 파기 시작한 땅굴은 53년 4월 말까지 한국의 동서해안과 정면 전장에서 모두 8,090개를 파 젖혀, 총길이 약 720km가 되었다. 땅굴과 영구성 공사를 이으면 한국의 동서해안과 정면 전장에서 총길이 1,130km, 종심(縱深) 20-30km의 완벽한 방어체제를 이루어, 문자 그대로 난공불락의 '지하 만리장성'을 이루었다. 이러한 방어체계는 지금까지도 많은 부분 그 기밀유지 규정을 해제하지 않고 있다. 펑더화이는 지원군 사령부 명의로 땅굴 수축에 관한 통일 체계를 하달했다.

"매 중대급 이상 진지에는 최소한 2개의 땅굴을 판다. 매 땅굴은 3개 이상의 출입구를 낸다. 동시에 7가지 방어(방공〔防空〕, 방포〔放砲〕, 방우〔防雨〕, 방조〔防潮〕, 방독〔防毒〕, 방화〔防火〕, 방홍〔防洪〕)를 고려한다. 땅굴 상층부 두께는 15-30m 이상이 되게 한다. 지휘소, 의무실, 창고 그리고 각종 생활시설은 155mm 이상 구경의 유탄포, 중량급 폭탄을 견뎌

낼 수 있게 한다."

땅굴을 파는 데는 수많은 도구가 필요했다. 제12군 같은 경우는 8개월 동안에 40여 곳에 대장간을 만들어 16,000여 점의 땅굴 굴착도구를 생산하였다.

땅굴에서는 기름 사용량도 엄청났다. 제141사단 422연대 9대대 9중대의 경우, 16개의 땅굴을 보유하고 있었는데 총길이가 600m 남짓이었다. 1개월에 거의 400근의 콩기름이 소요되었다. 또 장기간 미숫가루를 먹어 영양실조인 데다가 땅굴 공사를 진행하면서 극도의 피로가 쌓여 많은 병사들이 야맹증에 걸렸다. 조선인의 권고에 따라 조선 민간요법으로 솔잎을 삶아 탕으로 마시기도 하고, 살아 있는 올챙이를 주전자에 넣고 끓여 마셨더니 신통하게 나았다.

땅굴은 인민지원군만 판 것이 아니고 유엔군도 팠다. 인민지원군이 미군의 땅굴 파는 광경을 가까이서 보고 수류탄을 던지고 돌아오기도 하였다. 미군은 땅굴 파는 기술이 무척 서툴렀다.

이때쯤, 52년 4월 28일 트루먼 미 대통령은 리지웨이 대장을 아이젠하워 미 공화당 대통령 후보 후임으로 유럽 나토군 사령관으로 전보 발령하고, 리지웨이의 후임으로 클라크 중장을 임명했다. 리지웨이와 클라크는 웨스트포인트 동기생으로 친한 사이였다.

한편, 남한 내지에서는 차마 눈뜨고 볼 수 없는 파르티잔의 치열한 투쟁이 벌어지고 있었다. 파르티잔은 50년 한국전쟁 전후에 극성기를 이룬다. 남과 북 모두로부터 버림받은 '역사의 미아' 파르티잔은 53년 전쟁의 종식과 함께 소멸되나 그 여맥은 63년도(마지막 파르티잔 두 명 중 남자 이홍 사살, 여자 정순덕 생포)까지 계속된다. 파르티잔의 투쟁은 중국의 지원 없이 자체적으로 벌린 전투일 뿐만 아니라 북한 정권의 지원도 끊긴 상태에서 벌린 너무나 슬픈 역사의 한 토막이다.

파르티잔(Partisan)은 6·25를 전후하여 남한 영역에서 유격전을 수행한 북한의 조선인민유격대 부대를 말한다. 보통 빨치산이라고 부르며, 공비, 공산 게릴라, 남부군이라는 용어도 사용되었다. 파르티잔이란 발음은 러시아식 발음이다. 실제 러시아어 발음상으로는 '빠르찌잔'이라고 부르며 한글의 러시아어 표기법상으로 파르티잔이라 부른다. 한국에서는 흔히 빨치산이라 부르는데, 그것은 마치 공산당을 상징하는 빨간색에 게릴라들의 주 무대인 산(山)을 연상시켜 남한의 인민유격대에 잘 어울리는 단어가 되었다. 파르티잔은 프랑스어의 파르티(parti)에서 비롯된 말이며, 동지, 당파, 당원 등을 뜻하는 말이었으나 최소한 12세기경부터 파르티잔(Partisan)이란 단어가 프랑스에서 쓰이기 시작하였다.

미 군정기인 1946년의 10·1 대구폭동으로 공산 활동이 비합법화된 이후, 남로당계열이 야산대(野山隊)라는 이름으로 기초적인 게릴라전을 벌였다. 이들 가운데 일부가 2·7 사건(48년 남한 단선 반대 총파업)과 제주 4·3 사건 이후 전남 곡성군과 구례군 일대에서 정식으로 야산대로 불리는 무력 유격대로 전환했고, 야산대 일부는 48년 10월 19일 여순사건 이후 군 정규 부대에서 전환한 유격대에 흡수되어 본격적인 파르티잔 활동을 개시하며 일종의 '작은 전쟁'이 되어 6·25의 전초전이 되었다.

48년부터 여러 지역에서 야산대가 속속 입산하면서 자생적인 '유격지구'가 형성되었는데 대강 다섯 지구로 이루어졌다. 첫째 호남 유격지구로서, 전남 나주군, 함평군, 영광군, 장흥군 평야지역을 맡았다. 둘째 지리산 유격지구로서, 지리산을 중심으로 남쪽의 백운산과 북쪽의 덕유산을 연결하는 전남북, 경남의 산악지대를 맡았다. 셋째 태백산 유격지구로서, 태백산과 소백산 국망봉을 중심으로 남쪽으로 안동군과 청송군에 이르는 강원 남부와 경북 북부의 산악지대를 맡았다. 넷째 영남 유격지구로서, 경북 경주군, 영일군, 영천군, 청도군 등 대구 주변 일대와 경남 동래군, 양산군, 울산군 주변 일대를 맡았다. 다섯째가 제주도 유격지구로서, 제주 4·3사건 이후 생성된 유격대로 제주도 한라산 일대를 주무대로 하였다.

이 가운데서 남악이라는 별칭을 가진, 산세가 가장 험악하고 깊은 지리산을 차지한 지리산 유격지구가 조선인민유격대의 총본산이 된다. 49년 5월까지는 주로 유격전구(遊擊戰區) 창설에 주력하는데 실로 남한 133개 군 중 118개 군에 유격전구를 창설했다.

49년 6월에는 평양에서 남로당과 북로당이 합당하여 조선로동당을 결성하고 조국통일 민주주의전선(조국전선)을 발족한다. 북한은 동 7월에 '유격부대'를 일원적으로 지휘할 수 있는 기구로 조선인민유격대를 창설하고 지휘계통은 남조선로동당의 박헌영과 리승엽에 속하게 한다. 조선인민유격대는 산을 중심으로, 오대산 지구를 맡은 제1병단과 지리산 지구를 맡은 제2병단 그리고 태백산 지구를 맡은 제3병단으로 편성되었다. 제1병단은 이호제, 제2병단은 이현상, 제3병단은 김달삼과 남도부가 각각 책임자가 되었다.

제1병단의 정치위원은 박치우(강동정치학원 정치부장. 남로당계), 참모장은 서철(학원 군사부장. 88특별여단파)로서 지도부는 강동정치학원 그 자체라고 보아도 과언이 아닐 정도로 이호제를 포함한 간부 3인이 중심이 되어 강동정치학원 출신 5개 중대 360명을 기간으로 형성되었다. 이들은 강원 인제군으로 남파되어 주변 야산대를 흡수하며 남하하다가, 49년 12월 남한의 태백산맥 일대 광복군 출신의 이성기를 사령관으로 하는 태백산지구 전투사령부 제8대대에게 포착되어 토벌된다. 약 75%가량이 사살되고 일부는 북상했으며 잔여 병력 100여 명은 이호제를 따라 끝까지 남하하여 제3병단에 합류한다.

제2병단은, 남로당 조직지도부장인 이현상이 지역별 야산대 점검차 지리산에 있던 중 우연치 않게 여순사건이 발생하였다. 이에 제14연대 반란군과 여순지역 그리고 지리산 일대의 곡성, 구례, 광양 지역 좌익세력을 규합하여 지리산 유격대를 만들어 파르티잔 활동을 벌인다. 여순사건 시 반란군과 좌익 동조세력 4천 명 중에서 진압군을 뚫고 지리산에 입산한 파르티잔은 600-800명가량이었다. 그러나 이들도 진압군에 걸려 대타격을 받으며 반란의 주역인 김지회, 홍순석은 사살되고 지창수는 포로가 된다. 이즈음 구례군당 유격대 등이 합류하여 그런대로 세를 이룬다. 또한 전남도당에서는 중앙당 조직책 김삼룡의 지시로 여수, 순천, 곡성, 광양, 구례의 5개 군당을 묶어 백운산 특수지구당을 만들어 이현상 부대를 지원했다. 그러나 군경의 토벌에 견디지 못해 북상을 기도하는데, 7월 23일에서야 덕유산으로 이동 중 무주에서 6·25전쟁 소식을 듣고 산에서 내려온다. 함께 하산한 병력은 90명 정도였고 지리산에는 김금일을 대장으로 부상자 등 70여 명을 남겨두고 있었다.

제3병단은 김달삼의 지휘하에 제1대대장은 남도부, 제2대대장은 나상일이 맡고, 제3대대장은 김달삼이 겸직하였다. 김달삼은 벌써 제주 4·3 사건으로 이름을 날린 남로당의 고위간부이고, 남도부는 지리산에서 1천 명 규모의 야산대를 이끌던 남로당원인데 북로당이 그를 포섭하기 위해 인민군 소장 계급을 준다. 이후에 두 명 모두 강동정치학원 군사부 교관이 된다. 49년 8월에 역시 강동학원 출신 300여 명으로 안동, 영덕 지방으로 침투하는데, 이때부터 '동해여단'이라고 불리게 된다. 처음에는 별다른 전투 없이 성공적으로 남파되어 영일군까지 내려와 북한으로부터 중화기를 해상 보급받는 등 기세가 등등하였다. 여순사건을 즈음하여 대구에서 일어난 3차에 걸친 국군 6연대 반란사건으로 반란군(파르티잔) 80여 명이 팔공산에 은신해 있었는데 이들과도 합류한다. 다음으로 제3병단을 지휘하기 위해 남파된 100여 명과 합류하고, 마지막으로 오대산 지구의 제1병단이 국군에게 쫓긴다는 소식을 듣고 지원하기 위하여 다시 북상하여 그 제1병단의 잔여세력 100여 명과도 합류한다. 이로써 제3병단 초기 남파 인원은 도합 600여 명이라는 남파유격대 최대 세력으로 늘어난다. 그런데 다른 병단과 마찬가지로 유격전 대신 자꾸 군청 소재지 공격 등 거점 공격을 일삼고 심지어 토벌대에 대한 선제공격까지 하게 되는 실수를 범한다. 그러다 50년 2월 1일 영덕군 형제봉에서 국군 제3사단 17연대와 교전에서 큰 피해를 입고, 국군도 130명이나 사망자를 낸다. 그 이후에도 국군 제3사단 22연대, 25연대와 지속적인 교전을 벌이면서 피해가 늘어나다가 50년 3월 15일 자로 드디어 파르티잔 태백산 지구대는 해체되고 만다.

김일성은 전쟁발발 이튿날인 50년 6월 26일 밤에 조선중앙방송을 통하여 '남반부 남녀 빨치산에게!'로 시작되는 메시지를 전달하여 조선인민유격대의 임무를 하달하였다. 이에 의하면 조선인민유격대는 당 조직을 재건하여 인민봉기를 일으킴으로써 조선인민군의 남진을 돕는 중대한 역할을 맡을 것을 기대했다. 이 때문에 정부에 등록된 보도연맹원들의 후방봉기와 군경가족 학살을 우려한 국군과 경찰에 의하여 보도연맹원 대학살을 단행하는 결과를 초래한다.

  국군은 전쟁 초반에 낙동강까지 밀렸으나, 9월 15일 인천상륙작전으로 말미암아 낙동강 전선에서부터 시작된 반격이 빠른 속도로 진행되면서 퇴로를 차단당한 인민군 패잔병과 우익인사 공격을 담당했던 지방좌익들이 보복을 두려워하여 산속으로 들어감으로 자연스럽게 파르티잔이 형성되게 되었다.

  전쟁 초기 '제2전선'에 참여했던 파르티잔의 총규모는 약 80,000여 명으로 추정된다. 그러나 일부는 북한으로 귀환하고 일부는 소탕되어 국군이 압록강에 도착한 10월경에는 약 25,000여 명만 남게 된다. 이 가운데 15,000여 명이 전남지역에 집중되어 있었다. 인천상륙작전 이후 파르티잔 활동은 지리산의 이현상 부대를 확장한 남부군의 결성과 활동이 주를 이루고, 각 지역 도당을 중심으로 전개되는 산발적인 유격전이 벌어지는 형태가 되었다.

2

　50년 12월 압록강까지 후퇴하였던 인민군 최고사령부는, 최고사령관 김일성, 총참모장 남일, 작전국장 유성철의 이름으로 '유격지대 개편에 관한 지령문'을 시달하였다. 그것은 기존의 도당위원회 활동에서 벗어나 제2전선 형성을 위해 군사적 활동에만 전념하라는 개편안이었다. 50년 12월, 51년 1월, 3월 등 세 차례에 걸쳐 전파로 지령문을 발송하였지만 파르티잔은 이를 받을 방법이 없었다. 파르티잔은 중국인민지원군의 참전과 서울 재점령 같은 경천동지할 사태마저도 몰랐는데 하물며 이런 세세한 지령문은 받을 엄두도 낼 수 없는 형편이었다.

방법이 없다고 생각한 북한에서는 51년 4월 23일에 '423부대'라는 소규모 유격대를 파견하여 직접 지령문을 전달하게 하였다. 그들은 천신만고 끝에 속리산에서 충북도당 부위원장 송명헌을 만나게 되었다. 이렇게 하여 충북도당을 거쳐 지리산에 도착하게 된 것이 51년 10월 경이었으니, 그들의 지령을 이현상이 접수하게 되는데 무려 6개월의 시간이 소요된 것이다. 지령문에는 이현상은 조선인민유격대 남부군 총사령관이 아니고 단지 지리산, 덕유산을 거점으로 활동하여야 하는 4지대장일뿐이며 정치위원도 여운철이 아니라 전남도당 부위원장 김선우로 되어 있었다.

남부군은 6·25 전부터 활동하던 3개 병단 가운데서 이현상이 이끌던 제2병단의 후신이다. 지방의 당 조직이 속속 입산하여 파르티잔으로 편제를 바꾸는 동안, 이현상은 제2병단 잔존 세력을 이끌고 북상하며 후퇴 중이었다. 이들은 50년 11월 강원도 북부 지역에 도착할 즈음, 중국인민지원군의 참전으로 전세가 바뀌었다는 것을 알고, 조선인민유격대 독립 4지대라는 새로운 이름으로 개편한다. 대략 800명 규모의 독립 4지대는 이때부터 다시 남하한 뒤 남부군이라는 명칭으로 전남과 경북도당을 제외한 나머지 지방당을 규합하여 지리산에 새 거점을 마련했다. 로명신이라는 가명으로 남부군 사령관에 취임한 이현상은 통합된 조선인민유격대를 사단제로 재편하여 충남은 68사단, 전북 북부는 45사단, 전북 남부는 46사단과 53사단, 경남은 57사단, 남부군은 81사단, 92사단, 602사단으로 편제하였다. 각 사단은 《승리의 길》이라는 제호로 등사판 진중신문을 발행하기도 하였다.

이로써 한 때나마 이현상에 의하여 통일된 무장투쟁이 진행되었고, 각 도에서 발행하는 파르티잔 기관지도 남부군에서 발간하는 제호와 같이 '××× 승리의 길'로 통일하였다. 남부군 기관지는 《승리의 길》, 남부군 직속부대의 경우는 《지리산 승리의 길》, 전남도당은 《백아산 승리의 길》, 경남도당은 《덕유산 승리의 길》이었다. 단 전북도당 만은 기존의 《전북도당 신문》이 이미 400호를 넘어섰기 때문에 그대로 사용하기로 하였다. 그때 회의에 참석하지 않았던 남도부가 이끄는 부대의 경우도 원래대로 《붉은 별》이라는 별도의 제호를 사용하였다.

위 기관지 이외에도 수많은 파르티잔 기관지가 자체적으로 제작 배포되기도 하였다. 《유격전선》(51년 10월 8일 창간. 6·2지대 및 충남유격대), 《불길》(51년. 조선인민유격대 불길 사단), 《빨치산》(전북 빨치산사령부), 《투보(鬪報)》(51년 봄. 전북남원 빨치산사령부), 《불갑산 빨치산》(50년 하반기. 불갑산지구), 《무등산 빨치산》(51년 초. 광주지구〔광주유격대, 광산유격대, 화순유격대〕), 《묘향산 전진》(52년. 거제도 인민군포로수용소 내), 《돌진》(52년. 거제도 인민군포로수용소 내) 등이 그것이다.

한국의 체 게바라 이현상은 전북 금산읍(현 충남 금산군) 군복면 외부리 산122번지(가마실골) 출생이다. 그의 집안은 뼈대 있는 전주 이씨 가문으로 군복면에서 가장 많은 토지를 소유한 400석을 하는 부농이었다. 부친 이면배는 조선 시대에 진사시험에 합격했고, 금산군청에서 근무하다가 일제강점기 초기에 군복면장을 지낸 지식인이었고 이현상(1905년생)은 4남 2녀 중 다섯째 아들(아들로는 넷째)이다. 부친은 면장으로 일하는 동안 덕을 많이 베풀어 그의 송덕비가 세워질 정도로 그 지역의 인심을 얻고 있었다. 이현상은 당시의 조혼 풍습에 따라 16세 때 이웃 무주군 무풍면의 부유한 집안 출신인 최문기와 결혼하였다. 결혼한 다음 해인 1921년에 금산 읍내에 있는 금산보통학교에 들어가 신학문을 처음 접했다. 보통학교를 졸업한 후에는 고창군의 사립명문인 고창고등보통학교에 입학하였다. 1학년 당시의 성적은 평균 91점으로 동급생 48명 중 1등이었다. 2학년 때에는 평균 85점으로 3등을 하였는데 이때부터 이미 사회활동에 적극적인 관심을 가지고 참여하였기 때문이다. 학적부에는 "침착하며 약간 집요한 데가 있는 성격"이라고 적고 있다. 1925년에 고창고보에서 서울로 유학 와 중앙고등보통학교에 전학하였다. 중앙고보 4학년 재학 중인 1926년 순종의 인산일(因山日. 장례일)을 계기로 6·10 만세운동이 일어났다. 이에 이현상은 학교의 동맹휴학을 주도하고 시위에 적극 참여하며 사회운동에 뛰어든다. 그 전 해(1925)에 창설된 조선공산당이 시위를 주도하려 했으나 사전에 비밀이 누설되어 공산당 지도부 200여 명이 체포되는 바람에 시위는 학생들이 주도하는 형식이 된다.

 6월 10일 이른 아침부터 순종의 상여가 지나가는 돈화문에서 홍릉까지 수 킬로미터의 인도에는 30여 만의 추도 인파가 몰리고 있었다. 일본 해군의장대가 장송곡을 연주하며 종로3가 단성사 앞을 통과할 때 한 의기에 찬 학생이 태극기를 들고 앞으로 뛰쳐나왔다. 중앙고보 4학년 학생 이현상이었다. 그가 앞으로 나가며 "대한독립만세!"를 삼창하자 일제히 따라서 대한독립만세를 외쳐댔다. 그는 이어서 군중을 향하여 열변을 토하였다.

 "이천만 동포여! 이 땅에서 원수를 몰아냅시다. 우리의 원수가 누구인가. 지금 우리 황제 폐하의 영여를 호위한다는 저 일본 병사의 의장대를 보시오. 저들이 바로 우리의 원수인 것입니다. 이천만 동포여! 이제부터 우리는 일본을 살찌우고 있는 일체의 납세를 거부합시다. 일본에 이익금이 가고 있는 일체의 일본 물품을 구매하지 맙시다. 일본인 공장에서 일하고 있는 모든 노동자는 총파업을 하고, 일본인 지주에게는 소작료를 납부하지 맙시다. 여러분, 낙담하지 마세요. 위대한 우리 대한제국은 반드시 다시 영광을 누릴 날이 올 것입니다."

이어서 그는 구호를 외친다.

"언론 출판 집회의 자유를 달라!"

"일본 군대와 헌병을 철거하라!"

"동양척식 주식회사를 철폐하라!"

군중들은 이현상이 외치는 끝부분을 다 같이 삼창한다. "자유를 달라!" "철거하라!" "철폐하라!" 오늘 참가한 학생은 모두 24,000여 명이었다.

원래 1926년 조선공산당은 노동자의 날에 대규모 투쟁을 계획하고 있었는데 갑자기 4월 25일 순종이 사망한 것이다. 조선공산당은 순종의 인산일인 6월 10일에 많은 군중이 모일 것을 예상하여 전국적인 대규모 시위를 계획하고 있었다. 조선공산당은 '6·10 운동 투쟁 지도특별위원회(총책 권오설)'을 조직하여 5만 장의 격문을 인쇄하는 등 치밀한 계획을 하다가 사전에 발각되어 일경에 검거되고 말았다. 조선 공산당 지도부의 대규모 검거에도 불구하고 천도교(동학의 후신)와 학생들의 참여로 인천, 병영, 통영, 순창, 원산, 개성, 홍성, 신천, 평양, 전주, 마산, 공주, 하동, 당진, 구례, 강경 등 시위는 전국적으로 번져 나갔다.

6·10 만세운동의 특징은 3·1 독립운동 이후에 침체했던 항일투쟁의 불길을 다시 피어오르게 한 점이다. 그런 연고로 일본은 경찰과 7천여 명의 육·해군을 동원해서 시위를 차단하였고 시위 참가자 5,000여 명을 검거하였다. 동시에 제2차 고려공산청년회 책임비서 권오설을 비롯하여 다수의 공산당원이 체포됨으로써 제2차 조선공산당이 무너지는 결과를 초래하였다.

고종이 독살되었고 순종도 독살되었을 것이란 소문이 퍼지며 걷잡을 수 없이 군중은 흥분하였다. 그전에도 고종과 황태자(순종)에게 해를 가할 목적으로 그들이 즐기던 가비(珈琲. 커피)에 다량의 아편을 넣은 적이 있다. 고종은 맛이 이상함을 감지하고 곧바로 뱉었으나 순종은 미처 알아차리지 못하고 다 음복하여 치아가 모두 망실되고 며칠간 혈변을 누는 등 심한 고통을 당하다 겨우 깨어났다. 고종은 헤이그에서 열린 만국평화회의에 이준 등을 밀사로 파견하였다는 죄목으로 일제에 의해 퇴위당하고, 뒤를 이어 순종이 제위에 오른다. 순종은 대한제국 육군 대장 예편과 아울러 원수에서 대원수로 승급하고 연호를 융희(隆熙)라 하였으나 실은 아무런 실권이 없고 자식도 낳을 수 없는 불구의 몸이 되어 있었다. 일제는 러·일 전쟁의 승리로 한반도에서 외세를 몰아내고 스스로 조선의 후견인 노릇을 하다가 1910년 경술늑약으로 한반도에 무혈입성하여 대한제국을 멸망시키고, 순종에게 한일합방서에 서명할 것을 강요한다. 순종이 혼미한 가운데서도 조약에 끝까지 동의하지 않자 당시 총리대신 이완용이 대신 서명을 한다.

6·10 만세운동의 맨 선두에 섰다가 첫 감옥살이에 들어간 이현상은 무쇠처럼 강한 인상에 쏘아보는 듯한 눈빛이 섬뜩할 정도로 깊은 인상을 주는 대한의 남아였다. 수감생활에 들어간 이현상은 먼저 잡혀 들어온 사회주의자들로부터 공산주의의 기초이론을 청취하고 깊은 감명을 받는다. 이번 감옥살이는 6개월 만에 기소유예로 석방되나, 이 사건으로 중앙고보에서는 무기정학을 당하게 되는데 그것은 사실상 퇴학처분이었다. 이현상은 이듬해인 27년 봄부터 수개월간 공사장 인부와 공장 노동자, 잡상인 등으로 활동하며 자금을 모아 임시정부가 있다는 상해를 향하여 밀항한다.

상해에서 3개월 동안 머물며 임시정부 경비병 노릇을 하다가, 망명 청년들의 모임인 한인청년회에 가입하여 활동하였다. 이곳에서 이현상은 박헌영, 여운형, 조봉암 등 훗날 그에게 큰 영향을 미치는 인사들과 만나게 된다. 그러나 임시정부가 창조론, 개조론 등으로 파벌싸움을 하는 것을 보고 이현상은 임시정부를 떠나서 귀국하여 버리고 만다. 고향 금산으로 돌아와 사회주의 성격의 청년들과 만나 청년조직 결성을 구상하였다.

귀국하여 검정고시로 고교과정을 마친 이현상은 28년 4월에는 세칭 민족지도자라고 하는 김성수가 운영하는 보성전문학교(고려대 전신) 법학과에 입학하였다. 그때 김복진과 면담하여 고려공산청년회에 가입한다. 여기서 사상적 동지라 할 수 있는 박헌영과 다시 해후하고 이어 김삼룡, 이주하, 김약수 등을 만나게 된다. 동시에 열정적인 공청 활동으로 학생의식 개조 운동을 목적으로 하는 '독서회'를 다른 각 학교까지도 조직하여 활동을 지원하였다. 이현상은 보성전문과 연희전문의 독서회를 조직하는 일을 맡았는데, 이 때문에 고려공청회와 학생과학연구회가 일제의 요시찰 대상이 되고 밀정의 침투로 일경의 검거대상이 되자 이현상도 체포되어 28년 9월 두 번째로 구속된다. 이른바 'ㄱ당학생사건'

이었다. 'ㄱ당'이란 신간회 대구지회의 문상직(신흥무관학교 졸), 조차용, 장택원 등이 주축이 되어 대구 달성공원에서 조직한 독립운동 비밀결사 이름이고, 'ㄱ'은 한글의 첫 글자로서 조선의 기원을 의미했다. 하여튼 이로써 이현상은 보성전문학교를 중퇴하고 마는데 당시 일경의 신문조서에는 "극렬한 사회주의자로서 개전의 가능성은 없다."라고 적혀 있다.

조선독립운동에 뛰어든 이현상은 해방이 될 때까지 4번에 걸쳐 12년간이나 감옥살이를 한다. 두 번째로 체포되었을 때 이현상은 재판정에서 확신을 가지고 판사를 향해 사자후를 토한다.

"그렇다. 나는 철저한 공산주의자이다. 낡은 일본 제국주의는 반드시 공산주의 혁명으로 붕괴될 것이고 조선의 독립은 이루어지고 말 것이다. 너희들도 이제 어두운 굴속에서 광명의 세상으로 나와라. 너희들이 반성만 한다면 우리는 얼마든지 너희를 용서하고 너희와 같이 손잡고 일할 수 있다. 인간의 존엄을 중시하고 평등한 사회를 이루려는 우리 공산주의는 반드시 성공하고야 말 것이다."

법정이 쩌렁쩌렁 울리는 열변에 청중은 전신에 소름이 끼쳤고 와타나베 재판장은 초라한 법복 안에서 몸을 움츠리며 좌불안석이었다. 재판장 와타나베는 용기백배하여 호위 경관을 향하여 소리를 질렀다.

"저 자의 입을 틀어 막아랏!"

이현상은 최종심에서 4년 형을 선고받았고 혐오스러운 용수를 뒤집어쓴 채 다른 독립운동가들과 함께 끌려가면서도 너무나 당당하였다. 이현상은 감옥 안에서 평생동지인 이재유, 김삼룡을 만났고, 이들 세 사람과 출옥하면 조선공산당 재건을 위하여 함께 노동운동에 뛰어들자고 굳게 약속한다.

이현상은 출감한 즉시, 33년 1월에 이현상, 이재유, 김삼룡을 주축으로 '조선공산당 재건을 위한 경성 트로이카'라는 지하조직을 결성한다. 이 트로이카(말 세 필이 끄는 러시아 썰매)는 젊은 혁명가들을 규합하여 잇달아 경인 지역에 적색노조를 결성하고 부당한 노동조건을 갖춘 공장의 파업을 주도하는가 하면 경성 시내 고등학교의 민주동맹휴학을 지도해 나갔다. 갑자기 8개나 되는 공장이 연쇄파업을 벌이자 무슨 배후가 있을 것이라고 생각한 일본 경찰은 좌파검거 선풍을 일으켰다. 여기서 이현상은 다시 체포되어 4년 7개월의 수감생활을 해야 했다.

38년 6월, 이현상이 34세의 나이로 세 번째 옥살이에서 풀려났을 때 국내외 정세는 엄청난 변화가 오고 있었다. 일본군은 만주에 이어 중국 본토를 파죽지세로 쳐들어갔고 조선

독립운동은 사실상 붕괴되고, 온통 친일파의 세상이 되어 있었던 것이다.

이현상은 김삼룡, 정태식, 이관술, 박진홍, 이순금 등을 규합하여 '조선공산당 재건을 위한 경성지역 공산주의자의 모임'이란 의미의 경성 코뮤니스트그룹을 줄인 '경성콤그룹'을 창립하였다. 그들이 일제 말에 국내에서 일제에 항거한 유일한 독립운동 단체가 되었다. 지도자로는 조선공산당 창립멤버의 하나인 박헌영을 영입하였다. 그러나 경성콤그룹은 40년 여름부터 시작한 일제의 본격적이고 대대적인 검거 사태를 맞아 와해되고 만다.

일본이 패망하고 조선이 해방되자 좌익의 주도권은 마지막까지 변절하지 않고 일본에 항거한 경성콤그룹으로 넘어간다. 그러나 이들이 재건한 조선공산당은 일제에 이어 미군정에서도 불법화되고, 좌익과 우익은 조선반도의 주도권을 둘러싸고 격렬한 충돌이 벌어지게 된다.

이현상은 박헌영을 따라 월북했으나 남한의 정세가 험악해지자 원래 계획했던 소련 유학을 포기하고 다시 38선을 넘어 남한으로 내려온다. 이현상은 여기저기 흩어져 있던 파르티잔을 규합하여 600여 명을 이끌고 지리산으로 들어간다. 지리산 일대에서 토벌대와 격렬한 전투를 벌이던 파르티잔은 겨울을 지나면서 세력이 위축되었다. 크고 작은 전투가 계속되면서 50년 봄에 천왕봉의 북동쪽 계곡인 조개골에 모인 대원은 150명에 불과했다.

이현상은 더 이상 생존하기 어렵다고 판단하여 이들을 이끌고 북으로 가기로 하였다. 환자를 빼고 걸을 수 있는 인원은 불과 70명 정도였다. 이들이 덕유산을 거쳐 무주의 적상산 기슭에 자리를 잡았을 때 정찰 나갔던 대원이 뛰어오면서 소리쳤다.

"전쟁이 일어났답니다. 농민들이 그러는데 조선인민군이 밀물처럼 밀고 내려와 어제 대전까지 점령했답니다."

남로당이 붕괴되면서 모든 연락이 끊기자 벌써 보름 전에 시작된 전쟁 소식도 모르고 있었던 것이다. 토벌대에 쫓기던 이현상 부대는 무주읍 남쪽의 적상산에 와서야 6·25가 터진 것을 알게 된 것이다. 기뻐 날뛰던 이현상 부대는 오랜만에 산속을 벗어나 도로를 따라 무주읍으로 들어갔다. 이즈음 이현상 부대에 합류한 하수복이라는 미모의 젊은 간호사가 있었다.

"하수복 동무는 어떤 연유로 우리와 합류하게 되었습니까?"

"왜 여자는 파르티잔이 되면 안 됩니까?"

"그건 아닙니다만 너무 어려운 길을 택하신 것 같아서 묻는 것입니다."

"저의 가정은 지주 놈들에 의해 착취당하고 나면 겨우 입에 풀칠을 할까 말까였습니다. 그러던 중 보도연맹의 불법 처형으로 오빠가 돌아가시고 이에 항의하는 아버님마저 얻어맞아 앓다가 돌아가셨습니다. 놈들에게 원수를 갚는 길밖에 없다고 생각하고 있던 중 파르티잔 부대가 도착했다는 소식을 듣고 자원했습니다."

"너무 증오가 차 있으면 대의를 그르치기 쉽습니다."

"알고 있습니다. 명심하겠습니다. 이현상 동무는 위대한 사회주의자라고 아버님에게서 말씀을 들은 적이 있습니다. 성심성의껏 따르겠습니다."

그 뒤로 하수복은 줄 곳 3년간 남부군 사령부 의무요원으로 복무했다. 53년 초쯤 남부군이 수십 명 밖에 안 남고 지리멸렬한 단계에서 둘은 본격적으로 가까워졌고 육체적 관계까지 맺는 사이가 되었다. 자기 관리가 너무나 엄격했던 이현상이 자기의 딸 나이밖에 안 되는 23세의 어린 처녀와 관계를 맺었다는 것은 아마 최후를 감지하고 있었던 듯하다. 하수복은 53년 여름께 하산하여 수용소에 갇혔다가 얼마 안 있어 풀려났고 아들을 하나 낳아 부산에서 살고 있다고 전해진다.

하여튼 인민군이 밀고 내려왔다는 기쁜 소식도 잠시뿐이었다. 그들이 양산에 머무르는 동안 조선인민군이 퇴각하기 시작하였으니, 바로 인천상륙작전이 이루어진 것이다.

이현상 부대는 다시 후퇴할 수밖에 없었고, 그들이 북강원도 세포군 후평리에 들어설 무렵 백마를 탄 이승엽 남조선해방지구 군사 전권위원이 달려왔다. 이승엽은 남한지역의 모든 파르티잔을 '남반부 인민유격대', 약칭 '남부군'이라 칭하고 이현상에게 통합지휘권을 맡기고 인민군 소장 임명장을 전한다. 이현상은 다시 남쪽으로 내려가 퇴로가 막힌 인민군 패잔병 2만 명을 규합하여 후방을 교란하라는 지시를 받았다.

50년 11월 10일 창립된 남부군은 860명에 달하는 규모였다. 지리산으로 내려가는 도중에는 충북의 도청소재지인 청주를 공격했다. 51년 5월 26일 새벽에 청주시의 주요 기관들은 순식간에 파르티잔에 의해 점거되었다. 청주경찰서와 충북 도청 무기고에서는 무기가 털리고 은행의 막대한 자금이 파르티잔의 손으로 넘어갔다. 청주교도소에 수감되어 있던 좌익수, 양심수 142명도 석방되었다. 이 모든 것이 불과 30분 만에 이루어진 일이었다.

51년 연말부터 국군의 토벌 작전이 거세어졌다. 남부군은 패잔병을 많이 배출한 부대를 흡수하고 이어 타격을 받은 제1병단과 제3병단을 합병하여 '조선인민유격대 독립4지대'로 개편하였다. 이현상은 인민유격대 독립4지대장 겸 인민유격대 남조선 지부 사령관에 임명되었지만, 매우 어려운 처지에 몰리고 있었다. 이어서 이현상은 남로당 제5지구당 위원장에도 임명되었다. 남북로당이 통합되었는데도 남한의 남로당은 독자적으로 활동할 수밖에 없었다.

파르티잔은 세 번 죽는다고 했다. "총 맞아 죽고, 굶어 죽고, 얼어 죽는다."는 것이다. 낮에는 경찰 세상, 밤에는 빨치산 세상이 지루하게 계속되었다. 백성들은 낮에 경찰에 협조하면 밤에 빨치산에게 보복당하고, 밤에 빨치산에 협조하면 낮에 경찰로부터 보복을 당해야 했다. 그런데 상상외로 빨치산의 보복은 거의가 지방 빨치산의 사감에 의한 폭력이 대부분이고 정규 북한 인민군 출신의 폭력은 아주 미미하였다. 그들은 국민의 기반이 자기의 자산이기 때문에 국민에게 잘못하면 반드시 망한다는 신념이 있었다. 적도 교전 중인 적 이외에는 죽이지 않는다는 남부군 이현상의 선언은 지리산 파르티잔의 최고 지침으로 강조되었다.

그런데 51년 봄부터 조선 파르티잔에는 뜬금없이 '재귀열병'이라는 유행병이 돌면서 전투력이 급감하였다. 파르티잔에 닥친 커다란 시련이 아닐 수 없었다.
"재귀열병과의 투쟁은 조국을 위한 투쟁이다."
라는 구호를 내걸고 병 치료에 온갖 힘을 기울였던 것도 그 때문이었다. 말라리아와 유사한 증상을 일으키는 이 병의 창궐에 대해서는 미국의 생물학무기 실험결과였다는 주장이 끊임없이 제기되었다. 미국은 6·25 초기에는 미 해병대를 투입하여 헬기로 입체적인 기동작전을 벌렸고 전쟁 후기에는 한국 육군 끝판왕(막판 보스)이라는 백선엽을 총책으로 하여 백 야전사령부를 만들어 토벌 작전을 벌였다. 미국은 파르티잔 섬멸을 위하여 아낌없이 현대적 무기와 장비를 지원했다. 이것은 미국의 공산권 봉쇄정책과 맞물리는 것이었기 때문에 미8군 사령관 밴 플리트가 조선 파르티잔 토벌에 미군 병력을 투입하고 직접 작전을 지휘했던 것이다.

재귀열병은 51년 2월경에 전남도당에서 유행하기 시작하여 산을 타고 점점 북상하더니 4월에는 전북, 5월에는 충북 도당과 충북 속리산의 남부군까지 전염되어갔다. 전북도당의 경우, 도당과 5개 병단이 있는 북부지역에만 400명 중 300명이 재귀열병에 걸렸으니 그 피해가 얼마나 컸는지 짐작할 수 있다. 남부군은 몇 백 명밖에 안 되는 총 병력 중 재귀열병으로 60-100명이 죽었으니 그 타격은 심대하였다. 전남도당의 희생이 가장 컸으니 사망자가 물경 1,000명이나 되었다. 많은 목격자들의 증언에 의하면, 미군 쌍발 군용기가 저공비행 하면서 투항을 권고하는 삐라와 정체불명의 백색 분무액을 살포하고 지나갔는데, 그로부터 2-3일 뒤에 파르티잔 병사들이 재귀열병의 증세가 나타났다는 것이다. 광주 무등산에서도 정운용(광주 서구 화정동)은 자기가 직접 보았다며 세균이 뿌려졌다고 주장한다. 정운용은 무등산 자락에 있는 백아산과 안양산 일대에서 한국전쟁 당시 파르티잔으로 활동했던 사람이다.

"51년 3월 무등산 자락인 규봉암 일대에 당시에는 연습기(쌍엽기로 추정)라 불렀던 작은 비행기에서 하얀 분무액을 뿌린 후, 계곡물에 세수하거나 물을 마신 빨치산과 마을 주민들은 온몸이 새까맣게 변하고 열이 나는 재귀열병에 걸려 많은 사람이 죽었다."

고 하였다. 원래 미국은 50년 9월 15일 인천상륙작전으로 전세를 뒤집는 데 성공하자 압록강 근처까지 진격하며 크리스마스 이전에 전쟁을 끝내겠다고 호언장담하였다. 그러나 중국인민지원군의 참전과 후퇴하던 북한군의 대대적인 반격이 시작되고 거기에 혹독한 북한의 추위가 몰아치자 미군은 참패를 거듭하며 후퇴하고 있었다.

3

 그래서 51년 봄부터 한국 전쟁은 교착상태에 빠져들었다. 북한 점령에 실패한 미국은 핵무기 사용과 북·만 국경지대 방사능 코발트 핵폐기물 투하까지 검토하였다. 그러나 이 계획은 국제사회의 반발을 받아 철회할 수밖에 없었고, 핵사용을 주장하던 맥아더는 트루먼에 의해 해임당하였다. 맥아더는 비록 해임되었지만 매카시즘 분위기에 휩싸인 미국은 강력한 수단을 사용해 중국을 굴복시키고 북한을 점령하겠다는 것이 대체적인 분위기였다. 그래서 맥아더의 후임 리지웨이는 북한지역에 대대적인 폭격을 가하여 북한을 초토화시키는 '교살작전'을 실시했다. 그러나 중국과 북한은 미국의 폭격에 대비하여 갱도전(땅굴)을 벌리고 있었기 때문에 군사적인 폭격에 큰 타격을 받지 않았다. 이런 상황에서 미군은 세균전을 검토한 것이다. 이에 미국은 51년, 트루먼 대통령이 참여하는 화학전-방사능전-세균전 같은 특수전의 최고 결정기구이자 지휘기구인 심리전략위원회(PSB. Psychological Strategy Board)를 만들었다. 이 위원회에서 최초로 내린 결정은 51년 7월 이후 시작되는 휴전회담이 실패할 경우를 상정한 '이륙작전(Operation Take-Off)', 즉 세균폭탄을 투하하는 것이었다.

51년 미 육군 화학부대장은 의회 진술에서 "세균을 운반하는 가장 간편한 수단은 전단용 폭탄이다."라고 실토하였다. 전단용 폭탄은 땅에 떨어지기 직전 폭파하여 공중에서 터져 내용물을 살포하는 폭탄인데, 세균탄에도 같은 조건이 필요했기 때문에 전단 살포용 폭탄을 세균탄으로 사용했을 가능성은 충분히 있다.

52년 2월 22일, 북한은 외무성 성명을 통해 미국이 조선에서 세균전을 벌이고 있다고 주장했다. 북한은 미국이 52년 1월 28일부터 세균에 감염된 곤충을 대량으로 한반도 상공에 살포하고 있다면서 그들이 조사한 결과 곤충들이 콜레라, 페스트 등 여러 병원균에 감염되어 있다고 유엔 측에 강력하게 항의하였다. 중국의 주은래 총리 역시 동년 3월 미국의 비행기가 중국의 화북지역 및 동북부에서 세균전을 수행하고 있다고 발표하며 미국을 맹비난하였다. 북한과 중국의 주장은 질식 작용제, 독성가스, 세균학적 수단을 전쟁에 사용하지 못하도록 규정한 1925년 제네바 의정서 위반이란 것이었다.

세균전은 논란이 되었으나 실제 조사단을 조직하는 데는 많은 어려움이 따랐다. 그러던 중 노르웨이 오슬로에서 비정부기구이면서 75개국의 회원국을 가지고 있는 '세계평화회의'가 열렸다. 이에 52년 3월 29일 열린 세계평화회의 집행위에서 국제과학조사단을 구성해 조사할 것을 만장일치로 가결하고, 세계적으로 저명한 세균, 곤충, 생물학자로 조사단을 구성하여 52년 6월 중국과 조선을 방문하고 2개월간 조사를 실시했다. 물론 이남에는 오지도 못하였다. 그것은, 이남에서는 감히 유엔에 세균전 수행을 제기할만한 사람이 있을 수 없었기 때문이다. 제기하려면 이승만이나 아니면 52년 한 해만 5번이나 바뀐 허수아비 국무총리 누가 해야 하는데, 미군 통치하에서 오금을 펴지 못하고 있는 상황에서는 상상도 할 수 없는 일이었다.

이렇게 해서 만들어진 조사단이 영국 왕실협회 소속 과학자인 조셉 니담(Joseph Terence Montgomery Neeedham.

CH, FRS. 1900-1995)을 단장으로 하는 국제과학자협회 공식 조사단이었다. 그들은 영국, 프랑스, 이탈리아, 스웨덴, 소련, 브라질 등의 7명의 과학자들로 구성되었다.

조사단의 단장을 맡은 조셉 니담, 그는 누구인가? 아마 중국학을 연구하는 사람 치고 세계적인 학자 조셉 니담의 이름을 모르는 사람은 없을 것이다. 그의 역저『중국의 과학과 문명』(Science and Civilization in China)은 거의 모든 중국학 연구 학자의 책꽂이에 꽂혀 있다. 그는 노샘프턴셔의 아운들(Oundle) 공립대학을 마치고 1918년 케임브리지 대학교 곤빌 앤드 키스 칼리지에 입학했다. 처음에는 의학을 공부하려 하였으나 강사 F. G. 홉킨스의 권유로 생물학과 화학을 전공했다. 22년에 졸업하고 24년에 박사학위를 받았으며 동년 키스 칼리지의 펠로로 선출되었다. 학부 학생 때인 20년 케임브리지의 던(Dunn) 생화학연구소에 들어가 22년간이나 연구하였다. 그는 30대 초반에 벌써 세계적인 명성을 얻은 생화학자 겸 역사, 철학, 종교학자가 되어 있었다. 42년에 충칭(重慶)으로 가서 4년 동안 중·영(中英) 과학협조관으로 근무하면서 중국과학에 관한 자료를 모으기 시작하였다. 46년 국제연합 교육과학문화기구(UNESCO) 창립과정에 참여했으며 유네스코 초대 사무총장 J. 헉슬리의 요청으로 자연과학부장이 되어 2년 동아 파리에서 근무하고 케임브리지 대학으로 돌아왔다. 이 무렵부터 『중국의 과학과 문명』의 집필에 착수하였다. 총 7권 34책으로 기획된 역저는 그가 타계(95년) 할 때까지 미완이며 후학들에 의하여 계속 출간되고 있다.

한국 전쟁 당시 미국이 북부 중국과 북한에 세균전을 시행했다는 중국의 고발에 의하여 단장으로 중국과 북한을 직접 방문하여 조사한 그는, 이 때문에 정치적으로 난처한 입장에 처하게 되고 학계에서도 어려운 처지였으나 만난을 극복하고 대학에서 자기의 위치를 지킨다. 65년 교수직을 사임하고 켐브리지 곤빌 앤드 키스 칼리지의 학장에 취임하여 은퇴할 때까지 복무한다. 은퇴 후에는 케임브리지 대학에 동아시아 과학도서관을 설립하여 관장이 되었다. 이 도서관을 니담 연구소(The Needham Research Institute)로 발전시켜 소장에 취임한다. 니담은 자연과학과 인문과학의 최고 명예인 왕립학회 펠로(FRS)와 영국학술원 펠로(RBA)가 된다.

『니담보고서』는 600페이지가 넘는 방대한 보고서인데 그 내용은 참으로 충격적이었다. 미 공군이 한국전쟁 당시 중국과 북한을 상대로 세균전을 치른 것으로 추정되는 내용이 담겨 있었기 때문이다. 보고서에는 참고자료로 전쟁 당시 중국과 북한 일대에서 세균을 뿌리다 잡힌 미군 포로의 수기 진술서, 선양(瀋陽) 지역에서 발생한 세균 감염과 파리의 매개에 대한 조사, 선양과 하얼빈(哈爾濱)에서 발생한 겨울 기온 및 곤충수에 대한 1951-1952년과 1950-1951년의 비교 그래프, 미군 전투기가 살포한 세균에 의해 감염된 평안남도 강수군의 유행병 관련 보고서, 강수군 사건에 대한 청문회와 목격 증인과 과학자의 증언, 평양의 세균전에 대한 보고, 미군의 세균 배포 경로 비행지도 등 세균전을 뒷받침할 증거가 가득히 수록되어 있다. 또한 피해지역 현장검증 사진과 세균이 투하된 지역의 비행사진, 미군이 떨어뜨린 세균폭탄 사진 등이 실려 있다.

미국은 이 보고서가 근거 없는 내용이라고 반박하고 조셉 니담은 미국 입국이 금지되는 등 매카시즘적인 박해가 심했으나 그는 자기의 소신을 끝까지 굽히지 않는다. 그때 조사단의 일원이었던 영국의 조셉 나단(Joseph Nadan. 조셉 니담과 다른 인물) 박사는 24년이 지난 이후 엔디코트(John E. Endicott.『미국과 생물학전』의 저자)에게 보낸 서한에서 "그(조셉 니담)는 미국이 세균전을 수행했다는 것을 97% 확신한다고 말하면서 24년이 지난 오늘날에도 똑같은 생각을 가지고 있다."고 밝혔다. 1971년 권위 있는 스톡홀름의 국제

평화조사연구소는 "이 조사단의 관찰은 사실과 부합하는 것으로 인정되며, 증거들이 결코 사기, 조작된 것으로 볼 수 없다."고 하면서 니담 보고서가 과학성과 유효성을 가지고 있다고 인정했다.

미국은 일본의 그 악명 높은 마루타(丸太. 껍질을 벗긴 통나무, 즉 생체실험용 인체)로 유명한 731부대장인 이시이 시로(石井四郎)를 비롯한 관련자를 사면해 주는 조건으로 731부대의 시험결과를 빼돌린다. 731부대는 중국인과 한국인 독립운동가, 연합군 포로 등 1만여 명의 사람을 대상으로 생체실험을 자행했던 인류 최악의 범죄집단이며 세균전 부대였다. 미국은 731부대원 등에게 생체실험 자료 교환조건으로 전범 재판의 기소를 면제해 주겠다고 했으며, 총 15-20만 엔의 자금을 부대원들에게 준 것으로 드러났다. 자료를 얻은 미국은 이시이와의 밀약을 지켰다. 증거 불충분이란 이유로 이시이 시로와 731부대 관계자를 기소하지 않은 것이다. 일본 오사카 외대의 후지메 유키 교수의 『6·25 전쟁에서 생체실험한 일 731부대』에 의하면 수천 명 규모의 일본인이 한국전쟁에 참전했고, 그중에는 731부대 출신의 군인들이 많았다고 한다. 이시이도 한국전쟁 중 한국을 두 차례나 방문했다고 폭로했다.

일본이 6·25 전쟁에서 미국 편으로 참전하였다는 것은 러시아 국방부 소속 국사연구소 가브릴 코르트코프(Gavril Korotkov) 박사도 지적하였다. 한국전 당시 소련 극동군 총사령부의 정보 분석에 의하면 미국의 요청에 의하여 일본은 경찰예비대 소속 육군 8천 명, 함정 46척, 그리고 1,500명의 해상병력 총 9,500명 이상의 인원이 참여하였으며, 이들은 군수지원 이외에 실제 전투에도 참가했다고 했다.

51년 11월 말부터 수도사단, 제8사단, 15사단을 지리산으로 남하시켜 총 4만 명의 병력으로 대대적인 빨치산 토벌 작전을 시작하였다. 국군은 겨울 직전 시기를 택해 24시간 교대로 파르티잔을 추격하였다. 3차례의 대규모 토벌 작전으로 남부군은 궤멸적인 타격을 입는다. 군사적인 타격을 받고 실의에 빠진 이현상에게 정치적인 타격까지 겹쳐오고 있었다. 그것은 북한에서 이현상이 속한 남로당의 숙청이 시작된 것이다. 53년 3월 하순부터 이승엽을 비롯한 남로당 출신들에 대한 대대적인 체포 처형이 시작된 것이다.

또한 북한에서는 포로 교환 때에도 파르티잔의 잔여세력들을 '군인으로 인정해 북송해 달라.'는 말은 한마디도 하지 않았다. 정전협정이 성립되고 포로 교환이 이루어졌는데도 그들은 남북 정권의 어느 쪽의 보호도 받지 못하고 사그라들어야 했다. 뒤늦게야 북한에서는 1968년 평양 신미동에 애국열사릉을 조성하고 이현상의 묘지를 제1호(묘지번호 000001번)로 만들고 근처에 막역한 동지 김삼룡, 홍명희, 이주하, 조소앙, 김규식, 조봉암, 여연구 등 500여 명을 차례로 안치하였다. 이현상은 또 북한의 제1호 열사증이 수여되고 조국통일상을 받게 되었다.

이현상이 북한에서 김일성과 만났을 때,

"이현상 동무, 혹시 하고 싶은 말이나 부탁할 일이 있으면 미리 서슴지 말고 말해주시오."

"네, 저에게는 1남 3녀의 자식이 있습니다. 앞날을 오직 김일성 동무에게 부탁합니다."

"알겠습니다. 혹시 무슨 일이 있으면 제가 책임지고 4남매를 돌보겠습니다. 아이들을 어서 북으로 보내주시고 유망한 청년들도 보내주세요."

이현상이 북한을 떠난 지 2달 후인 48년 8월에 이현상의 아들 이극과 몇몇 청년들이 평양으로 왔다. 이현상은 먼저 21살의 아들 극이만 북한으로 보낸 것이다. 김일성은,

"누가 이현상 동무의 아들인가?"

"네, 제가 이자 현자 상자의 아들입니다."

"그래, 이리 가까이 오너라. 무척 영리하게 생겼구나. 이름이 무엇이냐?"

"네, 극이라 합니다."

"그래, 항상 이긴다는 뜻의 좋은 이름이구나. 내 너를 반드시 조선인민민주공화국의 재목으로 키울 것이다."

이현상이 사망한 이후, 이승만 정부는 혈안이 되어 이현상의 가족을 찾았다. 가족은 53-54년 사이에 숨어서 북한으로 넘어갔고, 이현상의 아내 최문기와 세 딸 그리고 셋째 형(이현식)의 아내와 자녀들 중 두 아들과 딸이 같이 북한으로 넘어갔다. 김일성의 특별지시에 의하여 특무대원들이 남파되어 특수 임무 작전으로 직접 대동하고 서해안을 통해 쾌속보트로 월북했던 것이다. 이현상의 부인 최문기는 72년에 사망하였는데 김일성의 직접 지시로 혁명열사릉 이현상의 가묘에 합장하였다. 이현상의 외아들 이극은 역시 김일성의 지시로 모스크바에 유학을 다녀와 김일성 종합대학 교수로 봉직하였고, 인민사서라는 명예 칭호를 받고, 정년을 넘겼지만 인민대학습당에서 국제도서교환처장으로 근무했다. 큰 딸 이무영은 중앙당 학교를 졸업하고 조선인민군 정치부와 노동당에서 일했다. 둘째 딸 이문영은 혁명 자녀들이 다니는 만경대 혁명학원을 졸업하고 중앙의 한 기관에서 일하다가 김일성의 배려로 당 중앙위원으로 복무했다. 막내딸인 이상진은 대학을 졸업한 후 외교관으로 활동하면서 첫 여성 1등 서기관이 되었다. 2000년 남북정상회의 당시 김대중 대통령이 평양 만수대 의사당(국회의사당) 방문 때 안내를 맡았던 여성이 바로 이현상의 막내딸 이상진이었다. 남한에서 독립운동가는 3대가 망한다는 세상인데 북한에서 독립운동가는 이렇게 크게 대접받는 세상이었다.

파르티잔이 발붙일 곳이 없던 53년 8월 6일과 9월 6일, 지리산 빗점골에서는 제5지구당 조직위원회가 열렸고 여기서 제5지구당을 해체하기로 의결한다. 남로당 지휘계통에 있던 이현상은 전라남북도, 제주도, 경상남도 서북부 지역을 맡은 남로당 제5지구당 위원장에서 물러나 평당원으로 돌아왔다. 남부군의 핵심 부대였던 제5지구당 요원들과 김지회 부대는 각 도당군에 분산 배치되었다. 이현상은 모든 직책을 벗고 탄약과 식량도 거의 바닥난 상태에서 소수 병력만을 데리고 지리산을 헤매고 있었다. 거의 같은 시기에 강원도에서 붙잡힌 파르티잔의 심문을 토대로 파르티잔 토벌 군경 합동수사대가 추격해 오고 있었고, 하동군 지리산 빗점골에 숨어 있는 이현상의 위치를 대강 파악하고 있었다. 특히 이현상의 개인 경호원 7명 중에서 2명인 김은석과 김진명이 체포되면서 위치를 거의 확실히 알게 되었다.

경찰 측은 일부러 이현상에 대한 정보를 숨기고 아무 일도 없는 듯이 군부대가 지리산 빗점골에서 철수하는 9월 17일까지 작전을 연기하였다. 그리고 군부대가 철수하는 17일부터 작전을 시작하였던 것이다. 9월 17일 경찰 토벌대는 빗점골을 포위하여 압박해 들어가고 있었다. 부상을 입고 병사들과 함께 계곡까지 달아난 이현상은 생존이 어렵다는 것을 판단하고 병사들에게 명령하였다.

"너희들은 어서 달아나라. 나를 부축하느라 시간을 지체해서는 안 된다."

"안 됩니다 선생님. 저희들도 끝까지 같이 가겠습니다."

"바보 같은 소리 마라. 너희들이 살아남아야 훗날을 기약할 수 있지 않은가?"

이현상은 권총을 꺼내 동지들에게 겨누고 마지막으로 경고하였다.

"어서 달아나라. 만약 달아나지 않으면 즉결처분하겠다."

그때에야 병사들은 엉엉 울면서 떠날 채비를 했고 어떤 병사는 큰절까지 하고 서둘러 그곳을 떠났다. 모두를 떠나보낸 이현상은 빗점골 너덜지대 합수 내 흐른 바위라는 곳에서 전사한 동료들의 시체를 내려다보며 자기의 관자놀이에 권총을 가져다 댔다.

"하늘이시어. 우리 민족을 돌보아주소서. 완전 자주독립국가가 되게 도와주소서. 일제 승냥이가 물러가고 미제 호랑이가 뒤따라왔습니다. 저들은 함부로 물러날 상대가 아닙니다. 저들을 이길 수 있는 힘을 주소서. 저들을 이길 수 있는 무기를 소유하게 도와주소서. 저를 포위하고 있는 저 토벌대들은 아무것도 모르는 불쌍한 생령들입니다. 저들을 용서하소서. 하늘이시어 내 민족을 굽어살펴 주소서."

이윽고 "탕!"하는 한 방의 총소리가 메아리쳤다. 빗점골에 분명 한 방의 총소리가 울렸건만 혹 그 총소리를 들은 사람도 매일 들리는 흔한 총소리의 하나라고 생각하고 말았다. 무심한 바람 소리만 "쏴!"하게 불어와 총소리는 금방 우거진 솔숲 속에 묻혀버리고 말았다. 18일 정오경에 관자놀이에 총을 맞고 사망한 이현상이 발견되었다. 그의 품속에서는 이현상의 자작 한시 한 수가 나왔다.

智異風雲當鴻動　지리산에 풍운 일어 기러기 떼 흩어지니
伏劍千里南走越　검을 품고 남으로 천 리 길 달려왔네
一念何時非祖國　언제 내 마음속에 조국이 떠난 적 있었으랴
胸有萬甲心流血　가슴엔 철의 각오 마음속엔 끓는 피

빗점골 합수 내 부근은 산세가 수려하기로 유명하다. 지리산 주 능선의 형제봉, 명선봉, 토끼봉의 남사면 자락에서 발원한 크고 작은 지류들이 모두 이곳으로 합수친다. 토끼봉 쪽에서 왼 골이 흘러들고, 명선봉에서 산태골 물이 흘러들고, 연하천과 형제봉 사이에서 절 골이 발원해 이곳으로 흘러든다. 그런 형세가 마치 부채살 형상의 얼레빗 모양을 하고 있어 '빗점골'이란 이름이 유래했고 세 개의 큰 골이 합수치는 지점이어서 이 부근을 빗점골 합수 내라고 부른다. 때문에 빗점골 합수 내는 항상 수량이 풍부하고 사시사철 투명한 옥수가 넘치는 곳이다. 이현상은 그처럼 아름다운 풍광을 감상할 겨를도 없이 굵은 한 생을 이곳에서 마감하였다.

수색대원 중에 빨치산에서 투항하여 토벌대가 된 병사가 있었다. 그들은 이현상을 보고,

"선생님!"

"선생님!"

하면서 같은 토벌대원들의 시선도 아랑곳하지 않고 달려와 대성통곡을 하였다. 이현상의 7명의 호위병 중 투항한 김은석과 김진명도 앞뒤 가리지 않고 달려나가 "죄송합니다, 선생님. 죄송합니다…"하면서 오열하였다.

무식한 토벌대원들은 목을 잘라야 한다고 생각을 했는지,

다시 살아날까 봐 두려워서였는지 모르지만, 목에 대고 8발이나 소총 사격을 가하였다.

그날 오후, 근처를 배회하던 김지회 부대원 5명이 경찰토벌대를 보고는 자살을 하려는 듯이 덤덤히 다가오다가 모두 몰살되었다. 그들은 산에서 이현상이 사망하였다는 소식을 접하고 시신을 수습하러 왔다가 절망상태에 빠져 저항도 하지 않고 자기들도 같이 죽었던 것이다.

이현상의 시신은 방부 처리되어 서울로 이송되었다. 시신은 서울교도소로 옮겨졌으며 이현상의 막내 삼촌인 이현배, 동향 출신 친구인 유진산, 임영신 등 지인들이 나타나 신분을 확인하였다. 창경원에서 20일간 시신이 전시되었다가 고향으로 내려 보내졌다. 그러나 유일하게 고향 외부리에 살고 있던 막내 작은 아버지 이윤배 씨는 "온 집안을 풍비박산 낸 놈이라 꼴도 보기 싫다."고 시신 인수를 거절하였다. 그러나 그것은 정말 시신 인수를 거부했다기보다 후일을 위한 자기 보호책이었던 것이다. 하는 수 없이 차일혁 부대장이 대신 약식 장례를 치르게 되었다. 경찰 측 토벌대장 차일혁이 10월 18일 화개장터 앞의 섬진강변에서 시신을 화장하였다. 토벌대 안에 승려 출신이 있어 불경을 외웠고 이현상의 뼈는 차일혁이 자기 철모에 넣어 M1 소총 개머리판으로 빻아 섬진가에 뿌렸다. 차일혁은 권총을 꺼내 허공에 3발을 쏘아 예포를 대신하였다.

　이현상의 가족 친지들은 이승만 치하에서 불온사상을 가진 자라는 딱지를 달고 극심한 핍박을 받으면서 생활하였다. 특히 "우리 현상이는 그렇게 호락호락하게 죽을 아이가 아니다."는 말만 되뇌면서 90이 넘도록 문간만 바라보며 아들을 기다리다 사망한 모친 김행정은 극우분자들에 의해 무덤이 파헤쳐져 팔다리와 목이 잘리는 등의 심한 시신 훼손까지 당한다.

# 15
# 아아, 상감령 전투

1

  상깐링(上甘嶺)! 이 말만 들어도 중국인은 가슴이 울컥한다. 중국인민지원군이 한국전에 참전한 이래 가장 치열하고 장렬했던 마지막 승부처이기 때문이다.
  이 전투에 참여한 중국지원군은 4만 3천 명, 유엔군은 6만여 명이었다. 이 전투에서 중국지원군은 유엔군 25,498명을 살상하였고 전투기 274대를 격추했으며, 유엔군은 중국인민지원군 15,600명(사망 7,100명, 부상 8,500명)을 살상했다.
  2008년 베이징올림픽 개막식 때 가장 먼저 울려 퍼진 곡이 바로 상감령 전투를 노래한 〈나의 조국(我的祖國)〉이었다. 한 어린이가 중국 국기인 오성홍기를 군인에게 건네주는 장면에서 나의 조국이란 노래가 메인스타디움을 장엄하게 울려 퍼지고 스타디움 밖까지 멀리멀리 메아리친다. 모두 3절로 이루어졌는데 매 절의 독창 부분은 중국의 유명한 소프라노 구오란잉(郭蘭英)이 숨이 끊어질 것 같은 고음으로 독창하고, 합창 부분은 수많은 가수가 일제히 산의 홍수가 용출(山洪噴湧)하듯 폭포수를 쏟아낸다.

2010년 10월 21일 시진핑(習近平. 주석이 되기 전)의 부인 펑리위안(彭麗媛)이 북한 동평양대극장에서 열린 중국인민지원군 한국전쟁 참전 기념행사에서 군복을 입고 열창한 노래도 상감령의 '나의 조국'이었다. 북한과 중국은 중국인민지원군이 참전한 10월 25일을 '중국인민지원군 참전 기념일'로 지정하고 함께 기념하는데, 이날은 김정은 노동당 제1비서도 아버지 김정일과 함께 참석했다.

2011년 1월 19일, 후진타오(胡錦濤) 주석과 오바마 대통령이 백악관에서 중·미 정상회담을 할 때, 만찬장에서 뉴욕 거주 만족 남성의 세계적인 피아니스트 낭랑(郎朗)은 미국의 대통령과 미 측 귀빈들 앞에서 힘차게 건반을 두들겨 '나의 조국'을 연주한다. 극소수의 미국 우파 인사들이 이 노래의 의미를 알고 오바마와 미국을 모독했다고 비난했으나 그대로 넘어가고 말았다.

〈나의 조국〉은 1956년에 만들어진 영화 '상감령'의 주제가이다. 전 중국인의 심금을 울린 이 영화는 미국의 만행에 치를 떨며 '승냥이와 이리'(미군)를 물리치는 장면을 주먹을 쥐고 관람한다. 지금도 중국인들이 외국인과 같이 노래방에 가면 의례 이 노래를 부른다.

여기는 아름다운 조국

내가 자란 곳

이 광활한 곳은

어디나 맑고 아름다워

친구가 왔다 좋은 술을 내와라

승냥이와 이리가 온다면

엽총으로 그를 영접하자…

그런데 '여기는 아름다운 조국'의 '여기'는 조선을 가리킨다. 즉 조선을 자기들의 아름다운 조국이라고 말하고 있다. 그런데도 이제껏 한국인 어느 누가 항의하는 사람도 없고 별로 크게 관심을 가진 이도 없다. 우리의 독립기념관보다 더 큰 육중한 단둥(丹東) 언덕 위의 '항미원조(抗美援朝) 전쟁기념관'이 압록강과 북한을 내려다보고 있다. 거기는 상감령을 영원히 잊지 말자고 부조된 철판을 새겨놓고 '상감령 전역(上甘嶺戰役) 주요 전투 일람표'의 전투일지를 일목요연하게 전시하고 있다. 중국인이 말하는 전역이란 전투보다는 크고 전쟁보다는 작은, 그러면서도 판세를 바꾸어놓은 한 판 승부를 의미한다.

상감령 전투의 영웅 황지광(黃繼光)은 인민지원군 제45사단 135연대 6중대의 통신원(연락병)이었다. 그의 고향 스촨성 중장(中江) 현에는 거대한 '황지광 기념관'이 건립되어 있고 중국의 초등학교 교과서에 그의 영웅담이 실려 있다. 상감령 전투에서 가장 치열했던 두 고지 중 597.9고지(삼각고지)는 상감령의 왼쪽 고지이고 그 오른쪽에는 537.7고지(저격능선)가 있었다. 597.9고지를 점령하며 맨몸으로 미군의 기관총구를 육탄으로 막아내고 고지 점령의 결정적 전기를 마련한 전사가 황지광이다. 중국에서는 그에게 '특등공'이란 영예를 내리고 훗날 덩샤오핑은 친히 '특급 영웅 황지광'이란 제자를 내렸다. 김일성도 그에게 '조선민주주의인민공화국 영웅'이란 칭호를 내리고 '금성훈장'과 '1급 국기훈장'의 영예를 안긴다. 이북의 강원도 고성군에는 지금도 '황지광 중학교'가 있다.

중국의 관점에서 상감령전투는 숱한 고지쟁탈전 중의 하

나가 아니고 중국이 조선(북한)을 지켜낸 결정적인 전투였다. 그래서 당시 중국인은 종군기자들에 의해 시시각각으로 전해오는 상감령 뉴스에 열광하였고, 상감령 전역의 중국군 갱도에 위문품과 위문편지가 쇄도하였다. 1950년대 중국에는 역경을 무릅쓰고 불굴의 승리를 거둔 '상감령 정신'이 대륙을 풍미하였다. 지금도 상감령 전투가 벌어졌던 강원도 오성산 일대는 그때 중공군이 팠던 지하 만리장성의 땅굴이 거미줄처럼 뚫려 있어 족히 6만 명은 숨어 지낼 수 있다. 그러나 한국인은 황지광이란 이름도 들은 적 없다고 하고, 땅굴은 모조리 북한군이 남침을 하기 위하여 팠다고 하고, 아예 '상감령 전투'란 이름도 들어보지 못한 사람이 대부분이다.

남측의 서울 재수복(51.3.13) 직후, 퇴각하던 북측이 반격을 위해 강원도 평강과 철원과 김화를 잇는 삼각지역으로 집결하여 깊이 6-9m까지의 땅굴을 파면서 장기전을 준비하였다. 그해(51년) 4월 미 8군 사령관에 취임한 밴 플리트는 적이 전선을 사수하려는 철의 삼각지(Iron Triangle)를 무너뜨리라고 한다. 당시 철의 삼각지는 북측이 점령하고 있던 지역이다. 조선인민군과 중국지원군은 나진, 성진, 원산항에 양륙(揚陸)된 군수물자와 각지에서 동원된 병력을 이 지대에 집결시킨 뒤 전선에 투입하는 공산진영 최대의 중간 책원지였기 때문에 수없이 많은 크고 작은 작전이 이 일대에서 벌어지게 된다. 그중에서도 쌍방의 전체적인 작전과 전세에 큰 영향을 미친 주요 전투는 파일 드라이버(Pile Driver) 작전, 백마고지 전투, 저격능선 전투 등이다.

파일 드라이버 작전은 51년 5월 27일부터 6월 20일까지 벌어졌다. 이때 인민지원군의 2차에 걸친 춘계공세(51년 4월, 5월)를 격퇴한 유엔군은 철원-김화-양구-간성을 연결하는 선으로 전진한다. 이 작전에서 한국군 제3사단과 제9사단은 6월 11-12일에 철원을 점령하고, 미 제25사단은 김화를 점령했으며, 13일에는 미 제3사단이 평강에 진입하여 적정을 수집한 후 철수하였다.

백마고지 전투는 52년 10월 6-15일까지 벌어진 전투이다. 한국전쟁 기간 중 가장 치열한 전초 거점 작전이 벌어지던 52년 10월에 철원 북방의 백마고지를 방어하던 한국군 제9사단이 인민지원군 제38군과 맞서 9일 동안의 혈전을 벌린 끝에 철의 삼각지대 일각을 끝까지 확보한 전투이다. 이 전투에서 한국군 제9사단은 인민지원군 3개 사단의 파상적(인해전술)인 공격을 격퇴하느라 수천 명의 사상자가 발생하는 상황에서 1만여 명의 인민지원군을 격멸하고 백마고지를 지켜냈다.

저격능선 전투는 52년 10월 14일부터 11월 25일까지 43일간 벌어진 가장 피어린 전투인데, 이 기간 동안에 벌어진 저격능선(537.7 북산) 전투와 삼각고지(597.9) 전투를 합하여 중국에서는 상감령 전역(영명 Battle of Triangle Hill)이라고 한다. 중국에서는 저격능선이니 삼각고지니 하는 말은 거의 사용하지 않고 산의 해발 높이를 표시하는 537.7(m)고지, 597.9(m)고지라 칭한다. 오성산 남쪽 기슭에 자리 잡은 상감령 마을과 그 부근 지역에 대한 통제권을 두고 벌인 전역인데 상감령 마을은 물론 230만 발의 포탄이 쏟아지는 상황에서 흔적도 없이 사라지고 없다.

오성산(1062고지)은 중부전선에서 북측의 최대 전략기지인 평강을 비롯한 주저항선을 부축하면서 천연의 요새를 이루고 있다. 이 고봉을 중심으로 하여 동남쪽으로 저격능선(537.7)이, 정남 쪽으로 삼각고지(597.9)군이 형성되고 있다. 저격능선은 김화 방어의 주요 관문이며 오성산 줄기의 관문이다. 중앙능선인 삼각고지군의 주봉 597.9고지는 상감령과 하감령을 남북으로 마주 보게 하는 준봉이다. 즉 오성산과 남대천 사이에 상감령과 하감령 등 2개의 고개가 있는

데, 서쪽에 있는 것이 삼각고지(597.9고지)이고 동쪽에 있는 것이 537.7고지이다. 537.7고지에서 북쪽으로 연결된 고지군이 바로 한국에서 저격능선, 미국에서 스나이퍼 리지(Sniper Ridge)라고 부르는 능선이다.

저격능선이란 이름은 저격수란 이름에서 붙여진 이름이다. 처음 51년 노매드(Nomad) 선을 목표로 진격작전을 전개하던 미군 제25사단이 김화지역으로 진출하다가 인민지원군 제26군과 대치하게 된다. 여기서 인민지원군은 이름 없는 능선에 저격수를 매복시켜놓고 미군 제25사단 병력이 지날 때마다 소나기 같은 사격을 퍼부어 막대한 피해를 입힌다. 이때부터 미군 병사들은 이 무명 능선을 저격능선 혹은 저격병 능선이라고 이름을 붙인다.

52년 4월, 펑더화이는 회창의 인민지원군 사령부에서 군 이상 장교 회의를 소집하였다. 회의에서 제15군단을 중부전선으로 투입하여 오성산, 두류봉, 서방산 일대의 방어를 맡도록 책임을 부여한다. 그리고 펑더화이는 신병 치료차 본국으로 돌아가기 직전, 제15군단장 친지웨이(秦基偉)에게 특별히 당부하였다.

"친 단장, 조선 전쟁에서는 어느 한 진지도 중요하지 않은 곳이 없지만 특히 오성산 주위의 상감령, 하감령과 그 주위

고지는 조선 전쟁의 사활을 가늠하는 중요한 지역이오. 내가 전에도 상감령 마을에서 군관 회의를 할 때 강조한 바 있지 않소. 이 지역을 잃게 되면 우리는 엄청난 불이익을 감수해야 할 것이라고 말이요."

"펑 총, 알겠습니다. 어떤 일이 있어도 그 지역만은 사수하고야 말 것입니다. 안심하십시오. 저는 미군의 허점과 우리의 장점을 잘 알고 있으니까요."

"누가 오성산을 잃으면 누가 조선 역사에 책임을 져야 할 것이오. 오성산은 조선 중부전선의 문호예요. 만약 오성산을 잃어버리면 200km를 후퇴해도 방어할 만한 요새가 없어요."

"잘 알겠습니다. 반드시 지켜내겠습니다. 안심하시고 편히 치료를 받고 돌아오시기 바랍니다."

이때 회의를 시종 취재하던 천시우롱 기자가 걱정된 표정으로 펑더화이를 보면서 한마디 한다.

"펑 총! 부디 치료를 잘 받고 돌아오십시오. 펑 총은 이미 한 개인의 몸이 아니란 것을 명심하시기 바랍니다. 전 중국인민이 펑 총의 모든 거동을 주시하고 있습니다."

"천 소저, 지금까지 천 소저의 역할이 컸어요. 그런데 이제부터 정말 큰 역할을 담당해야 할 것이오. 중국인민은 천 소저의 그 힘찬 필치에 용기백배하고 있어요. 나는 빨리 치료를 받고 며칠 내에 돌아올 것이오."

"알겠습니다. 펑 총."

이 광경을 보던 친지웨이는 왠지 두 사람의 관계가 연인 같다는 생각을 잠깐 하였으나 금방 고개를 저었다. 그럴 리가 없다고. 그리고 자기가 감히 총사령관님께 잠시나마 불손한 생각을 한 것을 죄스러워하였다.

친지웨이는 중국농공홍군 출신으로 펑더화이와 함께 2만리 장정에 참여하였으며 진지위(晋冀豫. 산시, 허베이, 허난) 군구 제1군구 사령원을 하였다. 국공내전 시기에는 태항산 군구사령원을 하다가 제2야전군 제15군단장으로 조선 전쟁에 파견된 역전의 용장이었다. 펑더화이는 친지웨이의 어깨를 가볍게 두드리며 당부하고 사랑 어린 눈으로 천시우룽을 돌아보고 두부종양을 치료하고자 일단 본국으로 돌아갔다.

"잘들 부탁하오. 나는 하루라도 빨리 달려올 것이오. 중국이 미군 정도에게 당할 나라가 아니오."

"그렇습니다."

친지웨이와 천시우룽은 합창이라도 하듯이 같이 응답하였다.

## 2

　52년 가을로 접어들자 한국 전쟁도 2년이 넘어서고 있었다. 이때는 미군의 소위 '질식전'이 막 끝난 뒤였다. 51년 7월부터 52년 6월까지 미군은 공군과 해군항공대의 70%를 집중하여 거의 1년간 질식전이란 것을 펼쳐 무차별 융단폭격을 감행하여 북측의 호송수단을 무차별 공격하였다. 교살전 혹은 공중분쇄전역, 저격전이라고도 하는 이 질식전은, 원래 1944년 3월 연합군 공군이 이탈리아 국경 내에서 독일군이 사용하던 철로를 주요 목표로 일으킨 한 차례의 공중전역을 본뜬 것이다.

　그러나 북측의 수송은 중단되지 않았을 뿐만 아니라 52년

5월 중순, 철도수송은 오히려 1개월 반을 앞당겨 상반기 수송 임무를 완성한다. 오히려 미군 전투기만 엄청난 손실을 입는다. 52년 상반기, 미군 전투기는 1,743대가 피해를 입었는데 그중 575대는 완전 격추되었다.

52년 4월에 이르러 미군 전투폭격기의 실력은 최저점에 이르렀다. 그리하여 6월 하순, 미군은 하는 수 없이 질식전을 종결하고 만다. 52년 5월 31일, 밴 플리트는 서울의 기자회견에서 자기의 소견을 말한다.

"우리 유엔군의 공군과 해군이 총력을 기울여 공산당의 보급을 차단하려 했다. 그러나 공산당은 믿을 수 없을 만큼 완강하게 물자를 전선으로 운반했다. 참으로 경악할 일이었다."

북측은 전방으로의 수송이 정상화되어 물자와 병력이 전선 및 인민지원군의 땅굴만리로 충분히 공급되고 있었다. 그 대신 미군의 지상군은 51년 추계 공세 이후 어떠한 대공세도 취하지 않고 있었다.

미국과 그 동맹국들은 이러한 상태가 불안했다. 그들은 이처럼 시간만 끄는 전쟁이 하루라도 빨리 끝나기를 바라고 있었다. 그때 미국은 마침 대통령 선거분위기에 휩싸여 있었다. 선거의 쟁점은 국내문제보다도 한국 전쟁을 어떻게 빨리 종식시킬 수 있을까 하는 것이었다. 당시 미국 통치자들은 한국 전쟁에서 새로운 공세를 펴서 대통령 선거의 승부수로 쓰려고 생각하고 있었다.

52년 7월 중순에는 극동군 사령관 브리스코, 미 육군 참모총장 콜린스, 해군작전부장 페이크트리, 태평양함대 참모장 헤일 등이 한국전선으로 날아와 현장시찰을 하였다. 8월 중순에는 유엔군 사령관 클라크, 이승만 대통령, 8군 사령관 밴 플리트 등이 철원 금화 일대의 철의 삼각지 일대의 전선을 시찰하였다. 인민지원군 수뇌부에서는 미국 내 정치 상황과 별 진전이 없는 휴전회담 분위기 등을 고려하건대 그들이 추계 공세를 가할 가능성이 많을 것으로 짐작하였다. 이러한 상황에서 인민지원군은 먼저 전술적인 선제공격을 펼쳐 기선을 제압하는 것이 좋겠다는 판단이 선다. 이에 펑더화이는 9월 10일에 본국 중앙군사위에 전문으로 인민지원군의 계획을 보고한다.

> 아군의 전술적인 반격이 필요하다고 판단됨. 방어 임무 교대를 목전에 둔 제39군, 12군, 68군을 주력으로 삼아 각각 3-5개씩의 목표물에 대하여 반격을 가할 것임. 반격 전투는 9월 20-10월 20일 사이에 실시하는 것이 좋겠으며 부대 교체는 10월 말

에 하는 것이 바람직함.

그리하여 인민지원군 사령부는 9월 14일, 전군에 전술적 반격 명령을 내리고, 후근사령부도 필요한 탄약을 전방 병참기지로 수송하게 하고 2개월간의 군량을 비축하게 했다.

드디어 이번 반격작전의 주공을 맡은 제39군의 야포가 9월 18일 한밤중에 불을 뿜기 시작하였다. 먼저 제39군의 4개 중대가 대포 100여 문의 화력지원을 받으며 기습작전을 펼쳐 미군 2개 중대와 1개 소대를 전멸시켰다. 잇따라 제38, 12, 68, 40군과 조선인민군 제3, 5군도 반격을 개시하였다. 180km에 이르는 전선 전반에서 1개 소대 또는 1개 연대 규모에 이르는 상대 병력에 대해 160여 차례에 이르는 반격을 가해 8,300여 명을 살상하는 전과를 올렸다. 18일 당일 밤에서 이튿날 아침까지 인민지원군이 원래 목표했던 23곳 중 21곳을 점령하는 데 성공하였다.

인민지원군의 동태에 대하여 유엔군은 너무 안일하게 대하다가 허를 찔리게 되었다. 인민지원군의 반격의 낌새가 보이자 클라크 유엔군 총사령관은 전선을 직접 시찰한 뒤 안일하게 "중국군이 탐색전을 하기 위해 일부러 공격을 하는 모양새를 펴고 있다."고 단정하였다. 그런데 인민지원군이 전선 전반의 유엔군 전술 진지 23곳을 일제히 공격하여 엄청난 타격을 입히자, 그때에야 부랴부랴 서둘러댔지만 이미 전선의 주도권은 인민지원군의 손에 넘어왔다. 클라크는 뒤늦게야 인민지원군의 반격작전이, 미국이 펑계를 대서 중국군 포로를 송환하지 않으려는 음모를 깨는 압력이라는 것을 알아차렸다.

그런데도 클라크는 인민지원군을 밀어붙여 휴전회담에서 유리한 지위를 점하기 위하여 10월 8일에 휴전회담을 돌연 무기한 연기하였다. 그리고는 당일로 8군 사령관 밴 플리트의 소위 '김화공세' 계획을 승인했다. 김화는 밴 플리트가 직접 고른 작전지역으로 상감령 일대의 두 개의 고지 597.9고지(삼각고지)와 537.7고지(저격능선)의 북쪽 산들이 목표였다.

김일성도 10월 1일 미군의 심상치 않은 낌새를 눈치채고 조선인민군 전선사령부가 자리 잡고 있는 평강군 순갑리에 직접 나와서, 지금 미국의 김화공세 목적이 김화, 평강, 철원을 연결하는 삼각지대를 점령한 다음 주타격을 회양 방향에 두고 있을 것이라고 주의를 당부하였다.

10월 14일, 저 유명한 상감령 전투가 본격적으로 시작되는 날이다.

 상감령 전투 1단계에는 지면 쟁탈전이 시작된다. 새벽 4시, 미군과 한국군은 대구경 화포 320문, 탱크 47대, 전투기와 폭격기 50여 대로 인민지원군 15군의 30km 방어선을 공격해 왔다. 그중 미군 제7사단 31연대 제1, 3대대는 인민지원군 제45사단 135연대 8중대가 지키고 있는 597.9고지를 향해, 국군 제2사단 32연대 제2, 3대대는 인민지원군 제135연대 제1중대가 지키고 있는 537.7고지를 향해 엄청난 야포와 전투기 공습을 감행해 왔다. 양 고지에만 화포 300문, 탱크 27대, 비행기 40대로 집중포화하여 1초에 6발의 포탄이 떨어지는 맹폭을 가하였다. 갱도 안에 은폐해 있던 인민지원군은 배를 탄 것 마냥 대지가 흔들렸고 상하 치아가 부딪치면서 혀를 깨물어 피가 나는가 하면 아무런 경험이 없던 겁 많은 17세 소년병 하나는 놀라 혼절하더니 완전히 절명해 버리고 말았다.

 한국군은 미 공군의 엄호를 받으며 화염방사기로 공격해 왔고, 오후 3시 20분에 537.7고지 능선을 점령했다. 하지만 인민지원군은 날쌔게 반대편 경사면의 갱도 안으로 피신하며 방어를 계속하였다. 맹폭을 가한 지 1시간 후, 미군은 고지에 생명체가 있을 수 없을 것으로 판단하고 고지 수색대를 파견하여 여기저기 조심스럽게 동정을 살폈다. 그런데 웬

걸 갑자기 총탄이 여기저기서 날아오는 것을 보고 인민지원군이 아직도 많이 남아있다는 것을 알았다. 미군은 특히 수류탄 공방전에서 수색대를 인솔한 거의 전부의 소대장을 잃게 된다.

밤 7시에는 인민지원군 제45사단의 4개 중대가 반격하여 치열한 백병전을 벌인 끝에 한국군을 격퇴하고 다시 537.7고지를 탈환하였다. 미군은 탄약이 부족하다는 핑계를 대며 공격을 받자마자 즉시 원 출발지로 후퇴하고 말았다. 537.7고지 전투에서 인민지원군은 40만 발의 탄약과 1만여 개의 수류탄과 수뢰(手雷. 대전차 수류탄)를 써버렸다. 너무나 강도 높은 사격으로 인하여 무기의 파손도 놀라울 정도였다. 과열로 파손된 무기만도 기관총 10정, 자동소총 62자루, 보총 90자루였다.

597.9고지는 11호 초소를 지키고 있던 9중대 1소대가 경험 부족으로 전멸당하고 1명만 살아남았다. 이 광경을 보고 있던 제8중대장은 2개 소대를 지원하였으나 역시 중도에서 포격으로 모두 죽고 5명만 살아 돌아왔다. 30여 차례의 공격을 받고 2호 진지와 7호 진지가 유엔군에 의해 점령당하였다. 저녁이 되어서야 야음을 틈타 제45사단의 4개 중대가 출동하여 격렬한 반격을 가해 지상 진지를 모두 되찾았다.

그런데 저녁이 깊어갈 무렵, 인민지원군의 갱도 입구에서 조용히 흙을 밟는 발자국 소리가 들렸다. 분명히 사람이 걸어오고 있는 것처럼 느껴졌다. 갱도 안에 있던 병사들은 모두 초긴장하여 자기의 보총으로 손이 가고 있었다. 갱도 안에는 실탄도 별로 남아 있지 않았다. 가장 입구 쪽에 가까이 있던 보초가 갑자기 소리를 질렀다.

"누구냐? 서라. 암호!"

그때 제8중대장 정양만(曾陽滿. 제15군 45사단 134연대)이 동시에 입구에 플래시를 비추었다. 상대 쪽에서 소리가 들렸다.

"쏘지 마요. 나는 대공보 특파원 천시우롱입니다. 현장 취재를 하러 왔습니다."

"뭐라고요? 취재? 특파원?"

모두 깜짝 놀랐다. 더 놀란 것은 그 목소리가 여자 목소리라는 것이었다. 모두 시선이 갱도 입구로 쏠렸다. 비록 군복은 흙이 묻고 초라했지만, 팔뚝 완장에는 중문과 영문으로 '기자'라는 글씨가 뚜렷하게 박혀 있었다. 얼굴은 거스름에 걸렸으나 첫눈에 미인이란 것을 알 수 있었고 눈은 초롱초롱 빛나며 섬광이 스쳐 가고 있었다. 가히 자랑스러운 대공보의 특파원이었다.

"아니, 여기가 어디라고?"

"세계의 이목은 지금 상감령에 쏠려 있습니다. 본국 인민들도 전장의 소식을 목말라하고 있습니다. 인터뷰를 시작하겠습니다. 말씀을 하실만한 위치에 있는 분은 제 주위로 모여주시기 바랍니다."

천시우룽의 기자 가방에서는 작은 노트와 펜이 나왔고 옆에 모인 군인들은 자기의 경험담, 미국의 만행, 자기가 아는 모든 것에 대하여 울먹이며 토로한다. 천시우룽은 펜이 보이지 않을 정도의 속도로 속사하고 노트를 넘기며 반문, 재확인을 계속한다.

천시우룽의 현장 취재기사가 중국 각 신문에 보도되자 온 중국의 이목은 모두 상감령으로 쏠렸고 세계 각국의 통신원이 대공보 기사를 인용 보도하였다. 한국에 와있는 상주 외국 특파원만 2백 명이 넘으며 중국 신화사 통신원만 수십 명이었지만 감히 총탄이 비 오듯 쏟아지는 상감령 땅굴 속까지 기어들어가 취재할 용기를 가진 기자는 천시우룽 하나뿐이었다. 상감령 전투가 벌어지는 43일간 천시우룽의 감동 어린 문장은 전 중국인의 심금을 울리고 전 중국인을 열광케 한다.

이 첫날 전투에서 유엔군은 600명 이상이 살상당하고(미군 제31연대 433명 사상, 한국군 제3대대 141명 사상. 제2대대 사상자 불상), 참전한 4개 대대 중 3개 대대는 철수하여 재정비에 들어갔다. 인민지원군도 500명 이상의 사상자가 나왔고, 표면 진지는 모두 훼손되고 가진 탄약을 거의 다 사용하고 말았다. 이 전투에서 미군은 처음으로 참전부대에 M-195 방탄조끼를 배급하였는데, 만약 이러한 신장비가 없었다면 사상자는 훨씬 많았을 것이라고 했다.

15일은 날이 밝자 미군 제31연대 제2대대와 제32연대 제1대대가 전투에 투입되었다. 인민지원군은 탄약이 거의 바닥나서 주동세력이 땅굴로 잠입하였기 때문에 597.9고지의 지상을 그들이 쉽게 점령하였다. 한국군은 제17연대 제2대대에서 제32연대 제2대대로 교체하며 역시 537.7고지의 지상을 점령하였다. 인민지원군은 모두 땅굴 안에 숨어있었고, 밤이 되자 인민지원군 제45사단이 엄청난 포화를 퍼부어 지원사격을 해주었기 때문에 모두 굴 밖으로 나와 남은 탄약으로 사격을 하고 백병전을 벌여 두 고지를 모두 다시 탈환하였다.

16일, 약간의 시간적 여유만 있으면 땅굴을 한 치라도 더 파는 작업을 계속하였다. 정교한 도구와 군수물자가 부족하였기 때문에 작은 야삽과 곡괭이 또는 휴대하고 있는 모든

15 아아, 상감령 전투

도구들을 활용하였다. 지하 땅굴을 비추는 램프가 없었기 때문에 송진을 태워서 어둠을 밝혔다. 낮에는 햇빛이 안으로 비추도록 깨진 유리조각과 금속 파편들을 햇빛에 반사시켜 안으로 비추었다. 597.9고지 지하에는 세 그루의 나무 모양의 갱도를 이루게 하였다. 지표면 아래로 20-30피트(6-9m) 정도 내려가게 하고, 길이는 약 70야드(약 64m), 높이 5피트(약 1.6m), 폭 4피트(약 1.3m)쯤 되게 가지를 이루는 세 그루의 본 땅굴이 이루어졌다. 중간 곳곳에 약간 넓은 방공호와 저장창고들을 마련하였다. 연대장(제15군 45사단 134연대) 리우장화(劉章樺)는 모든 전쟁의 책임이 마치 일개 연대장의 두 어깨 위에 있는 양 엄숙하게 병사들에게 연설하였다.

"우리의 오성산 견고한 방어는 미국을 다시 판문점 협상 테이블로 돌아오게 할 것이다. 미국은 1주일 전에 돌연 조선에서 정전 협상을 중지했다. 그들은 협상에서 얻을 수 없는 것을 얻기 위하여 남조선의 땅을 한 치라도 넓히려 발악하고 있다. 우리 인민지원군과 조선인민군은 이제껏 2년 동안 피로써 싸워 얻은 땅을 단 한 치도 잃을 수 없다. 우리가 우리의 손으로 고지를 지키는 한 그 고지는 조선의 땅이 된다. 조선은 우리의 조국이다. 미국의 음흉한 야심을 꺾어 다시 판문점 협상 테이블로 돌아오게 해야 한다."

자기가 마치 사단장이라도 되는 듯, 지원군 사령관이라도 되는 듯 비장한 열변을 토했다. 그랬다, 이 땅굴 안에서는 연대장이 사단장의 권한대행도 되고 지원군 사령관의 대행이 되기도 하였다. 지상의 미군은 계속 공격을 늦추지 않았다. 인민지원군 45사단은 15개 연대를 전투에 투입하였다. 친지웨이는 제15군을 주력으로 명하여 매 연대에 수류탄 8,000개, 3개월분의 비품을 공급하고 탄약, 식품 식수에 어려움이 없게 하였다. 전투는 점점 더 치열하여 597.9고지에만 평균 30분에 7-8만 발의 미군 포탄이 떨어졌다.

17일에도 뺐고 빼앗기는 싸움은 계속된다. 미군과 한국군은 이해할 수 없는 것이 있었다. 이처럼 개미 새끼 한 마리도 살아남을 수 없을 정도의 폭격을 받고 어떻게 인민지원군이 살아남을 수 있느냐는 것이었다. 한국군 제2사단장 정일권(일본 육사 졸. 일본명 나카시마〔中島〕)은 정보참모 중령 한 명과 정찰병 몇 명을 고지에 밀파하여 진상을 알아 오라 하였다. 그들이 알아온 해답은 갱도였다. 삼각고지에도 저격능선에도 지하에는 땅굴이 거미줄처럼 처져 있다는 것을 알았고, 이러한 땅굴은 비록 두 고지뿐만이 아니고 북한 측이 점령하고 있는 38선 부근의 서해안에서 동해안까지 땅굴만리를 파고 있다는 정보를 알아왔다.

다음 날 밤에, 인민지원군 15군단장 친지웨이도 8중대장 정양만의 중대원 200명을 풀어 정찰을 하게 하였다. "단, 적과 충돌하지 마라. 적과 조우하여도 공격하지 마라. 오직 정찰 임무만 완수하라."였다. 고지의 정상쯤 이른 중대원들로부터 보고가 왔다. 유령을 보았다는 것이었다. 알고 보니 참호 안에서 잠자고 있는 흑인 병사들을 본 것이었다. 신병들은 흑인을 본 적이 없기 때문에 유령으로 착각하였고 유령이 코까지 골고 있다고 하였다.

　　그런데 예기치 않은 일이 생겼다. 중대원들이 귀대하려고 하였으나 땅굴 입구를 찾을 수 없었다. 낮 동안의 격렬한 포격과 치열한 육박전을 벌이며 고지의 거의 모든 표지들이 없어져버렸기 때문이다. 새벽의 동틀 시간이 1시간밖에 남지 않았는데 입구를 찾지 못하고 헤매고 있었다. 동이 트면 쉽게 미군의 표적이 될 것이다. 그런데 흩어져 입구를 찾던 한 병사가 발이 꺼지며 한 포탄 구멍 속으로 빠져들어 갔고 안에서는 여러 명이 그의 발을 잡아당겼다. 안의 병사들은 그의 눈을 가리고 소총을 빼앗았다. 순간 이 병사는 소리 질렀다.

　　"기다려! 쏘지 마! 나는 인민해방군이다."

　　중국어로 외친 바람에 그는 살아날 수 있었다. 거기는 1중대원들이 지키고 있는 537.7고지의 지하갱도였다. 땅굴 안의 병사들은 1백여 명이었으나 벌써 50여 명이 부상을 당한 상태였고 어둡고 열악한 환경에서 아침까지만 7번의 총기사고가 났고 2번의 수류탄 사고가 났다. 정양만은 부대원들에게 미숫가루를 들고 나와 빨리 입구들에 표시를 하도록 하였다. 동이 트기 직전에 중대원이 모두 귀대하였으나 두 명은 끝내 낙오하여 행방불명이 되었다.

유엔군의 공격은 그칠 줄을 몰랐다. 미군은 32연대 전원을 투입하더니 다시 17연대 1대대와 2대대를 투입하였고, 결국 제7사단 전체를 동원하여 두 고지에 맹공을 퍼부었다. 인민지원군의 수비대는 끊임없는 쟁탈전을 벌였고 낮에는 빼앗기고 밤에는 다시 뺏는 작전이 연속되었다.

3

 

1951년 10월 19일은 소위 황지광(黃繼光)의 거사가 있는 날이다.
인민지원군 제135연대 6중대는 597.9고지의 6호 진지와 5호 진지를 점령하였으나 병사가 16명밖에 남지 않아 더 이상 진격작전을 할 수가 없었다. 그러나 사단장 추이젠궁(崔建功)은 단호히 명령하였다.
"0호 진지를 탈환하여야 한다. 그렇지 못하고 날이 밝으면 적은 0호 진지를 발판으로 반격작전을 펼 것이다. 어떠한 대가를 치르더라도 0호 진지만은 반드시 점령하여야 한다."
그러나 0호 진지의 미군은 4개의 토치카에 은폐하여 완강한 저항을 하고 있었다. 6중대장은 3명의 병사로 조직된 폭파조를 보냈지만 모두 전사하였다. 어찌나 유리한 지형지물을 이용하고 있던지 참으로 난공불락의 요새였다. 인민지원군은 위에서 내려다보며 계속 쏘아대는 기관총에 수없이 쓰러지면서도 속수무책이었다. 6중대장은 다시 0호 진지 폭파조 3인 결사대를 조직하였다. 2대대 참모장 장광성(張廣生)을 수행하던 대대 통신병 황지광과 6중대 통신병 우싼양(吳三羊), 샤오덩량(肖登良)의 세 사람이었다. 장광성은 장지광을 반장으로 임명하고 그들에게 비장한 임무를 내렸다.

 "제군 세 사람의 임무는 막중하다. 저 0호 진지를 점령하지 못하면 우리는 597.9고지를 점령할 수 없다. 저곳은 정면공격으로는 점령할 수 없는 요새이다. 결사대에 의해서만 폭파 가능하다. 부탁한다. 행운을 빈다."

 "염려 마십시오. 반드시 임무를 완성하겠습니다."

황지광은 굳은 결심을 하고 갱도를 빠져나와 두 명의 부대원을 이끌고 0호 진지를 향해 기어오르고 있었다. 세 명은 토치카 두 개를 폭파하는 데 성공을 거둔다. 이 과정에서 두 명이 사망하고 황지광 혼자만 남게 되었고 황지광도 전신에 7발이나 총탄을 맞았다. 황지광은 그래도 기관총의 사각지대를 향해 기어 올라갔다. 손에는 대전차 수류탄 한 발이 굳게

쥐여 있었다. 기관총이 난사되는 턱밑까지 기어갔으나 대전차 수류탄을 토치카에 집어넣으려면 부득불 몸을 일으켜 세워야 했다. 일어서면 바로 미군 기관총의 총구 앞이 된다. 황지광은 뒤를 향해 손을 번쩍 들었다. 뒤에서 이 광경을 지켜보던 병사들은 "황지광이 일을 벌이려나 보다."라고 손에 땀을 쥐고 바라보고 있었다. 황지광은 한참 숨을 고르더니, 순식간에 벌떡 일어서 비호처럼 몸을 날려 기관총 총구를 몸으로 덮으며 힘껏 대전차 수류탄을 토치카 안으로 던졌다. 황지광의 몸에는 수십 발의 기관총이 뚫고 지나갔고 안으로 날아간 대전차 수류탄은 거대한 굉음을 내며 폭파하면서 0호 진지는 완전히 공중분해 되어버렸다.

이 광경을 뒤에서 병사들과 함께 하나도 빠트리지 않고 주시하고 있던 한 여기자가 있었다. 바로 천시우롱이었다. 천시우롱은 "아아! 상감령전투"란 제목으로 이 감동어린 장면을 남김없이 그녀의 유려한 필치로 중국인민에게 고발하였고, 중국인민은 황지광의 장렬한 죽음에 대하여 눈물을 흘리며 감격하였다.

제15군단이 진지를 수복한 지 1시간 만에 동쪽 하늘이 훤히 밝아왔다. 인민지원군은 상감령 597.9고지와 537.7고지를 거의 수복하였다. 밤에는 다시 인민지원군의 야포 지원을 받으며 4개 중대와 3개 병력을 각각 투입하여 상대에게 반격을 가해 나머지 지상 진지를 완전히 차지하였다.

그러나 이튿날 그들은 또다시 3개 대대 병력으로 쳐들어와 인민자원군과 하루 종일 격전을 벌였다. 인명피해가 너무 많고 탄약도 다 떨어져 597.9고지의 서쪽 기슭을 제외한 지상 진지 전부를 또다시 미군이 점령하였다. 미군이 고지를 점령하였으나 발밑 땅굴에서는 여전히 인민지원군이 활발히 살아 움직이고 있었다. 이 단계에서 미군 7개 연대 17개 보병대대가 투입됐다. 인민지원군 45사단은 3개 연대 21개 보병대대를 투입하여 맞전투를 벌였다. 쌍방의 희생자는 한없이 늘어만 갔다.

20일, 이른 아침부터 미군 B-26 전투폭격기 30여 대와 300여 문의 대포에서 맹폭이 시작됐고, 폭격 후에는 3개 대대 병력으로 번갈아 가며 점령 작전을 폈다. 이제껏 7주야의 전투에서 인민지원군은 3,500여 명의 사상자를 냈고 유엔군은 7,000여 명의 사상자를 냈다.

펑더화이 사령관은 명령을 하달하였다.

45사단에 2,200명의 신병을 보충할 것. 15군 29사단도 참전할 것. 반격작전을 마치고 오성산 길을 따라오는 12군은 철수를 중단하고 전역 예비대로 있다가 단계적으로 전투에 투입할 것. 포병 2개 사단 1개 중대와 고사포 1개 연대를 15군에 증강 배치할 것.

유엔군도 병력을 증강 배치하였다. 많은 타격을 받은 미 제7사단은 서쪽으로 물리고 597.9고지의 공격 임무를 한국군 제2사단으로 넘겼다. 한국군 제2사단은 우익 1개 연대의 임무를 제6사단에 맡기고 제9사단은 김화 이남의 예비대로 남겨두었다.

일단 지상 진지를 모두 점령한 상대는 이를 지키기 위해서 자기들도 진지를 파는데 열을 올렸고, 인민지원군 종심에 대하여 맹렬한 폭격과 보급노선 차단 등의 수단을 동원해 대타격을 주겠다고 덤벼들었다.

10월 21일에도 지루한 싸움이 계속된다. 이제부터 상감령 전투 제2단계의 갱도 전투전이 시작된 것이다.

인민지원군은 상감령 지구에서 표면의 진지 전부를 잃었다. 남은 병력은 갱도로 들어가 방어 작전을 펴고 있었다. 쌍방은 모두 전략과 병력의 부서를 조정하고 있었으며 전장터는 일단 평정한 상태처럼 보였다. 지원군 사령관 대리를 맡고 있는 덩화는 펑더화이를 대신하여 제15군에 전화 지시를 하였다.

"지금 상대가 대대, 연대의 소규모로 아군의 강한 진지로 몰려드는 것은 그들의 용병 상의 오류이다. 이는 상대를 야외에서 섬멸할 수 있는 호기이니 기회를 놓치지 말고 할 수 있는 한 많은 인원을 살상하라."

이에 제15군단장 친지웨이는 사령관의 지시사항을 받들어 예하 장병들에게 하달하였다.

"갱도는 끝까지 사수하여 시간을 벌면서 상대의 진공을 분쇄하라. 잃은 진지 전부를 회복할 수 있는 결정적인 반격 준비를 하라."

미군은 갱도 입구를 향해 무반동포로 사격하고 폭약과 수류탄을 던지며 공격해 왔고, 하늘에서는 P-51 전투기로 저공포격을 하며 지원하였다. 그러나 밤만 되면 인민지원군은 갱도에서 개미떼처럼 나와 토치카를 폭파하거나 미군 초소 습격을 하곤 하였다.

그러나 날이 가면 갈수록 급량과 급수 및 탄약과 약품이 떨어져 위기에 봉착하고 있었다. 만난을 극복하고 물품을 땅굴로 운반하지만 거의 90%가 중도에서 파괴되거나 유실되었다. 거기에 비례하여 땅굴 속 병사들의 사망률도 높아갔다. 인민지원군 갱도 입구의 맞은쪽 언덕의 후방화력이 엄호

사격을 해 주었지만, 유엔군의 지상과 공중의 화력 앞에 별 효과를 보지 못하였다. 가능한 유일한 방법은 큰 대가를 각오하고 야간에 상대의 군량과 탄약 등 보급품을 빼앗는 일이었다. 한 갱도 안의 인민지원군 소대는 20여 명이 군량과 급수가 모두 떨어진 상태에서 사과 하나를 서로 먹으라고 양보하다가 아무도 먹지 못하는 눈물겨운 일도 벌어지고 있었다. 드디어 인민지원군 후근부대는 상대의 포화를 무릅쓰고 많은 사망자를 내며 갱도 안의 병력에게 보급품을 날라 기본적인 전투를 하게 도왔다.

22일 오전 11시 30분에 다시 상대의 포격이 시작되었다. 인민지원군은 일제히 땅굴로 이동하였다. 오후 5시 무렵 저들은 인민지원군의 갱도 입구 중 두 개를 발견하였다. 그러나 그들은 땅굴에 대한 대대적인 공격을 할 시간적 여유를 갖지 못했다. 왜냐하면 날이 어두워지기 시작했기 때문이다. 저들은 밤을 무서워해서 더 어둡기 전에 수십 개의 수류탄만 던지고 떠나는 데 그쳤다.

유엔군이 표면 진지를 점령하면, 그들은 대포로 갱도 입구를 폭격하거나 화염 분사기로 갱도 안으로 화염을 분출하였다. 혹은 불도저로 흙을 밀고와 갱도 입구에 쌓았다. 더욱이 보급노선을 완전히 봉쇄하려 들었다.

25일에 인민지원군 제3병단은 대책회의를 열었다. 토론을 거쳐 얻은 결론은, 한 차례 큰 힘으로 597.9고지와 537.7고지를 탈환하고 가능한 한 미군 병사들을 많이 사살하기로 하였다. 인민지원군은 제15군 29사단 87연대, 제12군 31사단 91, 92, 93연대 그리고 제34사단 106연대 도합 5개 연대를 상감령에 증원(增援)하기로 결정한다. 동시에 140문의 대구경 화포와 24량의 자동차 탑재용 로켓포, 그리고 67문의 고사포를 지원하기로 했다.

그런데 웃지 못할 일이 벌어졌다. 밤중에 상대의 탱크를 공격하기 위하여 두 개의 폭파조를 내보냈는데 그중에 한 조가 15분도 못 되어서 다시 돌아왔다.

"미군 탱크와 우리 탱크가 모두 큰 별을 달고 있기 때문에 분별할 수가 없습니다."

"이 바보들! 우리는 고지에 어떤 탱크도 가지고 있지 않다. 그 탱크들은 모두 미국 것이다. 그리고 참고로 말하건대 미군 탱크는 흰 별이고 우리 탱크는 붉은 별이다. 어서 가서 폭파하라."

"알았습니다."

부관이 일러준 말에 힘차게 대답하던 폭파조가 떠나간 지 20분 후에 엄청난 폭파 소리가 들렸고, 이쪽으로 오고 있던

9대의 미군 경탱크 중 5대가 폭파 정지되었다. 잘 싸우기로 소문난 제138연대 8중대는 597.9고지 1호 땅굴을 사수하면서 상대 150명을 저격 명중시키는 성과를 올렸다. 인민지원군은 따로 20여 개의 저격병 분대를 150여 차례나 밤중에 상대 양진지에 접근시켜 그들 2,000여 명을 사살하는 전과를 올렸다.

25일, 제15군단장 친지웨이는 병력을 집중시켜 제29사단 85, 86연대의 전원 11개 중대를 597.9고지에 파견하여 고지탈환을 하라 하고, 제87연대 5개 중대는 537.7고지를 반격탈환하도록 하였다. 그리고 제15군에 배속된 제12군 91연대는 예비대로 삼았다.

미 8군 사령관 밴 플리트는 10월 25일에 국군 2사단에 방위권을 맡기고 미 7사단은 일단 철수시켰다.

26일, 한국군은 인민지원군 8중대가 수비하고 있는 땅굴 공격을 개시했다. 오전 11시경에 한국군 병사가 인민지원군 주 땅굴 입구 중의 하나를 발견한 것이다. 그들은 수십 발의 수류탄을 안으로 집어넣어 터트리고는 이어서 미제 화염방사기로 불을 뿜어댔다. 약 한 시간 후에 한국군 20여 명이 땅굴로 기어들어 왔다. S자형의 좁고 어두운 땅굴은 응사거리를 극히 제한한다. 인민지원군은 그들이 아주 가까이 오기

전에는 그들의 모습을 볼 수 없었다. 인민지원군은 쥐 죽은 듯이 기다리고 있다가 거리가 좁혀오자 일제히 소리를 지르며 육탄공격을 가하였다. 어둠 속 곳곳에서 일 대 일의 백병전이 벌어졌다. 총소리 고함소리가 땅굴 안을 진동하였다. 인민지원군은 27명이나 희생되었고 한국 병사들은 자기 동료의 죽은 시체들을 끌고 도망쳤다.

갱도 안에서 사상자들을 확인하고 있는데 갑자기 한국 병사들의 더 많은 인원이 땅굴 안으로 들어왔다. 갱도 내 백병전 중에서 가장 피비린내 나는 한 차례의 백병전이 벌어졌다. 오후 5시까지 그들의 두 번째 공격을 막아내고 성공하는가 싶었는데 도망간 그들은 다시 돌아와 땅굴 안에 가스탄을 터트렸다. 이어서 그들은 바위와 그물 철망으로 인민지원군의 땅굴을 봉쇄하였다. 8중대는 하는 수 없이 한국군이 모르는 다른 입구를 열어서 신선한 공기를 확보하며 어두워지기를 기다렸다.

26일, 날이 어두워지자 그들은 다 철수하였는데 8중대를 점검해 보니 생존자는 26명밖에 안 되었고 그들 중에서도 싸울 수 있는 인원은 4명밖에 되지 않았다. 그런데 이번에 싸운 한국 병사들은 너무나 용감한 병사들이었다. 겁쟁이인 줄만 알고 만만히 보았던 한국 병사가 이런 면도 있다는 것을 처음 경험하였다. 그들은 한국군 제2사단 31연대 병사들이었다.

27일 아침에 연대장 리우장화는 597.9고지의 8중대에 병력 160명을 증원시켜 주었다. 28일에야 연대 참모로부터 고지에서 나오라는 교신을 받았고, 8중대장 정양만은 제135연대로부터 파견되어 온 부대장에게 지휘권을 넘겨주는 수밖에 없었다. 부대장은,

"정양만, 나는 너의 불굴의 투지와 전공을 모두 들었다. 적들을 물리치고 끝까지 지켜준 이 땅굴을 절대로 다시 빼앗기지 않겠다. 수고했다."

29일 야간에 제8중대는 갱도를 빠져나와 고지 아래로 이동하였다. 중대장과 함께 걸어갈 수 있는 병사는 오직 6명뿐이었다. 12일 전에 8중대가 그곳 고지로 이동했을 때는 200여 명의 활기찬 병사들이었는데 이제 6명만 남은 것이었다. 병사들은 어둠 속을 걷고 있는 유령 같았다. 작은 웅덩이에 멈추어 섰을 때 중대장은 "얼굴을 씻어라."라고 일렀고, 얼굴을 씻자 처음으로 그들이 누구인지 확실히 알 수 있었다.

제134연대는 중대장의 65%를 잃었으며 부관은 89%를 잃었고 하사관은 100%를 잃었다. 사단은 두 고지에서 5,200명의 인면 손실을 보았다. 제15군은 10월 하순부터 삼각고지 전

투가 끝나던 11월 초순까지 11,400명의 사상자를 냈다.

30일부터는 인민지원군의 결정적 반격단계이다. 낮 12시 정각을 기하여 인민지원군 제15군은 대구경 대포 133문과 120mm 박격포 30문으로 597.9고지를 향해 4시간가량 포격을 가했다. 밤 10시가 되자 로켓포 24문이 추가되었고, 드디어 인민지원군의 화력으로 미군의 포격을 잠재울 수 있었다. 미군이 상감령에서 사망한 70%가 중국군의 포격에 의한 것이었다.

31일 밤에는 마침내 고지의 주진지를 되찾을 수 있었다. 상대는 597.9지상 진지를 물러난 후 다음날은 4개 연대 이상의 병력이 미친 듯이 몰려왔다. 이런 와중에서 인민지원군 제12군 91연대가 11월 1일 밤 전투부터 투입되었다. 거기에 포병의 야포 지원이 있어서 상대의 10여 차례의 공격을 모두 막아냈다.

5일에는 다시 제12군 93연대가 전투에 합류해 주었다. 상대는 하는 수 없이 597.9고지의 탈환을 포기하지 않으면 안 되었다. 거기에 제31사단 91연대도 11호 진지를 수비하던 상대를 섬멸하고 진지 수복을 하였다. 이런 격전 끝에 597.9고지는 전쟁 전 인민지원군의 점령지였던 원상태로 되돌아왔다.

11월 5일에는 제3병단 45사단이 임무를 완성했으므로 뒤로 물리고 제12군 31사단을 대체 투입하였다. 제12군 34사단은 예비대로 배치했다. 지휘계통의 통일을 위하여 제12군은 오성산 전투지휘소를 운영하였다. 포병 제7사단은 포병지휘소를 따로 운영하도록 해서 포병을 통괄 지휘하도록 했다.

　11일, 인민지원군의 반격 주목표는 537.7고지 북쪽 산으로 옮겼다. 제92연대는 2개 대대 병력으로 537.7고지 북쪽 산의 지상 진지를 향해 맹공을 퍼붓기 시작했다. 격전과 격전을 거친 후에 당일 밤으로 잃은 진지를 모조리 되찾았다. 이튿날 상대는 1개 연대 병력으로 맹공을 하여 왔으나 워낙 거센 반격에 진지를 포기하고 말았다. 이때 인민지원군 제93연대가 전투에 투입하여 주었고 상대의 130여 차례의 끈질긴 반격을 모두 물리쳤다. 11월 25일에 인민지원군은 537.7고지의 북산을 점령하고 있었고, 한국군 제9사단은 537.7고지 남산을 접수하고 있었는데, 한국군 제9사단이 인민지원군의 끈질긴 공격을 견디다 못하여 남산에서 물러남으로 537.7고지는 완전히 인민지원군 점령지가 되었다.

　양측은 3.7km$^2$밖에 안 되는 땅에서 중국인민지원군 43,000여 명의 병력이 투입되었고, 유엔군은 미군, 남한군, 콜롬비아군 등 60,000여 명이 투입되었다. 상감령 두 개의 고지에는 포화로 인해 2m 깊이로 내려앉았고 1m 높이의 재가루가 쌓였다. 43일간의 전투에서 백병전 42회, 주인이 바뀌기 12회나 반복되는 처절한 전투였다.

  엄청난 인명피해를 내면서 주공격 임무를 맡았던 미군 제7사단과 한국군 제2사단의 병력은 물러나고 상대의 소위 김화 공세는 막을 내렸다. 상감령 전투는 중국인민지원군의 승리로 끝이 났다.

# 16
# 휴전 전야

1

아이젠하워는 한국 전쟁을 끝내겠다는 선거공약을 내걸어 대통령에 당선된다.
"내가 한국에 가겠다(I shall go to Korea)."
52년 11월 대통령 선거를 10여 일 앞둔 디트로이트 유세에서 미국 국민이 가장 바라던 이 말을 함으로써 전쟁에 염증이 난 유권자들의 폭발적인 인기를 모은다. 내가 직접 한국 전선에 달려가서 전쟁을 끝내고 돌아오겠다는 이 한 마디는 미국 국민들에게 가뭄에 쏟아지는 소나기와 같았다. 극동군 원수 맥아더가 트루먼 대통령과 노골적으로 갈등하게 되면서 트루먼은 맥아더를 견제할 목적으로 오히려 아이젠하워를 직간접적으로 후원한다. 트루먼은 전쟁에 적극 개입한 탓에 인기가 점점 떨어져 재선에 나가지 않겠다는 발표를 하지 않으면 안된다.

아이크(아이젠하워의 애칭)의 "Go to Korea"라는 말은 "난제를 정면 돌파한다." "맞닥뜨려 해결한다."는 표현으로 유행했을 정도였다. 그는 선거전에서 "아시아의 전쟁은 아시아인이 담당하도록 한다."는 취지하에 한국군을 10개 사단에서 20개 사단으로 증강시키고 미군을 한국으로부터 철수하겠다고 공약했다.

아이젠하워의 경쟁 후보는 민주당의 전당대회에서 3차 투표 만에 지명된 애들라이 스티븐슨이었다. 맥아더는 공화당의 강경 반공주의 보수세력이 대통령 후보자로 지명을 얻어내기 위하여 노력했지만, 온건파들의 반대로 실패하였다. 선거 결과는 이변 없이 아이젠하워의 압승이었다. 공화당의 부통령 후보였던 리처드 닉슨의 비자금 조성 의혹에도 불구하고 2차 대전의 영웅 아이젠하워는 주 531명 선거인단 중에서 39개 주를 석권하여 442:89라는 압도적인 표차로 미국 34대 대통령에 당선된다. 20년 만에 민주당에서 공화당으로 정권이 바뀐 것이다.

제2차 세계대전 이후의 미국 대외정책은 '군사주의(Militarism)'이다. 압도적인 미국의 군사력으로 자신의 의지를 세계 각국에 관철시킬 수 있다는 신념이다. 아이크에게 무슨 철학이나 인류애가 있어서가 아니고, 세계를 미국 주도의 자본주의 체제로 재편하자는 것이었다. 알고 보면 참으로 아무런 근거도 없고 이론의 논리도 맞지 않은 미국주의에 지나지 않았다. 한국 전쟁도 자기의 백악관 행을 위해 단순한 정치의 도구로 이용하고 있는데 놀라지 않을 수 없다.

미국은 자신감을 가질 만도 하였다. 제2차 대전의 막대한 전쟁 특수로 미국 경제가 되살아났을 뿐만 아니라 원자탄이라는 가공할 만한 무기를 홀로 소유하고 있었기 때문이다. 2차 대전으로 말미암아 독일, 일본 등 적대국은 물론이고 영국, 소련 등 동맹국의 경제도 폐허가 된 마당에 미국 경제는 세계 부의 절반을 차지할 만큼 막강한 생산력을 보유하게 되었다. 미국 자체는 말할 것도 없고 영국, 소련 등의 전쟁물자의 대부분과 심지어 독일 전쟁물자의 일부까지도 미국이 생산했다. 거기에 더하여 미국은 직접 전쟁에서, 이번 한국 전쟁을 제외하고는 단 한 차례도 패배해 본 적이 없는 무패의 신화를 가지고 있었다. 멕시코 전쟁(1846-48)에서 미국 영토의 3분의 1 이상을 늘렸고, 스페인 전쟁(1898)에서 필리핀, 푸에르토리코, 괌 등 과거 스페인의 식민지를 차지했으며, 1

차 세계대전을 치르고 나서는 세계 최대 채권국가가 되었다.

그런데 1949년 8월 소련이 핵실험에 성공함으로써 미국의 핵독점이 무너졌다. 10월에는 그처럼 무진장 지원을 했건만 중국의 장제스 국민당 정권은 마오쩌둥의 공산당 정권에게 패하고 말았다. 장제스 정권을 앞세워 아시아 및 세계경영의 파트너로 삼으려 했던 미국의 계획은 큰 차질을 가져오게 되었다. 거기에 더하여 세계 자본주의 복원의 핵심 파트너로 삼으려 했던 서유럽의 경제회복이 너무 느렸다. 미국은 과잉생산한 상품을 해외에 팔아야 할 소비시장으로 서유럽을 꼽고 있었다. 그러나 서유럽은 미국 상품을 살 달러가 부족(Dollar Gap)하였다. 서유럽은 서유럽대로 미국과 소련 모두로부터 거리를 둔 사회주의나 중립주의를 고려하기 시작한 것이다.

미국으로서는 중대한 위협이 아닐 수 없었다. 서유럽이 독자노선을 걷는다면 미국의 과잉생산품인 전쟁무기를 소비할 방도가 없기 때문이다. 이에 그 대책으로 나온 것이 소위 국가안보회의 문서 68(NSC-68)이다. 50년 4월에 완성된 이 극비문서는 군사력의 대대적인 증강이었다. 골자는 연간 국방비를 기존의 3-4배로 늘리고 병력도 2-3배로 늘려 유럽에 배치하자는 것이었다. 마샬 플랜으로 서유럽을 경제 부흥시키려던 계획도 하지 못한 일을 대대적인 군사원조로 해결하겠다는 엉뚱한 계획이다. 서유럽의 독자노선을 막고 소련의 팽창을 저지하려는 '이중 봉쇄(Dual Containment)' 전략이었다. 허나 어느 나라가 전시도 아닌 평시에 대대적으로 증액된 국방비를 내려 할 것이며 자국도 아닌 타국 방위를 위하여 자식을 군대에 보내기를 원하겠는가? 이에 미국은 있지도 않은 소련의 군사적 위협을 과장 선전하였다.

그런데 미국은 천재일우의 기회를 얻어 한국에서 6·25 전쟁을 일으키게 한 것이다. 6·25 전쟁은 소련의 군사적 위협을 미국과 서유럽 국민들에게 각인시키는 결정적 매개체가 되었다. 김일성이 주도한 통일을 위한 내전이 아니라 스탈린의 지시에 의한 세계 공산혁명의 전주곡으로 보이게 함으로써 자타의 공인을 받아 낸 것이다. 북한의 남침은 정말 소련의 세계 정복 야욕을 증명하는 것처럼 보였고 미국의 국방비는 단숨에 3배 이상 뛰어올랐다. 이로부터 미국의 대대적인 군비확장 및 군사적 일방주의는 브레이크가 고장 난 자동차처럼 돌진하게 되었고 부도덕한 패전국 일본과 서독의 재무장도 서둘렀다.

52년 12월 초에 대통령 '당선자'의 신분으로 한국 땅을 밟은 아이크는 정찰기를 타고 산악과 계곡이 대부분인 한반도의 허리에서 미군과 중국 인민지원군이 대치하고 있는 상황을 직접 목도했다. 그는 전장을 보고 깨달은 바가 있었다. 이런 곳에서 재래식 공격을 계속하는 것은 사상자만 늘릴 뿐 교착상태를 타개할 방도가 아니라는 것이었다. 그는 미국으로 돌아오는 길에 옆에 앉은 참모 필리스에게 말했다.

"우리는 한국 전쟁이 지속되는 것을 용납할 수 없어. 미국은 이런 교착상태를 타개하여야만 한다고. 그것을 말이 아닌 행동으로 보여줘야 해. 한반도에서 재래식 지상공격과는 확실히 다른 행동이 필요하다고."

"각하, 그럼 핵공격을 염두에 두고 계십니까?"

"그렇지. 그 길밖에 다른 길이 없어."

"하지만…."

"그것이 훨씬 경제적이야. 보았지 않는가. 저런 산악지역에서 언제까지 밀고 밀리는 싸움을 계속하고 있을 참이야."

"그렇게 되면 미국 국민도 피해를 입지 않겠습니까?"

"왜 미합중국 국민이 피해를 입나? 전장은 미합중국이 아니고 코리아야. 망가지고 죽고 모두 한국이 당하는 거지. 거기에 지원 나온 중국군도 포함되지만."

그러나 최초의 핵무기 사용자 트루먼은 군사적 관점 못지않게 도덕적 정치적 관점에서 바라보았다. 그가 히로시마와

나가사키에 원폭을 투하했을 때는 인류 역사에서 가장 위대한 일이었다고 자화자찬하였지만 지금 한국 전쟁은 상황이 다르다. 이미 핵무기의 엄청난 파괴력과 부도덕성이 널리 알려진 상태에서 비핵국가인 중국과 조선에 핵무기를 사용한다는 것은 큰 부담이 따를 수밖에 없었다. 혜택의 분배를 노리고 한국 전쟁에 참전한 미국의 동맹국이란 나라들이 먼저 조속한 종전을 희망하고 있지만, 과연 원폭 투하라는 수단으로 전쟁을 종식시켜도 되는지는 문제가 아닐 수 없었다.

아이크는 53년 연두교서를 통해 미 해군의 대만 봉쇄를 철회하기로 결정함으로써 간접적으로 중국을 압박하는 카드로 사용했다. 한국 전쟁 당시의 대만해협 봉쇄는 대륙이 대만을 침공하지 못하게 취한 조치였지만, 지금의 대만해협 봉쇄 해제는 대만이 대륙으로 침공해 갈 수 있다는 의미를 가지고 있었다. 중국은 차라리 미국 제7함대가 대만해협을 봉쇄함으로 대만 정부의 군사적 위협에 대해 별 부담을 느끼지 않고 항미원조전에 매진할 수 있었지만 이제는 군사적으로 심리적으로 큰 부담을 안게 되었다.

동시에 아이크는 53년 2월부터 핵사용 의향에 관한 명백한 암시를 흘리기 시작하였다. 아이크의 뜻을 받든 덜레스 국무장관이 인도의 지도자이자 중국과 긴밀한 유대관계를 가지고 있는 네루와의 대화에서, 휴전협상이 결렬될 경우 미국은 '보다 강력한 대책을 택할 것'임을 강조하였다. 이에 대해 중국의 지도자들은 그 경고가 전면 핵전쟁으로까지 번질 수 있다는 생각을 하지 않을 수 없었다. 거기에 더하여 53년 3월 5일에는 한국 전쟁의 강력한 막후 세력이었던 소련 수상 스탈린이 갑자기 뇌출혈로 사망하게 된다. 그가 사망하자 소련 정책자들은 곧바로 국제정세에 맞춰 스탈린의 정책을 수정하기 시작하였다. 권력을 인계한 말렌코프는 스탈린 사망 당일 이미 국내외 정세의 변화를 고려한 새로운 노선의 정책을 밝힌다. 3월 19일에는 자기들의 뜻을 중국과 북한에 전달한다.

"현 정치적 상황에 부합하도록 전쟁을 종식시킨다는 결론을 내렸다. 세계평화구축을 위한 전쟁 중지는 중국과 조선인민들의 이해에 부합한다."

또한 서독 인준 문제에 대해서도 상당히 유화적인 반응을 보였다. 이제 전쟁 당사자인 북한과 중국이 전쟁 종식을 원한다면 곧바로 휴전할 수 있는 분위기가 성숙된 것이다. 그런데 김일성도,

"우리 측이 전쟁의 종결과 평화 달성에 관한 주도권을 잡을 때가 왔다."

라고 소련 측에 자기의 의사를 밝혔다. 김일성이 이러한 결론을 내리기까지는 박헌영과 한 차례 격론이 있었다. 김일성은 격양돼 있었다.

"정전은 안 돼요. 쇠뿔은 단김에 빼야지 지금 정전이 되면 언제 다시 통일을 한단 말이오?"

"그런데 주석! 내가 통일을 바란 것은 주석보다 더했으면 더했지 못하지는 않을 것이오. 그러나 지금 정세로 보아 통일은 아무래도 무리입니다."

"지금 정전이 되면 우리의 주도권이 너무 약해요. 정전이 되면 일단 중국은 겉으로는 조선을 위한 척하면서 조선에서 철수하겠지요. 물론 그들의 유세는 몇 백 년이 갈 것이고 미국보다 더 크게 먹으려 달려들겠지만서도요. 그러나 미국은 처음부터 물러나려고 하지 않을 것이오. 어떤 수단 방법을 써서라도 남조선에 그대로 머물러 있을 것이오. 남조선을 영원히 군사 식민지로 만들려 할 것이 뻔하오."

"잘 보셨습니다. 내전에 외세를 끌어들인다는 것은 승냥이나 호랑이를 끌어들이는 것이지요. 그러나 끌어들이고 싶어서 들인 것은 아니지만 남조선이 먼저 미제를 끌어들였기 때문에…. 일단 그들은 와버리고 말았습니다. 이제 여기서 어떻게 슬기롭게 헤쳐 나가느냐만 남아 있지요."

"좋은 방법이라도 있소?"

"지금으로서는 정전협정을 받아들이는 것이 최선인 것 같습니다. 단 지금부터는 전쟁이나 회담이나 우리가 주도권을 잡아야 합니다. 지금 정세는 반드시 우리에게 불리하지만은 않습니다."

"그래요? 그럼 일단 정전협정을 받아들이고 그 뒤에 다시 난국을 잘 헤쳐 나가도록 해봅시다."

이렇게 해서 덜레스와 네루의 대화가 발표된 정확히 두 달이 지난 53년 7월 11일에 중국과 북한은 전쟁을 종식시키기로 서로 합의를 보게 된다.

스탈린 사망 이후 정전회담은 급물살을 타고 진행된 것이다. 이러한 토대 위에서, 휴전을 고려해 아이크 행정부가 수립한 대한 정책은 첫째, 한국군의 강화를 계속한다. 둘째, 한국의 안보와 관련해 현재 필리핀, 오스트레일리아, 뉴질랜드와 맺고 있는 조약과 유사한 조약을 한국에 보장한다. 셋째, 유엔기구를 통해 한국 정부의 민주적 제도를 발전시키며, 한국의 경제적 복구와 재건을 위해 원조를 계속한다. 넷째, 통일, 독립, 민주적인 한국 정부 수립을 위해 유엔 대표단을 설치한다. 다섯째, 정치회담에서 한국 문제를 논의한다. 여섯째, 위기상황에 맞춰 정치회담에서 미국의 지위를 강화

한다 였다.

　이처럼 미국의 대한 정책은 한반도에 미군을 유지하고, 한국 방위를 위해 한국군 증강을 약속함으로써 기존 미군 철수를 전제로 한 한국군 증강정책에 대해 수정을 가하였다. 즉 한국 정부를 허수아비로 만들고 미군이 계속 주둔하여 군사 식민지로 만들겠다는 발상의 표출이었다.

　한편, 이승만은 휴전만은 절대 반대.

　그런데 이승만은 먼저 52년 재선에서 대통령에 당선되느냐가 문제였다. 비록 48년 제헌국회에서는 자기보다 훨씬 상위인 여운형을 제거해버린 탓에 무난히 대통령에 당선되었지만 52년 선거에서는 자신이 없었다. 이번은 이시영 씨가 대통령이 되리라는 것은 상식이었다. 인품으로 보나 항일투쟁의 경력으로 보나 이승만보다 뛰어난 이시영 씨가 대통령이 되는 것은 시대의 요구였다. 여기서 이승만은 기상천외의 발상을 하게 된다. 헌법을 뜯어고쳐 간선제에서 직선제로 바꾸는 것이었다. 그러면 일반 무지한 백성들은(당시 문맹률은 전체 국민의 3분의 1) 이름이 알려져 있는 이승만을 찍을 것이 뻔한 일이었다. 그러나 선진국 어느 나라도 대통령을 매 국민이 한 표씩 찍는 나라는 없다. 미국도 간선제요, 내각책임제를 하는 영국, 일본도 수상을 간선제로 뽑는다.

2

　제2대 대통령 선거일은 1952년 8월 5일이었다. 이승만은 대통령 직선제를 골자로 한 개헌안을 심야에 날치기로 통과시킨다. 당시의 헌법에는 대통령은 국회에서 국회의원들이 선출한다는 간선제로 규정되어 있었다. 그러나 제2대 국회의원 총선거로 구성된 국회 의석수로는 재선이 어려울 것이라 판단한 이승만은 '발췌개헌안(拔萃改憲案)'이란 것을 통해 선출방식을 직선제로 바꾼 것이다. 개헌 과정에서는 갖은 반민주적인 수단을 동원하였다. 정치적 성향이 짙은 어용 폭력조직을 동원하여 공포 분위기를 조성하는가 하면, 국회의원들이 오전에 국회 전용버스로 출근하는데 헌병들이 앞을 가로 막고 견인차로 버스를 끌어 헌병대로 집단 연행한 후 여러 명을 구속해버렸다. 이렇게 해서 기습 표결로 개헌안을 통과시키니, 이것이 그 유명한 부산 정치파동이다.

발췌개헌안이란, 국회의원 장택상을 중심으로 한 신라회(新羅會)가 주축이 되어 대통령 직선제를 골자로 하는 정부안과 내각책임제를 골자로 하는 국회 안을 발췌하고 혼합한 안이란 것이었다.

50년 5월 30일 제2대 국회의원 선거에서 무소속 의원이 60% 이상 당선되었다. 이러한 국회 상황에서 재집권하기가 어렵다고 본 이승만은 51년 11월 30일에 대통령 직선제 개헌안을 제출한 것이다. 그러나 이 개헌안은 52년 1월 18일 국회에서 반대 143, 찬성 19로 부결되었다. 이에 이승만은 국회해산을 요구하는 소위 민주자결단, 백골단, 딱벌떼 등의 '관제민의(官製民意)'를 동원하여 국회의원을 위협하는 한편, 52년 5월 25일 국회해산을 강행하기 위하여 빨치산 남도부 부대가 부산에 잠입하였다는 가짜 뉴스를 퍼트려 공비토벌이란 명목으로 부산을 포함한 경남, 전남, 전북의 23개 시군에 계엄령을 선포하였다.

신라회를 주도한 장택상은 누구인가. 원래 대한광복단 박상진 의사가 장택상의 아버지 장승원(한말에 경상관찰사를 하던 경북 칠곡군 만석꾼 부호)을 사살하고 "조국 광복에 협조하지 않은 대죄인을 처단한다."라는 포고문을 그의 담벼락에 때려 붙인다. 그리하여 항일독립투사라면 뼛속까지 증오심이 밴 장택상은 어린 초등학교부터 대학교까지 모두 일본에서 학교를 다녔기 때문에 그는 차라리 일본인 그 자체였다. 그런 까닭에 하지 중장은 그를 수도경찰청장에 임명하였던 것이다. 당시 경무부 고문으로 경찰을 지도한 매글린(William Maglin) 대령이 오히려 장택상에게 항의할 지경이었다.

"민주경찰이 국민의 생명을 파리 목숨처럼 여기니 이럴 수가 있습니까?"

"나는 국민의 생명을 파리 목숨으로 여긴 적 없어요. 빨갱이(항일 독립군)들의 목숨을 벌레만큼이나 경시합니다."

일본에서 한국에 건너온 《시카고 썬타임(Chicago Sun-Times)》 신문기자 마크 게인(Mark Gayn)의 눈에 비친 한국 국립경찰의 모습은 깡패집단 바로 그것이었다. 경찰이 조선노동조합전국평의원(전평) 간부들을 무자비하게 다루는 것을 두 눈으로 지켜본 마크 게인은 장택상에게 항의하였지만 그는 그런 일 없다고 시치미를 떼었다. 그런데 바로 그 시간에 폭력을 가한 장택상의 청년다워들이 경찰서 안에 옹기종기 모여 앉아 일본 민속놀이인 화투로 노름을 하고 있었다.

한바탕 피바람이 불고 지나간 경상도에서는 경찰이 사람을 마구잡이로 잡아들이는 바람에 유치장마다 죄인(항일 독립군)이 넘쳐흘렀다. 마크 게인이 서울 이북 지역으로 갈 때 동행한 한 미군 중령 앨빈이란 자는 한국 경찰에 관하여 다음과 같이 말해 주었다.

"그런 건 아무것도 아니에요. 어느 날 경찰들이 4만 원을 가진 한 사람을 붙잡아서 그에게 그 돈이 어디서 났느냐고 묻더군요. 그는 자기 재산을 다 팔아서 서울로 가는 길이라고 말했어요. 그러자 그들은 그의 무릎을 꿇리고 심문을 시작했어요. 대답하려고 입을 열기만 하면 사타구니를 걷어찼어요. 결국 그가 공산주의자임을 거짓 자백할 때까지 두들겨 패드라고요."

마크 게인이 부산에서 만난 또 다른 알버트라는 장교는 다음과 같은 말을 들려주었다.

"얼마 전에 한국 경찰의 손이 부족하다고 해서 우리 부대가 경찰서를 지키기 위해 배치된 일이 있지요. 이틀을 경찰서에서 보냈는데 놀랄 만한 일들을 목격했어요. 나는 경찰이 각이 날카로운 나무 몽둥이로 사람들의 정강이를 치는 것을 보았어요. 심지어 경찰들은 사람 손톱 밑에 뾰족한 대침을 때려 박는 짓도 했어요. 내가 기억할 수 없을 만큼 많은 사람들이 물고문을 받았어요. 그들은 한 사람의 입에다 고무 튜브로 계속 물을 퍼 넣어 질식할 지경으로 만들더군요. 어떤 경찰은 쇠몽둥이로 한 사람의 어깨를 갈기고 그를 쇠고리에 달아 거꾸로 매달아 놓더군요."

마크 게인은 《시카고 썬》에 다음과 같은 기사를 실었다. "한국에서는, 일제 강점기의 경찰 8천여 명 가운데 5천여 명이 1946년 후반에도 미 군정 경찰로 그대로 활동했으며, 경찰 간부의 80% 이상은 일제 경찰 출신이라고 한다. 이들은 과거의 악습을 버리지 못했다. 법을 지켜야 할 경찰이 불법을 저지르고 고문을 수사의 한 방법쯤으로 생각하는 것은, 아직 움도 트지 않은 민주주의에 대한 심각한 위협이다. 하지만 미 군정은 이를 대수롭지 않게 받아들였다."

그런 공로로 장택상은 수도경찰청장에 임명되었는데 그는 스스로 자기의 사업에 대해 2대 강령을 정한다. 첫째 경찰의 물리력을 이용해 이승만을 대통령으로 추대한다. 둘째 친일 경찰관을 중용해 수족처럼 부리고 소위 독립투사들을 완전 말살한다였다. 장택상은 대한민국 정부가 수립되자 과연 '이승만 대통령 만들기'의 공로를 인정받아 초대 외무부 장관이 되고, 52년에는 언감생심 국무총리가 된다.

내각책임제 추진파이며 강력한 반 이승만파 무소속 서민호 의원 같은 사람은 항상 신변에 위협을 느끼고 권총을 소지하고 다니지 않으면 안되었다. 전남 고흥 출신인 그는 일제 강점기 시기 조선어학회 사전 편찬사업을 촉진하기 위해 비밀후원회를 조직하여 거액의 재정 지원을 전개하다가 체포되어, 함경남도 홍원 경찰서와 함흥 경찰서에서 일제의 잔혹한 고문과 악형을 받았으며 1년간이나 옥고를 치렀다. 광복 후는 관계에 진출하여 46년 6월에 광주시장, 동년 10월에 전남도지사가 되었다. 그는 도지사 당시 광주시에 전남북 제주도 3도에서 국민의 성금을 모아 우리나라 최초의 민족대학 조선대학을 창립하기도 하였다. 조선대학은 일부러 높은 언덕 위에 짓고 건물 천정도 높게 지어 한국인의 기상을 살렸다. 그가 일제 강점기에 와세다 대학을 졸업하면서(후에 미국 유학) 느낀 것은 한국인의 기상이었다. 한국인은 기가 한 번 꺾이면 형편없이 움츠러들고 말지만, 그 대신 기가 살아나면 자기 능력의 배, 열 배의 힘을 발휘하는 특성을 가진 민족이었다. 그것을 안 일제는 한국인은 무조건 누르기만 하면 된다고 생각했다.

서민호는 50년에는 2대 민의원 의원에 당선되어 정계에 진출한다. 52년 국회 내무위원장으로 지방 시찰 중 전남 순천에서 자신을 죽이려 권총을 발사한 서창선이란 육군 대위를 호신용 권총으로 사살한다. 5월 12일 국회에서는 서민호 씨의 정당방위라고 석방결의를 하였음에도 불구하고 이승만 정권은 8년의 실형을 때려 가둬버린다.

서민호가 지방 시찰을 떠나려 할 때 엄상섭 의원 등이 "거창 양민학살사건 조사와 방위군 사건 조사로 이 박사의 미움을 받고 있으니 몸조심하라."고 했다. 거창 양민학살사건 같은 예민한 문제를 건드린다는 것은 생명과 직결되고 있었다. 방위군 사건도 그렇다. 방위군 사건은 국민방위군 간부들이 예산을 횡령하여 5만 명이 굶어 죽거나 얼어 죽고 영양실조에 걸린 사건이다. 국회 재조사 과정에서 국민방위군 간부들이 이승만 개인의 정치조직에 수천만 원의 정치자금을 준 사실이 밝혀졌다. 그러나 정치자금 문제와 국방부와 육군본부에 상납한 돈에 대한 수사는 착수조차 못 하고 있었다.

여수에서 시국 강연을 하고 순천으로 내려가려고 하는데 경찰이 치안이 확보되지 않았으니 안 가는 게 좋겠다고 하였다. 아니나 다를까 순천으로 가는 도중에 뒤에 정체불명의 지프차 한 대가 뒤따랐다. 그 차 안에는 부산에서부터 서민호를 미행해 온 괴한과 문제의 서창선 대위가 타고 있었다. 순천의 평화관 음식점에서 권총을 쏘는 서창선을 피하여 부엌으로 숨었으나 다시 쫓아와 두 발을 쏘았다. 이에 서민호는 본능적으로 호신용 권총을 뽑아 맞대응하여 그를 쓰러뜨렸다.

이런 와중에 이승만 암살 미수 사건이 터진다. 주동자는 김시현, 실행에 옮긴 이는 유시태였다. 두 사람 모두 대륙을 누비고 다니던 의열단 단원으로 이때는 벌써 백발이 성한 노인이었다.

38선에서는 한참 전쟁 중인데도 52년 6월 25일 임시수도 부산 충무로 광장에서는 '6·25 멸공통일의 날' 행사가 열리고 있었다. 그런데 오전 11시 이승만 대통령의 훈시 도중, 단상 뒤 VIP석에 앉아있던 유시태가 갑자기 튀어나와 이승만의 뒤통수를 향해 권총의 방아쇠를 당겼다. 거리는 불과 3m. 그런데 웬일인가 '철컥!'하는 소리만 나고 실탄이 발사되지 않았다. 또다시 발사했으나 역시 '철컥!'하는 소리만 나고 불발이다. 이때 낌새를 챈 헌병 중위 이범준이 유시태의 팔을 내리쳤고 뒤에서 치안국장 윤우경이 합세하여 유시태를 껴안고 뒹굴면서 암살 계획은 수포로 돌아갔다.

원래 이승만 암살을 기획했던 주모자 김시현은, 먼저 51년 10월쯤 일제강점기에 군자금 모집 등 독립운동을 함께 했던 최양옥(당시 인천 소년형무소 소장)을 찾아가 거사의 뜻을 밝힌다.

"최 동지, 민족을 위해 일하려면 일단 정복을 벗으시오."

"저는 그럴 뜻이 없습니다. 정복을 입고서도 민족을 위해 일할 수 있지 않습니까?"

김시현의 거사 참여 권고에 대한 최양옥의 완곡한 거절이었다. 김시현은 비밀유지를 위하여 이 자를 지금 처단하여야 하지 않나 생각하고 방을 둘러보니 액자에 즐거울 '낙(樂)'자가 걸려 있었다. 아, 이 자는 해방된 조국에서 사상을 떠나 이제 편히 살고자 결심했구나 생각하고 살려두기로 마음먹었다. 동지끼리 피를 흘리는 것이 내키지 않았으며 '이승만 암살'이라고 직접 언급은 하지 않았기 때문에 설마 하였다. 그러나 최양옥은 이 말을 듣고 곧바로 치안국 정보수사과에 고발하였다. 김시현이 모종의 일을 꾸미고 있다는 것이었다. 사건 발생 3일 전인 6월 22일에는 치안국 정보수사과 형사들이 김시현을 체포하고 문초한 결과 혐의가 짙다고 판단하여 강제처분을 결정했는데, 치안국장 윤우경이 일선 수사관을 퇴실시키고 30분간 독대한 후 그대로 풀어주었다. 김시현이 거사 음모를 부인한 데다가 또 70세가 다 된 노인이 무슨 큰일을 저지르겠느냐는 생각이었다.

김시현(당시 69세)은 이번에는 일제강점기에 같이 의열단원으로 활동하던 유시태(당시 62세)를 대구의 여관으로 불러내서 의중을 털어놓았다.

　　"지금 이승만을 죽이지 않고 한국 정치와 한국 전쟁 상황을 바꿀 길은 없소."

　　"절대 동감입니다. 이승만은 꼭 제거해야 합니다."

　　"그러나 행동할 사람이 마땅치 않소. 우리는 벌써 나이도 들었고요."

　　"나이가 무슨 대수입니까. 제가 선생님보다 더 젊으니 제가 하겠습니다."

　　"정말이오? 그렇게만 해준다면 더 이상 좋을 수가 없지요."

　　김시현은 당시 경찰관인 정용현으로부터 권총 한 자루를 구입(당시는 전쟁 중이라 무기를 어디서나 어렵지 않게 구매할 수 있었음)하여 유시태에게 건네주었고, 유시태는 김시현과 함께 권총 시험발사를 하기로 하였다. 두 사람은 기차를 타고 가서 제천에서 내렸다. 제천의 어느 철길 가 깊은 숲속으로 들어갔다. 기차가 지나가는 시간을 이용하여 사격 연습을 하기로 작정하고 기차가 오기를 기다렸다. 그래야 총소리가 기차 소리와 섞여 남들이 잘 알아차리지 못하기 때문이었다. 드디어 기차가 오는 소리가 들렸다. 20보쯤 떨어진 작은 바위 위에 조그만 돌멩이 세 개를 올려놓고 기차가 가까이 오기를 기다렸다. 기차가 가장 가까이 왔을 때 유시태는 돌멩이를 향하여 방아쇠를 당겼다. 첫발에 여지없이 명중하여 돌멩이가 가루가 되어 튀어 오른다. 다음 돌도, 그다음 돌도 명중되어 먼지를 일으키며 튀어 나간다. 시험 발사한 8발이 거의 전부 명중 수준이었다.

"됐어요. 유 동지! 사격술은 여전하시군요."

"선생님, 이만하면 되겠습니까?"

"충분합니다. 성공을 빕니다. 지금 한국의 운명이 우리 두 사람의 어깨에 달렸소."

"꼭 성공하겠습니다. 멋진 한국을 한 번 건설해 봅시다."

"나는 육본 앞에서 나의 비밀조직인 군 수뇌 두 사람과 함께 성공 여부를 확인할 것이오. 성공 소식과 동시에 육본과 청와대를 점령하고 계엄령을 선포할 것이오."

"하늘은 우리를 도울 것입니다."

유시태는 3·1독립운동이 일어나자 당진, 예산에서 시위에 참가한 뒤 중국으로 건너가 1921년 의열단에 가입해 군자금 조달을 책임 맡았다. 1920년대 초 국내에 돌아와 제2차 국내 암살, 폭파 활동을 계획하면서 필요한 자금을 조달했다. 당시 유시태는 의열단원 권정필, 유병하, 남영득 등과 함께 서울 내자동의 부호 이인희(李麟熙) 집을 찾아가 권총으로 위협하면서 군자금 8,000원을 요구하였다. 유시태는 결국 이인희의 밀고로 경찰에 잡혀가 7년 형을 선고받았다.

주모자 김시현은 일본 메이지대 법학부를 졸업한 지식인이면서 일제 강점기를 통틀어 6차례나 체포되고 15년간이나 감옥살이를 한 경력을 가진 전형적인 의열단원이었다. 특히 1923년 대량의 폭약을 국내로 반입하려다가 체포되어 10년 형을 선고받기도 하였다. 1929년 대구형무소를 출감한 김시현은 곧바로 독립군들의 활동무대인 지린(吉林)으로 떠났다. 건강을 챙겨야 한다는 가족들의 간청에도 불구하고,

"나의 섭생(攝生)은 독립운동뿐이다."

고 분연히 길을 떠난다. 그 후에도 김시현은 의열단이 추진하던 군사 간부학교 설립에 참여하고, 국내외 청년들을 모집하는 학생초모관으로 활약한다. 김시현은 그때 북경에서 일본 경찰의 보호를 받고 있던 일본 밀정 한삭평을 찾아가 기어코 처단하고 만다. 이 사건으로 징역 5년을 선고받는다. 39년 석방된 김시현은 중국과 국내를 오가며 독립군 군자금 조달과 동지 규합에 나서다 체포와 석방을 거듭한다. 해방 후에는 좌우합작으로 통일국가를 수립해야 한다는 일념으로 좌우합작 운동을 벌였고, 남북 총선거를 통해 통일국가를 수

립해야 한다는 김규식의 민족자주연맹 간부로 활약한다. 그러나 남한만의 단독정부가 수립되자 통탄하며 이승만 반대파인 민국당(민주국민당)에 입당하고 50년 5월 선거에서 국회의원에 당선된다. 그러나 불과 한 달 후 6·25사변이 발발하고 만다.

유시태는 거사 당일 민국당 국회의원 김시현 의원의 양복을 빌려 입고 김 의원의 신분증을 소지한 채, 권총을 수건에 싸서 모자 속에 넣고 행사장 VIP 석에 앉았다. 유시태와 김시현은 같은 경북 안동 출신이며 일제강점기 때 전적으로 일본인과 일본 관공소를 공격하던 한 줄기 조선의 빛이었다.

이 이승만 암살 미수 사건으로 민국당 집행위원 서상일과 민국당 국회의원 백남훈, 노기용 등이 체포되었다. 또 김시현이 거사 모의를 위하여 최초로 접촉했던 최양옥과 저격을 모의한 장소를 제공한 약방주인 김성규, 권총을 김시현에게 판매한 정용환 등 모두 13명이 체포되었다.

재판 날, 김시현은 머리를 빡빡 깎고 나지막한 키에 누르스름한 신사복에 흰 모시 노타이를 한 의기 당당한 모습이었다. 그는 전혀 노인답지 않게 정정한 기력을 엿보이며 떳떳하고 배포 있게 응수하였다. 단 발음만 상당히 어눌하였다. 전에 그는 일경에 체포되어 자백을 하지 않기 위해 혀를 깨물었기 때문에 그 후유증으로 그런 말씨를 갖게 된 것이다. 국회의원 유세(안동 갑구) 때는 그의 부인 권애라 씨가 대신 연설하기로 유명하였다.

"대통령은 하하할복자살하기 전에는 하하한국인의 원한을 푸푸풀지 못할 것이다. 이이이승만만 없었으으으면 우우우리나라는 통일된 조조조국에서 행복을 구가하며 살아갈 수 이이이있었을 것이다. 이이이승만이야 말로 나라를 파파팔아 머머먹은 이완용과 무무무어가 다다다르단 말인가? 이이이승만은 미미미제에 나라를 팔아먹은 매매매국노 아닌가?"

말은 어눌하여 답답하였으나 모두 그 내용을 알아들을 수 있었다. 참으로 서슬 퍼런 대한의 자랑스러운 의열단원이었다. 아아, 저런 사람들이 세운 나라가 되었으면 오죽이나 좋았을까?

유시태 역시, 이승만은 북한의 도발이 예상되었는데도 전혀 준비하지 않았고, 전쟁이 발발하자 혼자 살겠다고 도망쳤으며 끝내 사과 한마디 하지 않았다는 것과, 국민방위군 사건과 거창 양민학살 사건 등으로 수많은 사람이 억울하게 죽었다는 사실 등을 조목조목 열거하며 서슬 퍼렇고 우렁차게 응수하였다.

두 사람은 53년 12월 사형선고를 받았으나 이듬해 무기징역으로 감형되어 복역 중 60년 4·19혁명으로 과도정부 국사범 제1호로 출소하였다. 출옥하며 유시태는 하늘을 보고 한탄하였다.

"아아, 그때 왜 총탄이 나가지 않았던고. 그때 발사만 되었다면 저 많은 젊은 학생들이 희생되지 않아도 되었을 것을…."

유시태가 고개를 들어 하늘을 보았을 때, 한 줄기 기러기 떼가 푸른 하늘을 가로질러 북쪽 하늘로 유유히 날아가고 있었다.

3

하여튼 이승만은 발췌개헌안 표결을 위한 개헌 정족수를 채우기 위하여 경찰을 시켜 피신해 있던 의원들을 붙잡아 강제 등원시키고, 국제공산당 사건 관련자들까지도 석방시켜 인원을 채웠다. 7월 4일 경찰과 군인들이 국회의사당을 완전 포위한 공포 분위기 속에서 기립투표 방식으로 발췌개헌안 표결이 진행되었다. 개헌안은 출석의원 166명에 가(可) 163표, 부 0표, 기권 3표로 통과되었다. 위헌적이고 비민주적이고 불법투표였다는 것은 토론할 여지도 없었다.

대통령 직선제의 기호 표시는 작대기로 표시하였다. 이른바 '작대기 선거'. 피선거권자는 성명을 읽기는커녕 아라비아 숫자도 읽지 못하는 사람이 수두룩하기 때문에 세로로 길게 사람 사진 위에 작대기를 표시하여 세어서 찍게 했다. 그래도 무지한 백성들은 좋아하는 사람이 많았다.

"참 시상(세상)은 좋은 시상이여. 내가 높으신 대학 선생님이나 국회의원님 하고 같은 한 표니 말이여."

"이것이 민주주의란 것인기라. 참말로 서양 민주주의는 좋은기라."

"무슨 소리당감유? 서양에는 대통령을 직접 국민이 뽑는 나라는 하나도 없다고 허드구만유. 이승만이 지가 대통령 될라고 강제로 간선제를 직선제로 고쳤다고 허드구만유."

"그 말이 참말이여…?"

하여튼 2대 대통령 선거는 예상했던 대로 선거 참가율 88.1%라는 높은 수치를 기록했고, 그중 이승만은 74.6%의 높은 득표율로 대통령에 당선되었다. 2위인 조봉암은 11.4%, 이시영은 10.9%로 3위를 하는 데 그쳤다. 기억 니은도 모르는 할머니 할아버지들이 나무 선거함과 탄피로 만든 기표 도구로 줄 서서 투표하는 모습은 한편의 재미진 지구촌의 우화였다. 그러나 일제의 탄압으로 하도 억압만 받고 사람 취급을 받지 못하다가 한 표를 행사할 수 있다는 것은 어떤 의미에서는 일종의 해방이기도 하였다.

국호 '대한민국'도 이승만이 주장하여 지은 이름이다. 대한제국이라는 '대한'과 중화민국이라는 '민국'을 합하여 부른 시대착오적인 발상이라 아니할 수 없다.

처음 1945년 9월 6일, 한국이 식민지 지배에서 해방된 직후 조선건국준비위원회가 중심이 되어 선포한 국호는 '조선인민공화국'이었다. 인민이니 인공이니 하는 단어가 오늘날에는 북한의 존재 때문에 아주 부정적인 뉘앙스로 들리지만, 해방정국에서는 '인공'이라는 호칭이 적격했다고 봤던 사람이 대다수였다. '인민'이라는 단어 자체도 공산주의하고는 무관하였다. 1947년 7월 6일 자 조선일보의 조사에 의하면 적격한 국호로서 조선인민공화국 70%, 대한민국 24%, 기권 4%, 기타 1%로 나와있다.

그러나 미 군정은 조선인민공화국을 인정하지 않았기 때문에 조선인민공화국은 제대로 된 정부 기능을 발휘해 보지도 못한 셈이다. 결국 미 군정은 일제의 조선총독부 체제를 그대로 계승하며 일제를 이은 미 군정만이 38도선 이남에서 유일한 정부라고 선언하고, 남한 내의 모든 정당에게 강령과 간부명단을 등록하게 했으며 조선인민공화국도 하나의 정당으로 등록하도록 명령하였다.

북한에서는 국호와 헌법 개정을 위한 준비과정이 남한보

다 먼저 시작되었다. 1947년 11월 18일 북조선인민회의 제3차 회의에서 김두봉(연안파. 한글학자)의 조선임시헌법 제정준비에 관한 보고가 있은 후, 다음 날 김원봉(조선 의열단장. 김두봉의 조카사위 됨)을 위원장으로 한 '조선임시헌법제정위원회'가 조직되고, 12월 20일에 제2차 조선임시헌법 제정위원회에서 헌법 초안이 통과되었다. 다음 해인 48년 2월에 개최된 북조선인민회의 제4차 회의에 "우리나라는 조선민주주의인민공화국이다(제1조)"라고 규정한 초안이 제출되었다. 이 헌법 초안을 심의하기 위하여 남북연석회의(4.19-23) 직후인 48년 4월 28일 북조선인민회의가 열려 '조선민주주의인민공화국 헌법 초안에 관한 보고(보고자 김두봉)'와 헌법 제정위원회에서 결정 채택한 '헌법 초안 수정안' 낭독(낭독자 강양옥)이 있었고, 이어 다음 날(1948.4.29) 헌법 초안이 만장일치로 통과되었다.

남한에서는 48년 5월 제헌국회에서 새 나라의 국호 채택 문제로 논쟁에 휩싸였다. 신익희가 주도한 행정연구회는 46년 3월에 작성한 헌법 초안에서 '한국'이라고 국호를 정했고, 유진오가 48년 5월에 사법부 법전편찬위원회에 제출한 헌법 초안에는 국호를 '조선민주공화국'이라 칭하였다.

48년 5월 31일 제헌국회가 개원되자 헌법 초안을 심의하면서 논란의 초점이 역시 제1조의 국호조항이었다. 이승만은 국회 개원식에서 임시의장 자격으로 '대한민국 독립민주국' 제1차 회의를 열게 된 것을 하나님께 감사해야 할 것이라고 말문을 열었다. 즉 이승만은 앞으로 건설될 새 나라의 이름으로 대한민국을 제시한 것이다.

이승만이 '대한민국'이라고 한 말에 대하여 곽상훈(무소속) 의원과 권태희(무소속) 의원은 국호를 '대한'이라고 부른 근거와 의미가 무엇인가고 질문하였다. 이에 대답한 것은 헌법기초위원장 서상일(당시는 한민당)이었다.

"대한이라는 국호는 청·일전쟁을 종결짓는 시모노세키 조약에서 썼던 것입니다. 그 뒤 한·일합방으로 말미암아 국호마저 없어졌으나 3·1 운동을 계기로 상해 임시정부에서 '대한'이라는 국호를 사용했으므로 3·1 독립정신을 이어받은 우리로서 이 국호를 그대로 쓰는 것이 좋겠습니다."

"상해 임시정부에서 쓴 '대한'이란 용어는 고종황제가 건국한 '대한제국'에서 딴 것이었지요?"

"그렇습니다."

"그러나 '대한'이라는 '대'자는 군국주의 분위기를 풍기지 않아요?"

"그렇긴 합니다. '대한'의 '대'는 '대영제국'이니 '대일본제국'이니 에서 엿보이듯이 군주국 또는 비민주국의 분위기를 풍기는 측면도 있습니다."

곽상훈 의원과 서상일 위원장의 말을 듣던 권태희 의원이 이승만에게 말한다.

"이승만 박사님께 묻겠습니다. 대한 말고도 '민국'이란 말은 장개석(장제스)의 '중화민국'에서 따온 거지요?"

"그렇습네다. 우리는 중화민국에 많은 신세를 졌습네다."

"신세는 신세고 국호는 다른 문제이지요. 중화민국은 대륙을 빼앗기고 섬으로 도망간 나라 아닙니까? 아무리 우리가 신세를 졌다고 하지만 실패한 나라에서 국호를 따온다는 것은 부적절하지 않습니까?"

"그렇지 않습네다. 중화민국이 실패한 나라라고 단정하기는 아직 이릅네다."

"그럼 대만이 반공 대륙이라도 할 수 있다는 말씀입니까?"

"두고 보아야 합네다. 하여튼 우리 대한민국 임시정부는 중화민국의 협조가 없었으면 존속이 불가능했습네다."

"네, 그건 알고 있어요. 그러나 대한민국이라는 '대한'은 대한제국에서 왔고, '민국'이라는 말은 중화민국에서 왔다면 대한이나 민국이나 모두 실패한 나라들의 이름 아닙니까?"

이 말을 듣고 있던 곽상훈 의원이 말을 잇는다.

"아무래도 '대'자가 들어가는 것은 시대에 맞지 않을 듯합니다. 영문으로 하면 그레이트(Great)나 빅(Big)이라 해야 할 텐데 지금 세상에 그런 용어를 써도 되는 건지? 어차피 국제사회의 일원이 되려면 영문 표기도 같이 정해야 하는데 이승만 씨가 미국에서 유학도 오래 하셨는데 한 번 대답해 보시지요?"

"에 또, 영문으로 그레이트나 빅을 쓸 수는 없는 것입네다. 영문으로는 '리퍼브릭 오브 코리아(Republic of Korea)'라고 해야 할 것입네다."

"이승만 씨 말씀 잘하셨습니다. '리퍼브릭 오브 코리아' 좋습니다. 그러면 그대로 한국어로 번역하면 '고려공화국'이 되는데요. 한글 국명도 영문과 일치하게 고려공화국이라고 하는 것이 좋지 않아요?"

"일단 국호를 대한민국이라고 하고, 적절한 시기에 국호 문제를 다시 논의해 보도록 하는 것이 좋겠다고 생각하는 바입네다."

이 말은 그 자리에서 결론을 맺지 못했다. 그런데 그렇지 않아도 한민당 시국대책협의회(대표 김규식, 여운형)에서는 국호를 '고려공화국'으로 상정하였다.

원래 고종은 1897년 10월 13일 대한제국을 선포하며 "국호를 대한이라 하고 임금을 황제로 칭한다."고 하고, 조선 건국 후 북방의 4군 6진을 개척하고 남방의 탐라국을 완전 병합한 것을 '4천 리 강토'의 확보라 하였다. 동북아 역사의 중심 문화를 가진 조선이 어느 날부터 중국 무서워서 오금을 펴지 못하고, 일본 무서워서 눈도 마주치지 못하다가, 마지막 꺼져가는 불꽃에서 배짱을 한 번 부려 본 것이다.

중국은 황제라 하지만 우리는 '왕'이라 하기에도 송구스러워 중국에 달려가 허락을 받았으며, 일본은 중국보다도 한 수 위인 '천황'이라 한데도 우리는 그보다 열 단계도 더 아래인 왕이라 하는데 만족하더니 조선조 끝판에야 정신이 든 것이다. 일제의 식민사관과 중국의 중화사상에 찌든 조선이 우리라고 못 할 것이 무에 있느냐고 일어나 본 것이다. 물론 '제국'은 대일본제국이나 대영제국에서 본 딴 것은 말할 나위도 없다. 고종은 황제국 '대한제국'을 선포한 뒤 프러시아식 황제복(대원수 복장)을 입고 칼을 찼다. 대한제국의 황제도 하늘에 직접 제사를 지내야 한다고 경운궁(덕수궁의 전신) 앞에 거대한 환구단(圜丘壇)을 건립하고 고종황제가 직접 하늘에 제사를 지냈다. 중국의 연호를 쓰지 않고 우리의 연호 광무(光武)를 썼다. 진작 그럴 일이었다.

알고 보면 우리 배달나라는 중국보다도 크고 역사가 깊으며 일본은 우리 백제인이 가서 세운 나라인 것이다. 그러나 슬픈 대한제국은 1910년 한·일합방으로 일본에 의하여 불과 13년 만에 막을 내린다.

그러다가 3·1 독립운동 직후인 1919년 4월 10일 밤, 상하이 프랑스 조계 김신부로(金神父路)의 독립운동가 현순(玄楯) 목사의 셋집에서 중요한 모임이 있었다. 국내와 만주, 일본, 미주, 시베리아 등지에서 활동하던 독립운동가 29명이 이곳에서 '임시의정원'을 구성했다(다음 날인 4월 11일). 29인의 명단은 여운형, 조동호, 손정도, 조소앙, 김철, 선우혁, 한진교, 신석우, 이광수, 현순, 신익희, 조성환, 이광, 최근우, 백남칠, 김대지, 남형우, 이회영, 이시영, 이동녕, 조완구, 신채호, 진희창, 신철, 이영근, 조동진, 여운홍, 현장운, 김동삼 제씨이다.

이 자리에서 가장 먼저 안건에 오른 것이 바로 국호였다. 먼저 일본 유학생 출신인 26세의 청년 신석우가 국호로 "대한 어떻습니까?"하고 발의하였다.

여운형은 '대한'을 반대했다.

"대한은 이미 우리가 쓰고 있던 국호로서 그 대한 때에 우리는 망했습니다. 일본에게 합병돼버린 망한 나라 대한의 국호를 우리가 그대로 부른다는 것은 감정상 용납할 수 없어요."

"대한은 일본에게 빼앗긴 국호이니 일본으로부터 되찾아 독립했다는 의미를 살리고, 또 중국이 신해혁명 후 새롭고 혁신적인 뜻으로 '민국'을 쓰고 있으니 대한민국이라 하는 것이 좋을 듯합니다."

신석우는 양보하려 하지 않고 자기의 뜻을 재차 강조하였다. 결과적으로 이 자리에서 국호를 대한민국으로 하자고 결의하고 사흘 뒤인 4월 14일에 대한민국 임시정부를 창립한다. 물론 여기서도 격론을 거친 후에 결정을 본 것이다.

이때 임시정부 초대 대통령이 된 이승만은 미국에 위임통치 청원서를 썼다는 이유로 탄핵 제기를 당한 상태였다. 단재 신채호는 "이완용은 있는 나라를 팔아먹었지만 이승만은 없는 나라도 팔아먹었다."고 대성토를 하였다. 사실 이승만의 위임통치안 청원은 그것이 처음이 아니고 단 한 번도 아니었다. 임시정부 수립 이전부터 그는 미국에게 한국의 위임통치를 사정했던 사람이다. 그뿐인가. 이승만은 대한민국 임시정부 대통령직에 임하면서도 임시정부청사가 있는 상하이에는 활동이 거의 없었다. 이때 안창호가 내무총장 겸 국무총리 대리로 활동하며 이승만에게 빨리 상하이로 와달라고 독촉했지만 이승만은 싫다고 오지 않았다. 결국 이승만이

상하이에 머무른 기간은 모두 합하여 6개월 정도밖에 안 된다. 이승만이 있는 구미위원회가 임시정부의 자금을 맡는데 자기의 소위 대미 외교활동비로 다 써버리고 상하이 본부에는 그 일부밖에 보내지 않았다.

4

 하여튼 제헌국회의 임시 국회의장인 이승만과 이승만의 남한 단독정부 수립을 지지한 대한독립촉성국민회의는 '대한민국' 국호를 지지했다. 1948년 5월 31일 이승만이 개원식에서 한 연설을 들어보면 그의 속셈을 알 수 있다.
 "우리는 먼저 헌법을 제정하고 대한독립민주정부를 재건설하려는 것입니다. 오늘 대한민주국이 다시 탄생한 것을 세계만방에 공포합니다. 국회에서 건설되는 정부는 즉 기미년에 서울에서 수립된 민국 임정의 계승입니다. 이날이 29년 만에 민국의 부활 일임을 우리는 이에 공포하며 민국 연호는 기미년에서 기산할 것이요…"

이 말은 대단히 중요한 언급이다. 즉 새로 탄생할 정부가 "서울에서 수립된 민주 임정의 계승"이라 선언한 것이다. 이 말은, 3·1 독립운동 직후인 1919년 4월 23일 13도 대표자 24명이 서울에서 국민대회를 열어 임시정부 선포식을 열었는데 이것을 '한성정부'라 했다. 그때 이승만은 최고지도자인 '집정관 총재'가 되었다. 그 뒤 이승만은 5개월 뒤인 9월에 상하이에서 완전히 통합된 '대한민국 임시정부'의 대통령이 된다. 이승만은 한성정부의 집정관 총재와 대한민국 임시정부의 대통령이라는 자부심을 가지고 있었다. 이승만으로서는 1948년에 탄생할 본토의 단독정부도 한성정부와 대한민국 임시정부의 맥을 잇는 '대한민국'이기를 원하고 있었다. 즉 자기 위주의 나라가 태어나기를 바라는 욕심이었다. 그것이 바로 이승만이 '대한민국'이란 국호를 고집한 진짜 이유였다.

 결과적으로 48년 6월 3일 국회 헌법 기초위원회는 국호를 표결로 결정하기로 하였다. 투표 결과 '대한민국' 안이 17표, '고려공화국' 안이 7표, '조선공화국' 안이 2표, '한국' 안이 1표를 얻었다. 조선이라는 용어가 대한이라는 용어에 밀린 것은 무엇보다도 이북에서 조선이란 용어를 선점했다는 것이 가장 큰 이유였다. 그래서 결과적으로 한글로는 '대한민국',

영문으로는 '고려공화국(Republic of Korea)'이란 우스운 이름을 달게 되었다.

6·25가 일어나기 약 한 달 전, 50년 5월 30일에 실시된 2대 총선 결과는 이승만의 인기가 어느 정도였는지 말해 주고 있다. 2년 전(48년) 실시된 제헌국회와 달리 2대 총선에서는 이승만을 지지하는 친일파들이 대거 출마하였는데도 전체 210명 중 이승만 지지 세력은 70명을 밑돌았고 무소속 중도파가 126명이나 당선되었다. 이승만의 발버둥에도 불구하고 독립운동 경험이 있는 중도파 민족주의자들이 대거 당선된 것이다. 그대로 간다면 2년 후인 52년 대통령 선거에서 이승만이 낙선되는 것은 명약관화하였다.

그러나 6·25사변은 모든 상황을 바꾸어놓았다. 이승만이 벌써 대전으로 도주하여 서울을 사수하겠다고 거짓말을 하고 한강 다리를 폭파함으로, 피난을 못 간 정치인들이 대거 북한으로 끌려가게 된 것이다. 소위 '모시기 작전'으로 김규식, 조소앙, 안재홍, 윤기섭, 오하영, 원세훈 등 민족주의자들이 북한으로 모셔졌다. 북한에서는 계획이 있어 모셔갔겠지만 '모시기 작전'은 오히려 남한 정국을 극우 반공세력들이 창궐하는 무대로 만들어 주었다. 김일성은 조국 해방 일념으로 전쟁을 일으켰겠지만, 조국을 해방시키기는커녕 무너져

가는 이승만 독재권력 구축을 도와주는 결과가 된 것이다. 6·25가 일어나지 않았으면 3분의 2가 이승만 반대파인 국회에서 이승만이 대통령에 당선될 가능성은 전무하였으나, 결과적으로 김일성은 본의 아니게 이승만 독재정권 수립에 일등공신 역할을 하게 된 것이다. 그 후에도 남북의 독재정권은 민심이반으로 기반이 위태로울 때마다 적대적 공생관계를 적당히 이용해 지지기반의 결속을 다졌다. "내부 결속을 위하여 외부에 적을 만들라."는 오기병법(吳起兵法)을 마음껏 활용하고 있었던 것이다.

1953년 4월 26일에 휴전회담이 다시 열렸다. 전쟁포로 송환 문제로 양측 간 의견이 엇갈려 회담이 결렬된 지 6개월 만이었다. 53년에 접어들자 중국 인민지원군의 방어체제는 완전히 자리가 잡혀갔다. 미군의 상륙작전이 있을 것이라는 예측에 철저히 준비한 데다가 땅굴 만리장성 축조는 그들의 어떠한 기습작전에도 맞대응할 수 있다는 자신감이 생겼다. 5월 7일 이승만은 서울의 기자회견에서 목소리를 높였다.

"휴전은 결단코 반대한다. 압록강을 향해 한 차례 전면적인 군사적 공격을 취해야 한다. 필요하다면 남한 단독으로라도 군사작전을 감행하겠다."

이때까지 남측의 총병력은 유엔군, 국군을 합쳐 1백20만 명으로 모두 24개 보병사단의 지상군 부대를 소유하고 있었다. 인민지원군 측의 총병력은 1백80만 명(이 중 45만 명은 조선인민군)이었다. 인민지원군 측은 하루빨리 휴전회담을 성사시키기 위하여 한 차례 하계 반격작전을 전개하기로 결정하였다. 물론 펑더화이 사령관과 중앙군사위원회의 지시에 따른 것이었다.

4월 30일에 군사령부 이상 간부가 참석하는 군사회의가 있었다. 펑 사령관은 북경에 있었기 때문에 지원군 사령관 대리 겸 정치위원 덩화가 주재했다. 이번 하계 반격은 서부전선에서 미군을, 동부전선에서 한국군을 주로 공략하기로 하였다. 인민지원군 사령부는 예하 각 부대에 동시다발적으로 공격하되 공격 목표를 할 수 있는 껏 1개 대대(가장 좋은 것은 2개 중대 규모 이하)를 넘어서지 말라 하고 목표의 선택은 각 인민지원군이 공격하기에 유리한 지형을 확보했을 때로 제한했다.

그런데 53년 2월에 미 8군 사령관으로 새로 부임한 테일러(Maxwell D. Taylor)는 자기들의 고지가 많은 희생을 감수하면서까지 확보할 필요가 있는지 냉정히 판단하면서 구태여 고지 고수를 고집하지 않았다. 전임 밴 플리트가 기회만 주어지면 상대에게 치명적 타격을 가하려는 데 비해서 테일러는 인명 손상을 최소화하기 위하여 공격보다는 방어에 치중하였다. 인민지원군은 아직 공격 목표를 공략할 충분한 준비가 갖추어지지 않았는데도 불구하고 휴전회담과 보조를 맞추기 위하여 6월 초 개시하려던 하계 반격을 5월 중순으로 앞당겼다. 5월 11일에 우선 각 일선 부대에 공격 개시 명령을 하달하였다.

"각 일선 부대는 적의 중대 병력 이하의 목표에 대해 공격 준비가 갖추어지는 대로 작전을 개시하라."

5월 13일에 인민지원군 제20병단 소속 60, 67군과 제9병단 소속 23, 24군이 전면의 미군과 한국군 제8사단 전초진지를 향해 공격을 시작했다. 이 산발적인 전투는 26일에 일단 끝이 난다.

6월로 접어들자 한국 국민의 휴전 반대 관제데모가 거세졌다. 이 기세를 꺾으려는 인민지원군은 제60, 67, 68의 3개 군으로 금성지구의 한국군 제2군단에 대규모 공세를 감행하였다. 이번 6월 공세는 인민지원군의 춘계공세 이후 가장 규모가 큰 것이었다. 목표는 금성 돌출부의 제거였다.

금성 돌출부는 51년 10월에 중부전선의 미군 제9사단이 폴라-노메드 선(Polar-Nomad Line)으로 진격하면서 얻은 지역으로 철원 서쪽에서 시작하여 양구군 해안면 북쪽 고지까지 이어지는 일직선상의 전선에서 유엔군 측 땅이 유일하게 북쪽으로 돌출된 지역이었다. 그 후, 52년 봄에 유엔군의 전선 조정으로 재창설된 국군 2군단(군단장 정일권)이 미 9군단의 전선을 인수받아 금성 돌출부를 맡았고, 미 9군단은 다시 미 1군단의 전선 동쪽을 인수받아 철원 서쪽-김화에 이르는 지역을 맡았다.

그 후, 52-53년 봄까지 쌍방의 전초기지를 뺏기 위한 지루한 소모전이 계속 벌어졌다. 이 과정에서 국군의 전초기지 몇 개를 빼앗기기도 하였으나 중국 인민지원군의 공격은 대개 그런 정도로 종료되었고, 전선이나 전황에 큰 영향을 주는 정도는 아니었으며 국군도 빼앗긴 지역을 일부 되찾기도 하였다. 인민지원군은 전쟁 중 으레 그랬듯이 미군보다 상대적으로 취약한 국군을 집중적으로 노렸는데, 마침 국군이 지키고 있는 눈에 가시 같은 금성 돌출부가 있기 때문에 대규모 병력으로 이 지역을 탈취하여 기선을 제압하는 수단으로 쓰려 한 것이었다. 53년 6월 10일, 소위 '6월 공세'로 인민지원군은 금성 돌출부에 대규모 병력을 투입했다. 18일까지 이어진 전투에서 인민지원군은 금성 돌출부를 지키던 국군 방어지역 일부를 점령하는 데 성공한다.

당시 북경에서 사무를 주관하던 펑더화이는 휴전협정에 서명하기 위하여 평양으로 출발하였으나 6월 18일 이승만이 단독 결정으로 반공포로 석방을 하게 됨으로 말미암아 국군의 금성 전투 패배를 묻히게 한다. 패전 다음 날 반공포로 석방이라는 핵폭탄급 뉴스를 터뜨려 중국인민지원군의 승전보를 무색하게 만든 것이다. 이승만으로서는 반공포로 석방으로 휴전협정이 되는 위기는 피할 수 있었으나 인민지원군의 '7월 대공세'라는 더 큰 비극을 초래한다. 인민지원군은 이승만의 기를 완전히 꺾어버리기 위하여 금성 돌출부를 지도상에서 완전히 소멸시켜 버리기로 작정한 것이다.

조인 직전에 있던 정전회담은 중단되고 한반도는 다시 긴장 상태로 치달았다. 이에 마오쩌둥은 또 한 차례의 압박카드가 필요함을 느끼고,

"정전협정 체결을 미루고 한국군 10,000명을 섬멸하라."

는 명령을 내린다. 6월 20일 평양에 도착한 펑더화이는 마오쩌둥의 명령에 따라 휴전협정을 미루기로 하고 한국군 1만 5천 명 섬멸을 목표로 작전계획을 짠다. 그리하여 인민지원군은 금성 돌출부를 공격하는데 6개 사단을 동원했으며, 또 후방에서 4개 사단을 지원받았고, 34개 대대 포병의 390문 야포와 말 10,000만 필, 마차 1,500대를 동원하는 등 총 12개 사

단의 병력 규모로 국군 2군단 산하 5개 사단을 상대로 51년 춘계공세 이후 최대의 공격을 하게 된다. 그때 국군은 절반 이상이 훈련소에서 훈련을 마친 지 얼마 안 된 실전 경험이 전무한 신병들이었다.

1953년 7월 13일, 드디어 한국 전쟁 최후의 본격적인 금성 전투가 시작되는 날이다. 폭우가 쏟아지는 가운데 몇 시간 동안 인민지원군은 공격 준비사격을 하였다. 비가 억수로 퍼부어 국군은 후퇴하다가 익사자가 나오기도 하였다. 저녁이 되자 인민지원군의 본격적인 공격이 시작되었다. 폭우로 공군이나 포병의 지원이 생각처럼 되지 않아 국군 제2군단은 후퇴하고 7월 15일에 인민지원군은 소토고미리(小土古味里)에 있는 제2군단 사령부의 북쪽 8km까지 육박했다. 만약 제2군단이 돌파되면 인민지원군은 춘천까지 진출하여 양쪽의 미 제10군단, 제9군단의 측후를 향하여 전과를 확장하고 다시 초기의 대기동전으로 되돌아갈 참이었다.

테일러 군사령관의 요청으로 시찰을 나온 백선엽 참모총장은 상황을 확인하고 미 8군에 보급을 요청하는 한편, 경험이 풍부한 전임 사단장들을 불러들였다. 미 8군과 한국 육군본부는 이것이 최후의 전투라고 보고 이미 일본으로 철수한 미 제187 공정연대(空挺連隊)와 제24사단의 증파를 서두르고, 예비대인 한국군 제11사단(사단장 임부택 준장), 제22사단(사단장 박기병 준장)을 전선에 투입하였다.

유엔군의 신속한 보급과 증원으로 국군 제2군단은 태세를 재정비하고, 동쪽으로는 제10군단의 한국군 제7사단, 서쪽으로는 미 제9군단의 제3사단이 인민지원군 돌파구의 어깨 부분을 향하여 공격을 개시하였다. 예비대인 한국군 제11사단은 인민지원군의 끝 쪽을 향해서, 서쪽으로부터는 미 제22사단이 인민지원군의 우측 배후를 향하여 공격하였다. 유엔군 측의 반격이 그런대로 순조롭게 진행되어 실지의 상당 부분을 겨우 탈취하였을 때 정지 명령이 내렸다. 쌍방이 서로 정전협정을 원하고 있었기 때문이다. 이때의 전선이 현재의 군사분계선을 형성하고 있다.

이 전투에서 인민지원군의 포격은 11일 하루에만 포격 60,000발을 기록하는 등 한국전에 참여한 이래로 최고치를 기록했고, 미군의 전투기 출격 횟수도 2,143회를 기록함으로써 미군 참전 이후 최고치를 기록했다. 18일까지 이어지는 전투에서 인민지원군은 비록 전선 전체의 돌파에는 실패했으나 금성 돌출부의 대부분을 점령하는 데 성공하였다.

결과적으로 보면 정전협정 조인 2주를 남겨 놓은 상태에서 반공포로 석방은 정전협정만 연기시키는 데 불과했으며 이로 인해 금성 전역 약 40km 정면에서 평균 4km를 남쪽으로 밀려났으며 유엔군 측이 잃은 영토만 192.6km²에 달했다. 전과에 대하여 중국 인민지원군 측에서는 사상자와 부상자를 포함하여 한국군 52,783명을 섬멸하였고 2,836명을 포로로 잡았다고 집계하였다. 유엔군 측에서는 중국 인민지원군 27,216명을 섬멸하고 38,700명에게 부상을 입혔으며 186명을 포로로 잡았고 1,428점의 무기를 노획했다고 집계하였다.

어떻든 이번에도 인민지원군의 승리로 금성 전투는 끝이 났다.

# 17
# 전쟁과 평화

1

　1953년 7월 27일 역사적인 정전협정일을 앞두고 다시 아희(兒戲)의 기싸움이 시작되었다.
　7월 16일 대만의 장제스군이 1만여 명의 군대를 10여 정의 군함에 분승시키고 수륙양용 탱크 20여 대를 탑재하고 해·공군의 지원하에 푸젠성(福建省) 연안의 둥산다오(東山島)를 침범한 것이다. 동시에 공수부대 2백여 명이 섬의 북부 해안에 공중낙하하였다. 원래 푸젠성의 진먼다오(金門島)를 대만이 차지하여 바로 대륙의 코앞에 국민당군이 있다는 것이 큰 불안요소로 작용하고 있었는데, 이번에는 그보다 밑쪽인데 역시 바로 대륙에 딱 붙어있는 광둥성(廣東省)에 가까운 둥산다오를 점령하려 한 것이다.

　미 제7함대의 봉쇄가 풀린 가운데 미국의 용인하에 중국으로 하여금 불안감을 조성케 하여 한국전 정전협정에 유리한 지위를 확보하려는 전략이었다. 둥산다오를 지키고 있는 중국 인민해방군과 민병대는 완강한 저항을 하였고 때맞추어 육상부대가 신속히 출동하여 섬 수비대와 협동으로 신속히 공수부대를 섬멸하였다. 17일 새벽에는 인민해방군의 우세한 병력으로 반격을 가하여 당일 황혼 녘에 전투를 모두 종결지었다. 이때 인민해방군은 국민당군 3천여 명을 섬멸하였으며, 상륙용 함정 8척을 침몰시키고, 전투기 1대를 격추하고, 다량의 무기와 탄약을 노획하여 장제스 군의 침공을 차단하였다.

　한편, 금성 돌출부에서 한국군이 붕괴되자 미군과 이승만 사이에 피할 수 없는 갈등이 노출되었다. 미군은 이승만에게 무능하다고 힐난하였고, 이승만은 미군에게 나라가 위급한데 구해주지도 않는다고 원망하였다. 유엔군 총사령관 클라크와 8군 사령관 테일러는 그래도 급히 금성지구 전선에 달려가 작전을 지휘하고 최대의 반격을 할 것이라고 장담하며 실지 회복을 꾀하겠다고 하였다. 그러나 테일러의 반격은 철통같은 장벽에 부딪쳤다. 7월 18일부터 열흘 동안 유엔군 7개 사단이 무자비한 반격을 가하였지만 겨우 인민지원군 제20병단이 배수진을 치고 있던 백암산 지구를 차지하는데 만족하여야 했다. 7월 27일까지 인민지원군의 진지는 난공불락이었고, 금성 전투에 이어 정면 전선 상의 인민지원군 각 군과 조선인민군은 물결치듯 일파 일파 소규모의 진공을 가함으로 전후하여 유엔군 16,000여 명을 살상하였다. 유엔군과 인민지원군의 살상자 비율은 실로 2.3 : 1이었다.

이로써 미국은 정전협정을 다시 천연해보았자 손실만 더 커진다는 것을 분명히 알게 되어, 금성 전투의 진행과 동시에 미국과 중국은 정전협정의 상호 이해가 합치되어간다. 6월 18일 이승만이 반공포로 2만 7천여 명을 석방하는 대형 사고를 치면서 독자적으로라도 군사력을 동원할 기세를 보이자, 펑더화이와 김일성은 공동명의로 이튿날인 19일에 유엔군 총사령관 클라크에게 전문으로 질의하였고 클라크는 즉시 답신을 보내온다. 변명의 여지가 없게 된 미군은 마치 재판장 앞에서 심문을 받고 있는 피고의 입장이었다.

펑더화이, 김일성 "결국 유엔군은 남조선 정부와 군대를 견제할 능력이 있는가 없는가?"

클라크 "담판에서 얻은 성과라면 당신네들은 유엔군 사령부가 한국군까지 포함하여 정전협정의 각 규정을 이행할 준비가 갖추어져 있다고 확신해도 좋다."

펑더화이, 김일성 "우리가 묻는 것은 남조선 군대가 도대체 유엔군 사령부의 지휘통솔을 받느냐 받지 않느냐이다."

클라크 "한국군은 유엔군 사령부 소속이다."

펑더화이, 김일성 "정전협정이 실시되더라도, 당신은 남조선 정부와 군인들이 저해행위나 파괴행위를 하지 않는다고 보증할 수 있는가?"

클라크 "내가 보증하겠다. 한국은 장차 어떠한 방식으로라도 정전협정 조항의 실시를 방해하지 않을 것이다."

펑더화이, 김일성 "우리가 묻는 것은 그들이 방해한다거나 파괴행위를 했을 때 어떻게 하겠느냐는 것이다."

클라크 "대한민국이 여하한 정전을 파괴하는 침략행위를 할 경우라도 유엔군은 이를 지지하지 않을 것이다."

펑더화이, 김일성 "만약에 남조선 정부가 정전을 파괴하기 위하여 진공 작전을 펼치고, 중·조 양국이 진공을 저지하기 위하여 필요한 행동을 취한다면 유엔군은 장차 어떠한 태도를 취하겠는가?"

클라크 "유엔군은 정전협정을 계속하여 준수할 것이다. 아울러 중·조 양국은 저항하고 침략하는 행위에 대하여는 정전을 보장하기 위하여 필요한 행동을 취할 권한이 있다."

인민지원군은 금성 돌출부에 대한 6월 공세에서 이러한 확답을 받아내고, 7월 대공세에서 한바탕 폭풍우를 내려친 연후에, 또다시 소규모 전투를 거쳐서 비로소 쌍방이 7월 27일을 조선정전협정 담판 날짜로 확정한다.
　7월 24일에 쌍방 담판 대표는 마지막으로 조선 전장의 군사분계선을 확정지었다. 금성 전투와 기타지역의 승리로 말미암아 중·조 측은 6월 17일 선에서 다시 192.6km²를 전진 점거한 것이었다.

　7월 27일 오전 9시, 조용하던 판문점이 갑자기 부산해지기 시작하였다. 이 역사적인 순간을 증명할 세계 각지의 기자 200여 명이 몰려온 것이다. 그러나 학교 강당보다도 넓은 조인식장에 할당된 한국인 기자석은 둘 뿐이었다. 한국 전쟁에 참전도 하지 않은 일본인 기자석도 10명이 넘었는데 직접 전쟁 당사자의 기자석이 단 두 개뿐이었으며, 휴전회담장에 한국을 공적으로 대표하는 인사는 단 한 사람도 볼 수 없었다. 훗날, 이북에서 한국 전쟁을 조·미 전쟁(朝美戰爭)이라고 명명한 것을 이해할만하다.
　원래 펑더화이가 정전협정 조인을 위하여 6월 18일(이승만의 반공포로 석방하던 날)에 북경을 출발할 때 신화사, 인민일보, 대공보, 광명일보 등 보도단위들은 함께 개성에 인원을 파견하였다. 보도단위의 총책은 신화사 부사장 덩강(鄧崗)이었고 인원은 약 50여 명이었다. 신화사의 리치(李啟), 인민일보의 리첸펑(李千峰), 광명일보의 팡밍(方明), 대공보의 여기자 둘 등 쟁쟁한 기자가 파견되었다. 그러나 처음부터 가장 상세한 보도를 하던 대공보의 천시우롱(陳秀蓉) 특파원의 공로야말로 단연 제1위로 쳐야겠다.

조인식을 거행할 홀은 하루 전에 확정되어 중국 공병대가 건조한 것이다. 그들은 짧은 단 7시간 만에 하나의 조선민족 풍격을 갖춘 고전적인 넓고 장중하고 전아한 목조 건물을 완성해 놓았다. 기자들은 모두 입을 모아 공산당의 일 처리는 정말 효율적이라고 찬탄하였다. 하룻밤 사이에 이렇게 참신한 건축물을 완성해 놓을 줄은 미처 생각하지 못했다는 것이다. 한 미국 기자는 조인식 홀의 시공면적이 매우 큰 것을 보고 고까워하며 말했다. "공산군은 평화의 성의도 없으면서 조인식장은 왜 이렇게 크게 지었지. 이걸 짓는데 몇 년 몇 개월이나 걸렸나?" 이 말을 들은 중국의 뉴스 전문 촬영 기자 첸쓰제(錢嗣杰)는 혀를 끌끌 차며 미국 기자를 향해 "하루!"라고 집게손가락을 세우자 미국 기자는 기겁을 하는 표정이었다. 아마 하루도 아니고 7시간이란 것을 알았다면 혼

절할 뻔하였다.

처음에는 전쟁 당사자 쌍방의 사령관이 직접 판문점에서 서명하기로 하였으나 안전을 고려해서 당일은 북한과 미국의 수석대표만 서명을 하고, 쌍방의 사령관은 각자 자기 주둔지에서 서명하기로 하였다.

조·미 수석대표들의 서명식은 단 10분밖에 걸리지 않았지만, 이 한차례의 의식을 치르기 위하여 실로 1,076회나 되는 마라톤식 예비회의를 거쳤다. 이 짧은 순간을 억만 명 전 지구인이 시선을 집중하고 응시하고 있었다.

당일 새벽 황금색 태양이 짙은 안개를 뚫고 판문점 회의장을 투사하고 있었다. 비가 온 뒤라서 아직 습기가 서려 있었으나 이내 후덥지근한 느낌을 말끔히 쓸어내고 있었다.

9시가 조금 넘자 쌍방의 기자들이 몰려왔고, 조인식 홀 앞은 한 줄기 도로가 개성과 문산(汶山)으로 이어지고 있었는데, 바로 쌍방 대표단의 회의장으로 오는 통로였다. 얼마 되지 않아 도로상에는 인파로 몰렸고 사람들이 새까맣게 붐볐으며 기자들은 삼삼오오 모여 이야기하고 있었다.

9시 45분이 되자, 헬리콥터의 프로펠러 소리가 귀에 진동으로 전해왔다. 이것은 미국 대표가 온다는 신호였다. 헬리콥터는 조인식 홀 동쪽에 내려앉았고 한바탕 먼지를 휘몰아쳤다. 제일 먼저 모두의 눈에 띄는 것은 헬리콥터 앞에서 펄럭거리는 황색 깃발이었다. 이 황색기는 2년 전의 추억을 떠올리게 한다. 그때 미군은 백색기를 달고 중국 측 점령지역인 개성의 회의장으로 들어왔고, 중국 측에서는 백색기가 항복을 의미한 것이라고 조소했고 미군 측은 아니라고 우겼다. 그때 협의한 사항으로 차후 쌍방이 협의할 때에는 어깨에 황색 완장을 차고 자동차나 헬리콥터에 황색기를 달아 대표단임을 표시하기로 한 것이다.

9시 50분, 쌍방의 참관 대표와 실무인원이 착석하기 시작하였다. 인민지원군의 참관 대표는 인민지원군 사령부와 전선 각 군에서 차출되어 왔다. 이날 참석한 인원은 아무것도 휴대할 수 없었으며 오직 필기도구만 지참할 수 있었다. 원래 조인식에서 쌍방 대표가 치사를 할 것인가 말 것인가도 토론하였으나 결과적으로 아무런 치사 류의 행위를 하지 않기로 하였다. 만약 치사를 하게 되면 누가 먼저 할 것인가, 또는 치사의 내용 등의 문제가 발생할 수 있기 때문이다.

조인식 홀은 '품(品)'자 형으로 이루어져 있었는데 남북으로 길게 나 있고 서쪽에 '볼록한(凸)' 부분이 마련되어 있었다. 남북으로 각각 문이 나 있어서 쌍방이 각자 출입할 수 있게 하였고 볼록한 부분은 기자석이었다. 남북 쪽의 대표가 앉은 장방형 책상 가운데 네모난 탁자가 하나 놓여 있었는데 그것이 조인 탁자였다. 거기에는 18부의 정전협정문이 놓여 있었다. 정전협정문은 조선어, 중국어, 영어 3종 언어로 각각 6부씩 18부인 것이다. 작은 탁자 남북 양쪽에는 조선인민공화국 국기와 유엔기가 놓여 있었다. 거기에는 한국 국기도 중국 국기도 없었다. 한국 전쟁의 직접 당사자는 결국 이북과 미국(유엔)이었던 것이다. 북 측의 8명의 안전 군관과 미 측의 8명의 안전 군관이 들어와 착석한다.

  10시 정각에 드디어 뭇 지구촌 인류의 마음을 격동시키는 시각이 도래하였다. 북한 인민군과 중국 인민지원군의 수석대표로 북한의 남일(南日) 대장이, 유엔군 수석대표로 헤리슨(William K. Harrison. Jr) 해군 중장이 넓은 홀로 걸어 들어왔다. 북측 인사들은 마치 졸업식에 참석한 졸업생 같은 자세로 엄숙히 앉아있는데 미군 측은 자유분방한 자세로 비뚤어지게 앉아 다리를 꼬고 혹은 목을 길게 뽑아 들고 보고 있었다. 양 대표가 착석하자 쌍방 참모의 협조하에 먼저 공산 측에서 준비한 9부의 본문에 서명하여 교환하고, 다시 상대방의 본문에 서명하였다. 이러한 과정은 모두 9분밖에 걸리지 않았으며 그 순간을 놓칠세라 기자들은 요란스럽게 플래시를 터트렸다.

큰 공적을 마친 후에 두 대표는 거의 동시에 일어나 자리를 떠 총총히 사라졌다. 인사도 없고, 악수도 없고, 주고받는 한마디 말도 없었다. 이것은 저우언라이 총리의 직접 지시에 의한 것이었다. "이번은 중국 외교부의 서명 의식과는 맞지 않다. 서명식에서 서로 악수하거나 건배를 하는 행위는 하지 않는 것이 좋겠다."라고 미리 지시를 내렸었다.

7월 27일 당일 밤 10시에 조선인민군 총사령관 김일성은 평양에서 정전협정서에 서명하였다. 북한은 이 정전협정 조인 일을 조국 해방전쟁 승리의 날로 정해 그 뒤로 북한 10대 국가 명절의 하나로 기념하고 있다. 북한에서는 이날을 공식적으로 '전승기념일'이라 부른다. 해마다 이날이 되면 북경과 평양에서는 조선 전쟁 참전 노병들이 참석하는 대규모 기념행사가 거행된다. 압록강 하구의 북·중 접경지대에 있는 랴오닝성 단둥의 '항미원조(抗美援朝)기념관'에서도 승전기념행사가 동시에 열린다.

유엔군 사령관 클라크는 같은 날 오후 1시에 미군의 담판 기지인 문산의 장봉리(帳篷里)에서 협정서에 서명하였다. 클라크는 서명 후 자탄하였다.

"나는 정부의 지시를 집행함으로 명예롭지 못한 이름을 얻게 되었다. 나는 미국 역사상 첫 번째로 승리하지 못한 정전

17 전쟁과 평화   263

협정문에 서명한 사령관이 되었다. 나의 처참한 심정을 내 전임 맥아더나 리지웨이 장군도 동감하리라 생각한다."

다음 날(28일) 오전 9시 30분, 마지막으로 펑더화이 사령관이 개성 내봉장(來鳳莊)에서 서명하였다. 인민지원군 정전담판 대표단 번호 101번과 102번의 수장 리커눙(李克農)과 차오관화(喬冠華) 등 인민지원군 고급군관 100여 명이 동석한 자리였다. 펑더화이는 서명을 끝내고 승리의 담화를 발표하였다.

"조선 전쟁은 증명하고 있다. 자유를 애호하는 민족이 조국의 영광과 독립을 위하여 분기하여 투쟁하면 이기지 않을 수 없다는 것을. 나는 적에게 더 큰 타격을 안기지 못함이 못내 아쉬울 따름이다."

서로 정전협정문에 서명이 끝난 다음, 조선인민군 최고사령관 김일성과 중국인민지원군 사령원 펑더화이는 조선인민군과 중국인민지원군에게 정전을 하달하였다.

"정전협정은 반드시 준수하라. 1953년 7월 27일 22시를 기점으로, 즉 정전협정 서명 후 12시간 후부터 전 전선에서 완전히 전투행위를 정지한다. 정전협정서 서명 후 72시간 이내에 전 전선에서 쌍방이 공포한 군사분계선으로부터 2km씩 후퇴하고 다시는 비군사 지역에 진입해서는 안 된다."

한국 대표는 끝내 누구도 정전회의장에 모습을 드러내지 않는다. 그 이유인즉, 이승만은 휴전 이후의 모든 문제에 대하여 미국 측에 책임을 전가하려는 계산이었다. 이승만은 7월 27일 당일 최덕신 소장을 청와대로 불러 클라크의 문산 서명식에만 참석하라고 분부한다. 그리하여 클라크가 27일 오후 1시 문산의 유엔군 기지에서 서명할 때 그래도 유일하게 유엔 16개국 참전국 대표들과 함께 겨우 최덕신(천도교 교령. 1986년 부인과 함께 자진 월북) 소장이 임석하게 된다.

최덕신은 평북 의주 출신으로 독립운동가 최동오의 아들이다. 중국에서 황포군관학교를 졸업하고 중화민국 국민혁명군에 복무하였다. 뒤에 미국 포트베닝 보병학교를 졸업한다. 6·25 때 제8사단과 제11사단의 사단장으로 참전했으며, 지리산 토벌군으로 거창 양민학살사건에 관련되어 오명을 남기기도 하였다. 부친 최동오는 상해임시정부 법무부장을 지냈으며 임시정부 정의부가 운영하던 2년제 군정 학교 화성의숙(중국 지린성)의 교장을 맡기도 했다. 이때 김일성도 화성의숙의 학생 중 하나였다. 최동오가 1948년 4월 평양에서 열린 남북연석회의에 남측 대표로 참석했을 때 김일성은 옛 스승을 만났다며 최동오를 집으로 모셔 극진히 대접하기도 하였다. 최동오와 류동렬(임시정부 초대 통위부장)은 둘다 천도교도로 임시정부 시절 사돈(최동오의 아들 최덕신이 류동렬의 딸과 결혼)을 맺었던 사이로, 류동렬은 6·25 때 북측의 독립운동가 '모시기 공작'으로 월북하여 활동하다 사망 후 애국열사릉에 묻힌다. 최동오는 원래 동학(東學) 집안으로 천도교의 손병희 선생이 주축이 되어 일으킨 3·1독립운동에 적극 참여하였다. 동학혁명이 실패하고 3·1독립운동도 실패하자 상하이로 망명하여 임시정부에 참여한다.

최덕신은 부친의 영향으로 독립정신과 한국 고유 종교인 동학, 천도교의 사상이 투철한 군인이었다. 최덕신은 이승만의 말을 다 듣고 말하였다.

"각하, 제가 질문을 하나 해도 되겠습니까?"

"무엇입네까? 최 장군."

"왜 우리는 정전협정문에 서명하지 않는 것입니까?"

"우리가 만약 정전협정 당사자로 서명을 하게 되면 북한괴뢰도당의 정부를 인정하는 꼴이 되지 않겠어요? 대한민국은 유엔이 인정한 유일한 합법 정부인 것입네다."

"그러나 제 생각은 다릅니다. 유엔이 우리를 인정했다고 하지만 이북이나 중국, 소련 등 사회주의 국가에서는 유엔을 별로 중시하지 않습니다. 심지어 유엔 자체를 미국의 꼭두각시로 보고 자본주의 침략 기구로 보고 있습니다. 차라리 우리가 무력으로 정전협정을 못 하게 할 수 있다면 좋습니다. 그러지 못할 바에야, 이왕 정전협정을 맺는다면 반드시 당사자로 우리가 참여하여야 한다고 생각합니다. 이 뒤로 닥칠 막대한 손해를 어찌 감당하시겠습니까. 잘못하다가는 우리만 국제사회에서 고립되는 결과를 초래할 수 있습니다."

"정전이 뭐 그리 오래 가겠습네까. 곧이어서 우리는 미합중국의 힘을 빌려 북진통일을 해야 하는 것입네다. 그런 종이 한 장이 뭐가 그리 중요한 것입네까? 우리는 무력으로 북진통일을 해야 하는 것입네다."

"저는 무력통일은 무리라고 생각합니다. 제 생각으로는 이제부터는 정전협정을 평화협정으로 바꾸든지 남북이 협력하여 평화통일을 하든지만 남아 있습니다. 우리가 정전협정서에 이름이 없으면 평화협정으로 전환할 때나 남북통일을 할 때 우리는 당사자에서 이름이 빠지지 않겠습니까?"

"뭐라고요?"

"제 생각으로는 평화협정을 할 때도 우리가 앞장서야 하고, 통일도 능동적으로 해야 하는 것은 물론, 통일은 반드시 평화통일이어야 한다고 생각합니다. 오히려 미국을 제외하고 남북 당사자들끼리 협상하여야 합니다."

"당신 지금 무슨 뚱딴지같은 소리를 하고 있는 것입네까?

우리의 통일은 오래 걸리지 않습네다. 우리의 통일은 미국이 시켜주는 것입네다."

"과연 그렇게 될까요? 미국은 각하의 생각과는 달리 분단 상태를 즐길 것 같은데요. 우리가 미국과 일전을 각오하지 않는 한, 그들 나름으로는 하늘이 두 쪽이 나도 통일을 시켜주지 않을 것으로 사료됩니다만."

"그렇지 않습네다. 그렇지 않아요. 미합중국은 나의 이 간절한 소원을 들어주리라 믿습네다. 비록 신뢰 문제는 있습니다만 어차피 세계에서 가장 강한 나라인 것입네다."

"그렇게 생각하십니까? 그리고 각하, 제 생각으로는 각하의 반공포로 석방도 옳지 않습니다. 제네바협정대로 쌍방이 100% 포로를 서로 교환하여야 합니다. 반공포로를 일방적으로 석방해버리니 각하가 스스로 국제기구를 인정하지 않는 상황이 되었지 않습니까?"

"지금 무슨 소리를 하는 것입네까? 당신은 내가 시키는 대로만 하면 되는 것입네다. 가서 클라크 장군이 서명하는 것이나 참관하고 오면 되는 것입네다."

원래 한국전쟁 초기에 이승만은 초대 유엔군 사령관 맥아더에게 한국의 국군 지휘권을 위임하였기 때문에 자동적으로 유엔군의 일원이 된 것이었다. 그러나 침략을 당했다고 하는 남한이 정전협정에 불참한다는 것은 이해할 수 없는 일이었으나, 알고 보면 그 이유는 분명했다. 즉 정전협정에 참여하면 미국과의 군사동맹 체결의 실패 또는 지연의 우려가 있기 때문이었다. 이승만에게 한·미 상호방위조약 체결은 생명줄이나 다름없었다. 남한이 여러 차례 미국으로부터 배반을 당해 왔다고 믿고 있는 이승만으로서는 정전협정에 참여하여 종전이 실현될 경우에 미국의 상호방위조약 체결 의지를 믿을 수 없었다. 또 정전협정 당사자로 참여할 경우 이승만으로서는 전후 군비 강화와 북진통일 정책을 추진할 수가 없다고 생각했다. 오직 반공통일 의지만 불타고 있던 이승만은 정전협정과 북진통일 사이의 정면충돌을 정확히 인식하고 있었다. 서명 참여 후 예견되는 미국의 정전협정 준수 압박이 커다란 제약 요소가 될 수밖에 없었다. 대한민국만이 유일한 합법 정부라고 배타적 정통성을 주창해온 이승만은 북한 괴뢰와 대등하게 서명한다는 것은 있을 수 없다는 궤변이었다. 그러나 이승만의 서명 불참과 정전협정 참여 거부는 훗날 남한의 정전협정-평화협정의 당사자 문제를 야기해 한국에게 심대한 불이익을 초래한 것은 물론 이론적으로도 맞지 않는 것이었다. 그는 서로 차원이 다른 한·미 상호조약 참여와 정전협정 불참을 교환재로 잘못 이해했던 것이다. 미국으로서는 오히려 한·미 군사동맹은 한국 문제를 넘어 일본 견제, 중국 봉쇄, 소련 저지라는 복합기능을 행사할 수 있게 된 호기가 되었고 한국 통일에는 무관심이거나 절대 반대 입장이었다.

2

  정전협정의 담판 지점이 판문점으로 옮겨간 후에 내봉장은 담판과 동시에 연관이 없어졌으나 정전협정 서명식에서 다시 역사상에 등장하게 된다. 7월 28일에 정전담판 대표 리커농, 지원군 정치부 주임 두핑(杜平) 등의 수행하에 펑더화이가 내봉장에 도착하여 정전협정문에 '彭德懷(펑더화이)'의 석 자를 일필휘지한 것이다. 다른 북·미의 총사령관이나 북·미 수석대표의 서명이 모두 가느다란 펜글씨인 데 반하여 중국의 펑더화이만이 진한 한자의 붓글씨로 정 중앙에 맨 마지막에 서명을 한다.

  판문점에서 정전협정 서명식이 거행되고 있던 당일 10시,

조선, 중국, 미국의 사령관이 있는 처소에는 참관인과 기자들이 배석하고 있었는데, 그들은 여기저기서 멀리 들려오는 요란한 포성에 귀를 기울이고 있었다. 왜 한편에서 정전협정을 체결하고 있는데 한편에서 포성이 울려 퍼지고 있는가? 이것은 정전협정이 정식으로 조인되더라도 12시간 후부터 효력이 발생하기 때문에 그동안에 한 치라도 더 땅을 차지하고자 하는 치졸한 발상 때문이었다.

저녁 10시가 되자 드디어 포성은 멈추고 삼천리강산에 평화가 찾아왔다. 밤 10시를 기점으로 북쪽에서도 남쪽에서도 산상에 하나둘씩 횃불이 오르기 시작했다. 적이고 아군이고 모두 일단 정전만은 축하할 일이었다. 각 도로의 중요 지점이나 네거리에서는 조선인민군 최고사령관 김일성과 중국인민지원군 사령원 펑더화이가 하달한 정전 명령문이 확성기로 조선어와 중국어로 각각 장엄하게 울려 퍼지고 있었다.

"조선인민군 전체 동지들이여! 중국인민지원군 전체 동지들이여! 조선인민군과 중국인민지원군은 3년에 걸친 적의 침략에 항거하여 평화를 보위하는 영웅적인 전쟁을 치렀고, 2년에 걸친 노력 끝에 조선 문제를 평화적으로 해결하는 정전 담판을 실현하였습니다. 지금 드디어 조선에서 정전을 이룩하는 영광스러운 승리를 획득했습니다. 유엔군과 조선 정전협정을 조인하였습니다. 이제 전쟁은 끝났습니다.…"

다음 날 이른 새벽부터 쌍방의 병사들은 갱도, 벙커, 포탑에서 잇달아 걸어 나와 너 죽고 나 살자고 싸우던 상대가 어떻게 생겼는지 서로 얼굴을 보았다. 어떤 대담한 병사는 그들에게 걸어가 환담도 하고 기념품을 교환하기도 하였다. 특별히 경축하는 다른 행위는 서로 하지 않았다. 누구라도 허풍을 떨며 자기네가 절대 승자라고 말하지도 않았다.

정전협정이 조인된 홀을 본 사람이라면 담판 책상 위에 유엔기와 조선 국기만 있는 것을 보고 한국 국기는 차치하고 왜 중국의 5성 홍기가 없는가 하고 의아한 사람이 있다. 사실인즉, 맨 처음 개성 시내 내봉장에서 정전 담판을 시작할 때 미군은 유엔기를 지참하고 왔었고 중국 측에서는 깃발에 대한 준비가 없었다. 오후가 되자 개성지방 당국이 조선 국기를 준비하여 탁자 위에 꽂았다. 이때부터 유엔기와 조선 국기가 나란히 꽂히는 관례가 된 것이다. 북조선 한 나라와 미국을 우두머리로 하는 유엔군이 대등하게 담판하는 것은 중국 측의 국가 이익과도 부합되기 때문에 오성홍기를 구태여 고집할 필요가 없었다. 중국은 명목상으로는 어디까지나 '지원군'이지 국가를 대표하지 않았기 때문에 사실상 전장에서나 회의장에서나 어떤 때도 정식으로 중국 국기를 내

17 전쟁과 평화

걸지 않았다.

그런데 정전협정서란 교전 중의 쌍방 군대의 수장들이 가까운 미래에 일정한 시점을 정해 전투 혹은 전쟁 행위를 완전히 중지하자는 약속을 하는 문서이다. 실제로 정전협정 4조 60항에는 다음과 같은 조항이 있다.

"한국 전쟁의 평화적 해결을 위하여 쌍방 군사령관은 쌍방의 관계 각국 정부에 정전협정이 조인되고 효력을 발생한 후 삼 개월 내에 각기 대표를 파견하여 쌍방의 한 급 높은 정치회의를 소집하고 한국으로부터의 모든 외국 군대의 철수 및 한국 문제의 평화적 해결 문제들을 협의할 것을 이에 건의한다."

즉 정전협정 후 "삼 개월 내에 쌍방이 한 급 높은 정치회의를 소집한다"는 것이다. 그리고 그 회의에서의 의제는 '한반도로부터의 외국 군대 철수'와 '한국 문제의 평화적 해결' 두 가지였다. 즉 정전협정은 군사적인 정전이고 통일문제는 삼 개월 내에 정치적인 회의에서 결정하자는 것이었다.

그리하여 1954년 4월 26일부터 열린 제네바 회담은 한국을 포함한 유엔 한국참전 국가들 가운데 남아프리카 연방공화국을 제외한 15개국과 북한, 중국, 소련 등 모두 19개국의 대표들이 참가한 가운데 50일간(4.26-6.15. 실제는 그 뒤 베트남 문제 토론을 위하여 제네바 회담은 7.21에 폐막)에 걸쳐 한반도 통일을 위한 선거 범위, 국제 감독, 외국군 철수, 유엔 권위 문제 등에 관한 토의를 벌였다.

　제네바 회담은 휴전협정 이후 한국 문제를 둘러싼 첫 번째 회의이고, 대한민국이 주권국가로 참여한 첫 번째 국제회의이다. 한국뿐만 아니라 국제사회에서도 의미 있는 회담이었으니, 영국이 세계 외교무대에서 마지막으로 주역 역할을 한 것이다. 이 회담을 기점으로 세계는 미국과 소련의 양극체제로 넘어간다. 아울러 신생국 중화인민공화국이 처음으로 국제무대에 등장하는 회담이기도 하였다.

　53년 7월 27일 판문점에서 정전협정이 체결되고, 그해 8월 28일 유엔총회는 한반도에서 독립된 통일 민주정부를 세우는 것이 유엔의 목표임을 재확인하면서 정전협정을 승인하고 정전협정 때 의결된 고위 정치회담의 실현을 촉구하는 결의안을 가결했다. 10월 8일 미국은 정전협정 당사국들에 대하여 고위 정치회담을 여는데 필요한 사항을 협의할 준비회의를 먼저 열자고 제의하였고 공산 측이 이를 수락하였다. 10월 10일 판문점에서 열린 준비회의에 미 국무성 법률고문 딘(Dean. A)과 남한 측 이수영(李壽榮) 대령, 중국 외교부의 황화(黃華) 그리고 북한의 문화선전부상 기석복(奇石福) 등이 대표로 참석하였으나 본회담의 구성문제를 둘러싸고 난항을 거듭하였다. 공산 측은 교전 당사국뿐만 아니라 일부 중립국을 포함하여 확대 정치회의를 내세우면서 소련도 중립국의 자격으로 참가할 수 있도록 하자고 주장하였다. 이에 대하여 유엔군 측은 한국 문제를 해결하기 위한 정치회담은 한국전에 참전한 교전 당사국들 사이의 회담이 되어야 하지만, 소련만은 사실상 교전 당사국으로 참여할 수 있을 것이며, 회담의 내용이나 결과에 따라 아무런 제약도 받지 않을 중립국의 자격으로 참석할 수는 없을 것이라고 주장하였다.

54년 1월 25일 베를린에서 독일과 오스트리아 문제를 논의하기 위하여 미, 영, 불, 소 4개국 외상회의가 열렸었다. 거기서 한국 문제 해결을 위한 제네바 정치회의가 결정 난 것이다. 그러나 이승만은 여전히 무력에 의한 북진통일만 주장하고, 당시 외무부 장관이던 변영태는 2월 20일에 "무력으로 해결되지 않은 것을 정치회의로 해결하겠다는 것은 언어도단"이라고 제네바 회의를 거부하였다. 회담 참여 문제를 둘러싸고 한·미 간의 갈등도 야기되었다. 회담개최 8일 전까지도 회담을 거부하던 남한은 결국 미국과의 협의 과정에서 한국군 증강에 관한 미국의 원조 약속과 회담 운영에 관한 몇 가지 언질을 받고 회담 참여를 결정한다. 이승만은 제네바 회담을 받아들이는 발표문에서도 "만약 회담이 실패할 경우 미국은 공산주의자들과의 협상은 무익하며 위험한 것이란 것을 깨닫고 남한과 함께 공산주의자들을 한반도에서 내몰 것을 희망한다."라고 하여 미리 제네바회담의 실패를 작정하고 있었다.

이에 1954년 3월 변영태 외무부 장관을 대표로 보낼 것을 남한 정부는 공식으로 발표하였다. 결국 남한의 대표단은 변영태를 단장으로 하고, 이승만의 정치 고문 올리버(Robert T. Oliver) 박사를 고문으로 하여 미국의 양유찬 주미 대사와 임병직 유엔 대사, 홍진기 법무차관 등 10명의 대표단이 참석했다. 제네바 회의의 북한 측은 수석대표에 친소련파 남일(南日) 외상이 참석했고, 대표에 월북파인 백남운 교육상, 기석복 외무부상 등이 참가했고 그밖에 장춘산, 전동혁, 김택영, 김명구 등과 인물이 고운 여자 수행원 5명을 포함한 대규모 참가단을 보냈고, 제네바 교외의 고급 별장을 본부로 사용하여 북한이 남한보다 부유한 나라라는 것을 과시하였다.

남한은 1953년 1인당 국민소득이 67달러, 54년이 88달러로서 세계에서 에티오피아 다음으로 빈곤 순위 제2위의 거지의 나라였다. 그 뒤로도 1954년에서 1962년까지 남한은 국민소득 연평균 성장률이 4.7%에 불과했지만 북한은 22.1%

에 달했다. 같은 기간 1인당 국민소득 증가율은 남한이 0.8%에 불과하였지만 북한은 17.2%나 되어 남한보다 월등히 부유했다.

저우언라이(周恩來)는 1954년 4월 1일, 모스크바에 도착하여 중국이 제네바회의에 참가하는 방침 등 유관문제를, 소비에트 연방의 국가원수 겸 공산당 서기장 니키타 세르게예비치 흐르쇼프 그리고 베트남의 지도자 호치민(胡志明), 판반동(范文同)과 함께 협상 회의를 하였다.

이번 제네바 회담 의제는 조선 문제와 인도차이나(베트남) 문제의 2가지였다. 중국이나 미국, 영국이나 프랑스는 조선 문제 이후 다룰 인도차이나 문제를 더욱 중요하게 고려했다. 조선 문제를 논의하고 있던 1954년 5월 7일 디엔 비엔 푸(Dien Bien Phu)에서 프랑스군이 패배하면서 인도차이나 문제는 강대국의 사활적 이해가 걸린 현안으로 부상하였다. 인도차이나 문제가 중시되면 상대적으로 조선 문제를 소홀히 할 가능성이 있었다.

저우언라이는 12일에 모스크바에서 북경에 돌아왔고, 19일에 중국 정부에서 정식으로 총리 겸 외교부장인 저우언라이를 중국이 출석하는 제네바 회담의 수석대표로, 부외교부장 장원톈(張聞天), 왕쟈샹(王稼祥), 리커농(李克農)을 대표로 임명했다. 저녁에는 저우언라이와 마오쩌둥, 리우사오치(劉少奇), 천윈(陣雲), 덩샤오핑(鄧小平)과 함께 제네바회의와 유관한 문제를 토론하였다. 마오는 저우언라이에게 말하였다.

"저우 총(周總)! 우리 중화인민공화국으로서는 국제무대에 처음 참가하는 것이오. 저우 총의 임무가 너무나 막중해요. 우리는 물론 모두 국제 상식에 맞는 말을 할 것이지만 미제국주의자들은 갖은 궤변을 늘어놓으며 자기들의 속셈을 채우려 할 것이오."

"그럴 것입니다. 저도 그렇게 생각하고 있습니다."

그때 두 사람의 말을 듣고 있던 덩샤오핑이 끼어들었다.

"그렇습니다. 저들은 어떤 핑계를 대서라도 조선에서 미군을 철수하려 들지 않을 것이고 조선을 절대 평화통일시켜주려 하지 않을 것입니다."

"그렇습니다. 저들은 부도덕한 유엔이란 기구를 마치 세계를 대표하는 양 말할 것이 틀림없고, 또 남조선은 미국만 하늘처럼 믿고 꽁무니를 따라다닐 것입니다. 너무 큰 기대는 하지 않는 게 좋을 듯합니다."

천윈도 한 마디 한다. 그때 마오는 무엇인가를 생각한 듯하더니 한 마디 의미심장한 말을 던진다.

"전화위복이란 말이 있지 않아요. 미국이 사리에 틀린 말을 하고 상식에 어긋나는 말을 하면 오히려 더 좋을 수가 있어요. 조선이나 다른 나라에서도 미국이 틀리다는 것을 알 것이기 때문에 중국에 대한 신뢰는 더 깊어지고 국제무대에서 중국의 위치는 더 튼튼하게 될 것이오. 우리로서는 조선은 어떤 나라에게도 빼앗길 수 없는 우리의 번속이니까요."

"그렇습니다. 우리의 번속을 절대 빼앗길 수 없지요. 티베트, 위구르, 몽골, 조선 등 우리의 정통 번속은 어떤 일이 있어도 반드시 지켜내야 합니다."

입을 다물고 있던 리우사오치가 묘한 표정을 지으며 모두를 훑어본다.

이에 저우언라이는 《인민일보》의 사설을 통해서 중국의 기본 태도를 밝혔다.

"우리는 다른 나라를 침략하지 않는다. 또한 어떠한 나라의 어떠한 침략행위도 견결히 반대한다. 우리는 다른 나라를 위협하지 않는다. 또한 어떠한 나라의 어떠한 위협도 반대한다. 우리는 다른 나라의 내정을 간섭하지 않는다. 또한 어떠한 나라가 어떠한 나라의 내정을 간섭하는 것도 반대한다. 우리는 평화를 주장하고 전쟁을 반대한다. 우리는 어떠한 무장침략에 대해서도 결코 수수방관하지 않을 것이다."

1954년 4월 20일, 저우언라이는 대표단을 이끌고 비행기 편으로 북경을 출발하여 모스크바를 거쳐, 24일에 제네바에 도착했다. 북경을 출발하기 전, 저우언라이는 대표단 전체회의를 소집하여, 누구나 지위고하를 막론하고 대표단의 규칙과 기율을 지켜야 하며 결코 이를 위배해서는 안 된다고 단속하였다. 저우언라이의 이번 회의를 성공하기 위한 노심초사를 엿볼 수 있는 대목이다. 복장도 누추한 인민복이 아니고 멋진 신사복에 넥타이를 했고 최고급 오버코트를 걸치고 중절모자를 썼다. 서양의 어떤 나라에도 뒤지지 않겠다는 의지의 표현이었다.

　제네바에 도착해서도, 제네바는 풍광이 아름다워 세계의 공원이라 일컬어지는 곳인데도 바깥출입은 일절 하지 않고 회의 준비에만 몰두하였다. 당지의 스위스 신문도 "중국의 총리는 다른 사람과 다르다. 쉬는 날에도 그가 밖을 나와 유람하는 모습은 볼 수 없다. 진정 전심전력으로 회의에 임하고 있다."라고 찬양하였다. 중화인민공화국이 첫 번째로 5대 강국의 일원으로 제네바회담에 참여하여 조선 문제와 인도차이나 문제를 다루는 회의인 만큼 결코 소홀히 할 수 없는 일이었다.

　제네바 회의 제1단계 마지막 회의에서 미국 대표는 소위

'유엔군' 국가를 규합하여 '16개국 선언'이란 것을 제출하여 아무런 협의도 없는 상황에서 회의를 종결지으려 획책하였다. 저우언라이는 이 중요한 시점에서 순간적인 결단을 내려 즉석 발언권을 얻었다.

"최소한 한 건의 결의라도 통과시키자. 그래야 장차 조선 문제를 평화적으로 해결하는 협의를 계속할 것 아닌가? 중국 대표단은 협상과 화해의 정신으로 처음으로 이러한 회의에 참가하였다. 만약 우리들이 오늘 제출한 마지막 하나의 건의마저 다 거절당한다면 우리는 최대의 유감을 표하지 않을 수 없다. 전 세계 평화를 애호하는 인민은 누가 옳고 누가 그른지를 판단할 것이다."

그의 발언은 이치에 맞고 엄숙하며 날카롭고 의분에 찬 발언이었다. 그가 이러한 발언을 하자 전체 회의장은 찬물을 끼얹는 듯 조용해졌다. 상대의 의표를 찌른 이 말에 사람들은 감동한 표정이 역력했다. 벨기에 대표 스파크(Paul-Henri C. Spaak. 후에 벨기에 수상이 됨)는 급히 해석하며 '16개국 선언'은 저우 총리의 건의 정신과 일치한다고 변명을 늘어놓았다. 저우언라이는 즉석에서 힐문하였다. 이왕 일치한다면 왜 19개국이라 하지 않고 16개국이라 하는가? 이에 벨기에 대표는 중국 대표의 건의에 하는 수 없이 찬동하였다. 소련 외상 몰로토프(Vyacheslav M. Molotov)는 즉석에서 벨기에 대표가 지지한 중국 대표단의 건의에 찬동하였다. 이렇게 되자 상대방은 대혼란이 일어났다. 미국 대표는 본국 정부에 물어보기 전에는 의견을 발표할 준비가 되어있지 않다며 표결에 불참하겠다고 하였다. 남한 대표는 벨기에가 유엔 16개국을 대표할 수 없을 뿐만 아니라 남한도 대표할 수 없다고 하였다.

저우언라이는 미국의 태도에 대하여,

"이것은 우리로 하여금 미국 대표가 어떻게 제네바회담을 방해하고 있는지 잘 알게 하고 있다. 아울러 이왕에 이루어 놓은 최소한의 성과마저도, 또 가장 화해적인 건의마저도 저지하고 있다는 것을 알게 하고 있다."

라고 열변을 토하였다. 훗날 몰로토프는 저우언라이의 정채한 발언으로 회의에서 많은 성과를 얻었다고 경하했으며, 북한의 대표도 중국 대표는 외교상의 예술을 연출하였다고 극찬하였다.

## 3

 54년 4월 26일 제네바회담이 시작되자마자, 첫 번째 토론 제목인 조선 문제에서 북한 외무상 남일은 조선 통일을 회복하기 위하여 전 조선에서 자유 선거를 실시하는 방안을 제출하였다. 저우언라이 외상은 남일 외상의 제안을 전폭적으로 지지하였다.

 그러나 남한 대표는 유엔 감독하에 대한민국 헌법에 의하여 전 한국이 선거를 실시할 것과 선거 1개월 전에 중국 군대가 한반도에서 완전히 철거할 것이며, 그 대신 유엔군은 선거 때 주둔해 있어야 하고, 완전히 통일된 후에 유엔군이 철거한다는 방안을 제출하였다. 남한의 방안은 실질적으로는 대한민국의 법통으로 한국을 강화하자는 것이며 남한이 북한을 병탄하여야 한다는 의도가 분명했다. 미국 대표는 즉시 이 건의를 지지하였다. 그러나 이 안은 심지어 유엔군 측이라는 호주, 뉴질랜드 같은 나라마저 반대 입장을 표명하였다.

 호주와 뉴질랜드 대표는 한국 문제의 최종 해결을 위하여 필요하다면 대한민국 정부의 전체 한반도 선거에 찬성할 것을 희망한다고 언급하고, 그러나 남한의 입장을 이해하지만 북한과의 차이를 해결하기 위해 남한 정부가 양보해야 한다고 발언했다. 호주와 뉴질랜드 등 영연방 국가는 한술 더 떠서 총선거 이전에 중국군이 철수해야 한다는 남한 입장을 외면하고 중·미 양군 동시 철수 원칙으로 기울고 있었다. 결국 변영태 대표는 미국과의 협의를 통해 유엔 감시 아래 남북한이 토착 인구 비례에 따라 자유 총선거를 실시한다는 내용이 포함된 14개 항목의 통일방안을 발표한다. 이 방안은 이승만의 승인을 받지 않은 것이다. 이승만은 총선거 전에 '중공군의 철수' '북괴군의 철수나 항복'이 선행되어야 한다고 계속 주장하였다. 올리버 박사와 변영태 대표가 이승만의 허락을 받지 않고 이 같은 방안을 발표한 이유는, 그렇지 않으면 한국이 국제적으로 고립될 수 있었기 때문이다. 그 때문에 우선 회의에서 발표하고 사후에 이승만을 설득하기로 했다. 그러나 이승만에 의하여 이 같은 방침은 모두 무산되고 변영태 장관은 제네바 회담이 끝난 뒤 바로 해임된다.

저우언라이 외상은, 조선반도에서 모든 외국 군대가 철수하는 것이야말로 전국 선거에서 조선인민이 자유스럽게 의사를 표시하고 외부의 간섭을 받지 않게 하는 선결조건이라 하였다. 유엔은 조선 전쟁에서 교전의 일방(一方)일뿐이기 때문에 교전의 일방에게 조선 선거를 감독하게 할 수는 없다. 그러나 국제 감독하에 선거를 실시하는 것은 동의한다. 아울러 전조선위원회가 전조선선거법에 근거하여 외국의 간섭을 배제하는 조건으로 전조선의 선거를 실시하는 것에 협조할 것이며, 중립국감독위원회를 성립시켜 전조선에 선거 감독을 진행할 것을 건의하였다. 중국과 조선은 유엔 자체를 미국 편에서 복무하는 신뢰할 수 없는 기구로 보고 있었기 때문이다.

1954년 6월 15일까지 아무런 협의에 이르지 못하자 북한, 중국, 소련은 재차 일련의 조선 문제 평화해결 방안을 건의하여 난국을 타파해 보려 하였으나 미국은 이제 앞장서서 해결방안을 반대하였다. 소위 유엔군이라는 이름으로 참가한 국가대표들은 회의를 결렬시킬 수밖에 없는 16개국 선언이란 것을 제출한다.

이러한 상황에서 저우언라이 외상은 마지막으로, 미국은 제네바회의에서 조선의 평화통일을 달성하려는 어떠한 협의도 모두 방해하고 있다고 지적하고, 상황이 비록 이와 같지만 참가국들은 그래도 조선 문제를 평화적으로 해결하는 모종의 협의를 이룩해야 한다고 다시 한번 노력을 경주하였다. 저우언라이 외상은 협의안에서 다음과 같이 건의한다.

"제네바 회의에 참석한 국가들이 협의를 달성하려면, 그들은 계속 노력하여 조선의 통일과 독립을 꾀하고, 민주적 조선국가의 기초 위에서 조선 문제의 협의를 평화적으로 달성해야 한다. 적당한 담판 시간과 지점 문제에 관하여 유관 국가들이 따로 협상을 하자."

그러나 이러한 성명은 절대다수의 회의 참가자들이 받아들였지만 미국 대표가 찬동을 하지 않음으로써 결렬되고 말았다. 이처럼 조선 문제를 토론하는 제네바 회의는 어떠한 협의도 통과시키지 못한 채 종결 지울 수밖에 없었다. 그러나 저우언라이 외상이 지적한 바와 같이, 이것은 우리로 하여금 미국 대표가 어떻게 제네바회담을 방해하고 있는지 잘 알게 하고 있다. 아울러 이왕에 이루어놓은 최소한의 성과마저도, 또 가장 화해적인 건의마저도 저지하고 있다는 것을 알게 하고 있었다.

무엇보다도 한반도 통일을 위한 선거를 두고, 북한에서만 실시하자(남한에서는 이미 유엔 감시하에 선거를 실시했으니까)는 한국과 미국의 안(案)과 남북한 동시 선거를 하자는 북한, 중국, 소련의 안이 나뉘어 끝내 결렬되고 7월 21일에 전체 회의가 폐막을 하고 만다. 특히 미국은 정전협정 직후 외국군 철수와 외부로부터의 무기도입 금지라는 협정 내용을 어기는 한·미 상호방위조약을 맺어 미군을 계속 주둔시킬 수 있게 함으로써 평화통일에는 관심이 없다는 것을 분명히 하고 있었다. 이승만은 1954년 7월 31일 미국을 방문한 자리에서 휴전협정은 이제 공문서화(空文書化)되었다고 선언하였다. 이승만의 원래의 청사진이 바로 그것이었다. 1950년 6월 25일 시작된 한반도의 전쟁은 지금도 계속되고 있다는 것이다.

정전협정이 체결되던 날(53년 7월 27일) 저녁 7시, 펑더화이는 조선인민군 최고부사령관 최용건(崔庸健)의 수행을 받으며 개성에 도착하였다. 전후하여 중국인민지원군과 조선인민군의 개성 전선부대에서 거행되는 성대한 환영회 및 조·중 대표단의 정전협정 달성을 경축하는 성대한 연회에

출석하였다. 펑더화이는 흥분을 감추지 못하고 모자를 벗어 환영하는 군중에 답례하며 간단한 치사를 하였다.

"여러분, 전 세계 인민이 열망하는 조선 정전이 지금 실현되었습니다. 이제 우리는 포화를 멈추고 다음 단계를 밟아나가야 할 것입니다. 우리의 혈맹 조선민주주의인민공화국에 무궁한 행운이 깃들기를 축원합니다."

펑더화이는 너무 생색도 내지 않고 너무 자만하지도 않게 일단 경축을 진심으로 받아들이는 내용만 담았지만, 그의 장중한 음성에 매인의 가슴은 격동하였다. 이어서 위문공연단의 월극(越劇. 저장, 장수 지방의 전통 창극)《서상기(西廂記). 우리의 춘향전은 서상기를 번안한 것임》가 쉬위란(徐玉蘭), 왕원주엔(王文娟)의 명연기로 연출되자 경축연은 한층 고조되었다.

당일(27)과 다음 날(28) 김일성과 펑더화이가 각각 주둔지에서 서명하고, 7월 31일에는 펑더화이, 덩화(鄧華), 훙쉐즈(洪學智), 양더즈(楊得志), 리따(李達) 등 중국지원군 사령부 사령관들은 김일성의 초청을 받고 평양에 도착하여 조선민주주의인민공화국 최고민주회의상무위원회가 평양에서 개최하는 훈장 수여식에 참석하였다. 펑더화이에게는 중국인민지원군의 위대한 공적을 기려 '조선민주주의인민공화국 영웅' 칭호와 '1급 국기(國旗) 훈장 금정상'이 수여되었다. 훈장 수여식이 끝난 연후에 조선노동당 정치국 주최로 중국지원군 지휘관을 위한 초청연회가 베풀어졌다. 연회장은 김일성 수상관저에서 얼마 떨어지지 않은 동굴 앞 조그만 별장이었다.

"펑 총! 참으로 감사합니다. 펑 총이 없었으면 조선이 큰일 날 뻔했어요."

"김 수상! 축하하오. 비록 미제를 바닷속에 쓸어 넣지는 못했지만, 조선을 자기들 맘대로 할 수 없다는 것은 분명히 알게 해 주었소."

"감사합니다. 비록 우리의 숙원인 북·남통일은 이루지 못했지만 미 제국주의자들에게 혼찌검을 내주었으니 일단은 성공이에요. 이제 아무리 늦어도 1년 안에는 북·남통일을 실현해야 하는데 펑 총께서도 큰 힘이 되어주어야겠소. 단 미제가 무슨 수를 써서라도 잔꾀를 부릴 것이 뻔한데 그것을 꼭 분쇄하여야겠소. 어쩌면 지금부터 일이 더 클지도 모르겠어요."

"잘 되겠지요. 미제가 통일을 반대하려 들겠지만, 그렇게 되면 누가 생각해도 이치에 닿지 않기 때문에 세계의 양심이 용납하지 않을 것이오. 잘 될 것입니다."

"잘 되어야지요."

"중국과 조선은 혈맹이지요. 조선이 먼저 우리의 항일전쟁과 국민당군 축출에 힘을 보태 주었지 않소. 우리도 이만큼은 도와주어야지요. 자, 한잔합시다."

"자, 모두 잔을 드세요. 조·중 양국의 영원한 우의를 위하여, 건배!"

"건배!"

"건배!"

다음 날인 8월 1일은 온종일 휴식을 취하였다. 이튿날(8.2) 오전에 김일성이 펑더화이를 찾아와 다시 한번 감사 말을 했고, 인민지원군 지도자들은 김 수상과 인사가 끝난 후 지원군 사령부가 있는 회창으로 돌아왔다.

8월 3일은 회창에서 중국지원군 자체적으로 전승을 기념하는 성대한 무도회가 벌어졌다. 어디서 이렇게 아리따운 여성 춤 상대가 나타났나 했더니 바로 지원군 문화예술공작단의 여성 단원들이었다. 즐거운 연회가 무르익자 음악이 흘러나왔고 지원군 장교들은 모두 무대로 나가서 춤을 추었다. 춤을 출 줄 모르는 펑더화이는 만면에 미소를 머금고 동지들의 춤 솜씨를 감상하고 있었다. 귀여운 여성 단원들이 몇 차례나 펑더화이에게 다가가 춤출 것을 청했으나 웃음으로 대

답하며 거절하였다. 결국 공안 1사단 소속의 너무나 고운 어린 소녀 하나가,

"사령관 할아버지 나오시어요. 저랑 춤 한번 추셔요."
하며 손을 끌었다. 펑 사령관은 마지못해 일어나며,

"나는 춤을 출 줄 모른다. 그저 한 바퀴 돌면 되겠느냐?"

"네, 제가 하는 대로만 하셔요. 아주 쉬워요."

무대로 걸어 나오는 펑 사령관을 본 무도장의 지원군 동지들이 모두 환호를 보냈고 우레와 같은 박수를 보내 주었다. 펑 사령관이 감히 춤을 추려 어린 소녀의 손에 끌려 무대로 나오다니 오늘이 즐거운 날은 즐거운 날인가 보다라고 더 큰 박수를 보내고 환호가 터져 나왔다.

1953년 10월 초에 메이란팡(梅蘭芳. 본명 鶴鳴. 蘭芳은 예명) 저우신팡(周信芳)이 참가한 '중국인민부조위문단(中國人民赴朝慰問團)이 조선에 도착하였다. 본국으로부터 중국 지원군을 위한 대규모 위문단이 도착한 것은 이번이 세 번째이다. 제1차는 51년 4월에, 제2차는 51년 10월에 있었고 이번이 제3차였다. 이번은 거대 강국 미국을 이긴 승전기념공연이기 때문에 1, 2차보다 훨씬 대규모 위문단이다. 총단(總團)과 8개의 총분단을 합쳐 실로 5,448명에 이르는 대인원이

내한한 것이다. 중국 각지의 문예 공작인의 40개에 달하는 극단, 가무단, 기예단(技藝團)이 참가하였다. 총단 단장은 허룽(賀龍) 장군이고, 총단 부단장은 작가 라오서(老舍) 등 14인이며, 위문단에 참가한 유명한 예술단은 메이란팡이 인솔하는 '매극단(梅劇團)'과 저우신팡이 인솔하는 화동희곡연구원(華東戲曲研究院)의 '경극(京劇)실험극단'이었고, 기타 유명한 청엔치우(程硯秋), 마롄량(馬連良)의 극단 등이 참가하였다. 위문단 중에서도 압권은 전국 경극의 최고 수준인 메이란팡, 저우신팡 극단이 참가하였다는 데 모두 흥분하고 있었다.

중국인의 경극 사랑은 유별나서, 경극의 음악 소리만 나면 모두 넋을 잃고 홀려 들어간다. 베이징 오페라(Peking Opera)라는 이름으로 세계적으로 널리 알려진 경극은 정작 북경에서 처음으로 생겨난 연극이 아니었다. 경극은 1790년대 남방의 안후이성(安徽省)을 기반으로 한 극단이 우연히 수도 북경으로 진입하면서 시작되었다. 얼후(二胡)라 불리는 두 줄 악기 호금(胡琴)과 나고(鑼鼓) 등의 악기류를 반주에 사용하며, 짙은 화장에 과장된 몸동작을 곁들이고 극도의 고음을 내는 경극은 대개 역사적으로 잘 알려진 내용들이다. 특색은 월극과는 반대로 배우가 모두 남자라는 것이다. 경극의 배역으로는 남자 주역이 생(生), 여자 주역이 단(旦), 남자 조역이 정(淨), 희극적인 인물 배역이 축(丑) 등으로 나누이는데, 여장을 한 남자주인공을 남단(男旦)이라 하였다. 바로 여성 배역에 특출난 능력을 보인 '4대 남단(四大名旦. 梅蘭芳, 程硯秋, 尙小雲, 荀慧生)' 중에서 가장 뛰어난 인물이 메이란팡이다. 저우신팡은 유명하긴 하지만 차라리 메이란팡과 친구라는(같은 동갑내기에 같은 스승 밑에서 학습하고 이름도 비슷함) 면이 그를 더 유명하게 만들었다.

 위문단이 평양에 도착하자, 맨 먼저 조선 정부의 간부들을 위하여 지하극장에서 메이란팡의 최고의 경극《패왕별희(霸王別姬)》를 선보였다. 비록 조선 정부를 위한 공연이긴 하지만 중국인민지원군 측에서도 펑더화이를 위시하여 주요 간부들이 참석하였다. 지하극장은 1946년 김일성의 지시로 일제강점기 때 지어진 평양 신사를 철거한 뒤, 그 자리에 국립예술극장이라는 명칭으로 처음 건설되었는데 처음에는 공연 외에 회의장 용도로 많이 사용하였다. 극장 규모는 크지 않지만 48년 4월에 이곳에서 '남북조선 제정당사회단체 대표자 연석회의'가 열렸고 같은 해 제1차 최고인민회의가 개최된 역사적인 곳이기도 하다. 지상엔 모란봉 숲과 모란봉 산보길이 나 있고, 모란봉 길을 돌아가면 기림동 일대에 아직 밀집한 한식 고옥이 남아 있어 여기가 유서 깊은 평양의 중심지임을 말해주고 있었다.

극이 시작되기 전, 김일성 수상은 직접 무대 뒤에까지 가서 메이란팡을 접견하였다.

"메이란팡 선생! 내가 대명을 들은 지는 참으로 오래됐는데 이렇게 직접 뵙게 되어 참으로 영광입니다."

"저야말로 조선국 수상을 직접 만나 뵙게 되어 더없는 영광입니다."

"내가 어려서부터 메이란팡 선생의 이름을 들었는데 이렇게 젊을지 미처 몰랐습니다. 실례입니다만 올해 춘추가 몇이십니까?"

"쓸데없는 나이만 먹어 올해 59입니다."

"그래요? 전혀 그렇게 보이지 않습니다. 아직도 마치 20대 처녀가 아리따운 목소리로 이야기하는 듯합니다."

"과찬이십니다. 조선에 평화가 온 것을 진심으로 경하드리는 바입니다. 저는 조선이 낳은 천재적인 무용수 최승희(崔承喜)와 아주 친하게 지내고 있습니다."

"그래요? 최승희와요?"

그렇다. 최승희가 숙명여고 다닐 때 일본 신무용의 개척자 이시이 바쿠(石井漠)의 무용을 보고 반하여 무용으로 투신

했지만, 일제강점기의 최승희는 처신이 어려웠다. 장고춤을 출 때도 기모노를 입도록 강요당하고, 일본군 위문공연을 나서지 않으면 안 되었기 때문에 한국인으로부터 친일파로 지탄받았다. 2차 대전 후 최승희는 연구소 개설을 핑계 삼아 북경으로 탈출하여 그곳에서 중국 무용을 접하고, 세계적인 경극 무용가 메이란팡과 교분을 갖게 되었다. 51년에는 저우언라이 수상의 배려로 북경 중앙희극원에 '최승희 무용연구반'을 꾸리게 하고 메이란팡의 협조를 얻어 경극 무용의 동작을 연구 정리하는 데 일조가 되게 하였다.

김일성이 메이란팡을 위시한 중국의 경극단을 일일이 접견하고, 부단장으로 온 중국이 낳은 작가 라오서(老舍)도 접견하였다.

"라오서 선생! 참으로 반갑소. 이렇게 훌륭한 작가를 직접 만나보다니요."

"수상 동지! 영광입니다. 조선의 김일성 수상을 이렇게 가까이서 뵙다니 저야말로 영광입니다."

"나는 선생의 《낙타상자(駱駝祥子)》를 두 번이나 읽었답니다. 참으로 북경 거리가 마치 내가 직접 걸어가듯 생동감 있게 그려지고 쿠리(苦力. 막노동자)들의 생활상이 마치 어항 속의 고기를 보듯이 생생히 묘사되었어요."

"과찬이십니다. 수상 동지의 표현력을 보니 수상 동지께서는 이미 훌륭한 문인이십니다."

"뭐요? 하하하하."

모처럼 김일성과 중국 위문단원은 한바탕 큰 웃음을 웃었다.

4

 김일성이 즐겁게 위문공연단과 간부들을 만나 긴 대화를 나누고 있는 사이에 지하극장 남쪽 접대실에서는 인민군 제9사단장 리철근 중장과 이제 체신상이 된 박일우가 오랜만에 만나 이야기의 꽃을 피우고 있었다. 리철근이 박일우를 우정 어린 눈으로 바로 보며 말한다.
 "나는 자네에게 솔직히 털어놓아야 할 비밀이 하나 있네."
 "비밀이라니? 무슨 비밀."
 "이제 말해도 괜찮겠지? 기회를 다 놓쳐버리고 말았지만 나는 항상 자네와 같이 무력 정변(쿠데타)을 일으킬 것을 생각했지. 자네가 조선인민군을 대표해서 중국군 사령부에 근무하는 것도 자랑스러웠고. 내 딸 미숙이가 펑 사령관을 모시고 있다는 것도 좋았고. 하여튼 하늘이 나에게 무엇인가 중대한 임무를 부여하고 있구나 하는 생각을 했었네."

"그래서 어떻다는 것인가? 같이 정말 무력 정변을 일으키자는 계획이었단 말인가?"

"그렇지. 지금까지 내가 암암리에 쌓아놓은 인맥은 많네. 특히 전에 대유동에서도 한번 말한 적이 있는 팔로군 휘하 164사단으로 입북했던 김준한, 최재걸과는 구체적인 이야기도 여러 번 했네. 지금은 둘 다 사단장이 되었지. 그 위에 자네의 협조를 얻으면 일단은 성공할 수 있을 것 같았네."

"나라고 자네만큼 생각하지 않았겠나? 그러나 그것은 성공할 수 없는 일이었어."

"그렇지. 만에 하나, 조선에 나와 있는 중국군이나 미군을 몰아낼 수 있다손 치더라도 근원지에서 물이 계속 흐르고 있는 바에야 결과는 실패더군."

이 말을 듣고 박일우는 약간 힘을 주어 말한다.

"그렇지. 그 계획은 발설하지 않기를 잘했어. 근원지는 워싱턴이고 모스크바와 북경이지. 첫 단추가 잘못 끼워진 바에야 중간에서 다시 꿰어봤자 소용없어."

"그러더군. 이제 정전이 성립되었으니, 이 상황에서 우리

17 전쟁과 평화   299

가 갱생할 수 있는 길을 모색해야지."

"그러네. 무엇이나 환경을 이용하여 자기에게 유리하게 활용할 수 있는 지혜가 필요하지."

리철근이 무엇인가 생각한 듯하더니 말을 잇는다.

"차라리 잘 되었는지도 몰라. 3년간이나 전쟁을 치름으로써 지구상에서 미제의 아시아 침략 음모가 완전히 드러났고, 중국이 자국 보호를 위하여 조선을 희생물로 삼고 있다는 것을 다 알게 되었으니, 이제 조선은 사리에 맞는 행동만 하면 세계가 응원해 줄 걸세."

"시일은 그렇게 많지가 않네. 늦어도 정전협정 이후 3-4개월 내에 정전협정을 평화협정으로 바꾸던가 남북통일을 이루던가 좌우지간의 결판이 나야 하네. 아무리 늦어도 1년을 넘어서면 절대 안 돼. 단 외세를 배제하고 우리 민족끼리 해결해야 하네."

"그렇지. 우리 같이 소리 내서 외쳐볼까. '외세를 배제하고 우리 민족끼리 통일하자!'"

"'외세를 배제하고 우리 민족끼리 통일하자!'"

"외세를 빌린다는 것은 일시적으로 일을 해결할 수 있을지 모르지만, 결과적으로는 자기가 죽는 길이지. 자기 부모나 형제가 밉다고 외부에서 폭력배를 불러들였으니 말이 되는 소리인가. 내 동생을, 내 아버지를 죽여 달라고 외부에서 불량배를 불러왔으니 내가 하느님이라도 그런 자에게는 복을 주지 않지. 나는 그동안 역사서를 많이 읽었네."

"그랬을걸. 자네는 어려서도 생각하는 사람이었으니까."

리철근은 오랫동안 하고 싶었던 이야기였다는 듯 줄줄이 말을 잇는다.

"역사에서 교훈을 찾지 못하는 민족은 아주 불행한 민족이지. 신라가 당나라 세력을 끌어들여 고구려, 백제를 멸망시키고 자기도 망해버렸던 역사를 우리가 알고 있지 않은가. 다음에 운 좋게 겨우 목숨은 유지하였지만."

"그랬었지. 동학혁명 때도 그랬지 않은가?"

"그럼. 그것이 한·일합방의 시작이었지, 조선에 대한 사형 구형이었던 셈이야. 그로부터 얼마 안 있어 사형선고인 한·일합방이 있었고 우리나라는 또 없어져 버리고 말았지."

"그랬었지."

"그러다가 세계 제2차 대전이 끝나면서 또 천운으로 살아남게 되었네그려. 그런데 이번에는 미국을 끌어들이고 말았어. 우리 북조선도 이에 대항하기 위하여 하는 수 없이 중국을 끌어들였지만, 북남이 다 틀린 거지. 완전히 망할 수밖에 도리가 없게 되고 말았는데 지금 또 한 번 살아남을 기회가 있긴 있어. 외세를 몰아내고 우리끼리 통일을 가져오는 길일세. 운 좋게 지금은 세계의 여론이란 것이 있어. 세계의 여론은 모두 외세를 배제하고 너희끼리 통일을 해보라고 응원하고 있어. 우리가 이 하늘의 소리를 귀담아듣지 않으면 이제야말로 완전히 망하는 길이야."

박일우도 저번 대유동 인민지원군 사령부에서 다하지 못했던 이야기의 계속이어서 가슴 후련히 듣고 있었다.

"내 생각으로는 중국은 그들의 암계(暗計)를 숨기고 일단은 철군하리라 믿네. 그러나 미군은 아주 노골적으로 영구 주둔하려 들 걸세. 정전협정을 평화협정으로 전환하거나 평화통일을 하게 되면 미군은 한반도에 머물러야 할 아무런 이유가 없네. 즉시 철수해야 하거든. 그러니 평화협정도 통일도 절대 반대할 수밖에 없지. 한 번 문 목덜미를 절대 놓아주지 않을걸. 숨이 끊어질 때까지 물고 늘어질 걸세. 그것을 놓게 하는 방법은 특단의 조치밖에는 없어."

특단의 조치. 리철근은 이제야 하고 싶은 말을 할 차례가 되었다는 듯 힘주어 말한다.

"맞아. 나도 동감이야. 중국은 속으로는 이 땅을 송두리째 먹으려 획책하면서도 겉으로는 일단 물러갈 걸세. 그러나 미국은 절대 아니지. 그래서 그 특단의 조치를 나도 생각해 보았네.

　아무리 생각해 보아도 핵무기 개발밖에는 없어. 그들을 물러나게 할 수 있는 방법은 그 길 이외에는 없더라고. 그들이 무서워하는 것은 그것밖에 없으니까. 그런데 듣건대 우리 북조선은 우라늄 매장량이 세계 1위라고 하더군. 하늘은 우리 조선을 아직 버리지 않고 있네. 미군이 함흥과 흥남부두 일대를 그처럼 융단폭격으로 쑥대밭을 만들어놓은 것도 혹시 남아있을지 모르는 우라늄 생산지를 의식하고 그랬다는 거야. 일제가 미제보다 먼저 핵실험을 했다는 말이 맞는지 몰라?"

　"그 말은 맞네. 동해안에서 일제가 알 수 없는 의문의 폭탄실험을 한 것을 본 사람이 한두 사람이 아니니까. 그런데 폭탄이 터지면서 버섯구름이 올라왔다는 거야. 그래서 우리 정부에서도 틈틈이 연구를 했는데 버섯구름이 일어나는 것은 핵폭탄 이외에는 없다는 거야. 일제가 풍부한 조선의 지하자원을 이용할 수 있었기 때문에 가능했던 거지."

　"핵 실험이 맞군. 결과적으로 미국이 일본보다 한 발짝 먼저 성공한 것뿐이군. 하늘은 우리에게 또 한 번의 기회를 주고 있네. 그리고 우리나라에는 석유가 한 방울도 나지 않는 걸로 알았는데 실은 남포 앞바다 서조선만(서한만) 일대의 석유 매장량이 세계 3위는 될 거라고 하더군. 세계적인 희귀 광물 마그네사이트는 지구상에서 거의 북조선과 남아공밖에 없다고 하더라고."

박일우는 혹시 누가 엿듣지나 않나 주위를 한 번 살피더니 말한다.

"그래? 그런데 그 마그네튼가 하는 것이 어디에 쓰이는 것이라든가?"

"나도 잘 모르네만 우리말로는 백금이라고도 한다네. 다른 나라는 극소량만 매장되어 있다는 거야. 미래 산업인 미사일이나 우주항공 소재라고 하데. 우리는 그것만 팔아먹어도 백 년은 버틸 수 있을 거라고 하드군."

"다 국가적인 기밀을 요하는 사항들일세. 그런데 무엇보다도 먼저 미국과 중국의 세력을 완전히 배제하고 나서야 모든 것이 가능한데, 참으로 슬기롭고 당찬 결단이 필요하네. 만약에 통일이 된다고 하여도 그들에 예속되어 있다면 우리의 지하자원도 아무런 소용이 없네. 우리는 완전한 자주독립 국가가 되어야 해."

"그렇지, 그래서 내가 생각해 둔 것이 있는데 지금 말해도 괜찮겠지?"

"그럼! 여기 우리 둘밖에 없지 않은가"

"통일한 후에는 영세중립국 선언을 해야 한다고 생각하는데 자네는 어떻게 생각하는가?"

"대찬성이야. 바로 그 안을 나도 열 번도 스무 번도 더 생각했다네."

"물론 지켜내기는 어려울 거야. 그러나 실패하면 그때 다른 방법을 강구하더라도 일단은 해보아야지."

"암! 그렇지."

리철근은 한 수 더 떠서 지구의 이상론을 말한다.

"저 유엔 말일세. 실제는 미국의 부속 기구이면서 겉으로는 마치 세계를 대변하는 것처럼 되어 있지만 저것도 어느 땐가는 해체되어야 해."

"그렇지. 아마 어떤 계기가 와서 해체되고 말걸."

"그때는 우리의 통일된 조국의 38선 한복판에 새로운 유엔본부를 세우자고. 지구상에서 가장 고난을 겪은 국가 위에 세워 지구촌의 교감으로 삼아야 해."

"우리 민족은 지구상에 정의의 표상으로 우뚝 설 자격이 있어."

"암, 그렇고말고."

이때 언제 나타났는지 미숙이가 함박꽃처럼 밝은 웃음을 띠고 들어오고 있었다.

"아버지! 부장 동지! 무슨 이야기를 그렇게 재미지게 하고 계셔요? 저에게도 좀 일러주시라요."

"오, 미숙이냐? 어서 오너라. 그런데 뭘 그렇게 가져오지?"

미숙이는 전보다 더 아름다워지고 여성미까지 갖춘 당당한 처녀로 변해 있었다. 인민군복 차림이 자랑스럽게 잘 어울렸다. 손에는 받침대에 술 한 병과 육포, 몇 가지 안주 그리고 먹기 좋게 등분한 월병이 놓여 있었다. 미숙이는 무척 즐거워하며 말한다.

"펑 사령관께서 아버님이 가장 친한 체무상 동지를 만나 이야기 중이라고 했더니, 중국 위문단이 선물로 가지고 온 술을 주시면서 가져가라 하셨습니다. 중국 최고의 술 펀쥬(汾酒)입니다."

박일우는 펀쥬 병을 들어서 여기저기 확인한 뒤,

"펀쥬라. 중국에서 항일투쟁하면서 한 번 마셔보고 조선에서는 처음 마셔보게 되겠군."

리철근도 펀쥬를 보고 감개무량한 모양이다.

"나도 중국에서 한두 번 마셔보고 조선에서는 처음일세. 자 우리 한잔하자고."

두 사람은 즐겁게 술을 한 잔씩 하고 미숙이도 명랑한 목소리로 사무실에서 근무한 이야기들을 모처럼 수다스럽게 늘어놓았다. 그런데 저 멀리서 낯익은 목소리가 들려온다.

"무슨 이야기들을 그렇게 즐겁게 하고 계십니까?"

세 사람이 고개를 돌려 보니 바로 중국지원군 총사령관 펑더화이였다. 둘은 벌떡 일어났다. 박일우와 이철근은 자기들도 모르는 사이에 거의 동시에 거수경례를 붙였다.

"펑 총!"

"펑 총!"

"내가 모처럼 두 사람의 즐거운 대화를 방해한 것 같군요."

"아닙니다. 마침 잘 오셨습니다. 술을 보내주셔서 감사합니다. 같이 한잔하시지요"

"좋습니다. 저도 한 잔 하겠습니다. 그런데 저는 술이 아주 약해요. 그래서 저는 김일성 수상을 만날 때면 항상 고역이랍니다. 김 수상은 술을 말로 마시지 않습니까?"

박일우는,

"우리는 지금 정전 후의 우리나라가 나아갈 길에 대하여 이야기하고 있었습니다."

술잔이 한두 순 돌자 박일우가 서슴없이 말했고, 펑더화이는 마치 자국인인 것처럼 두 사람의 입장에서 말한다.

"어찌 걱정이 되지 않겠습니까. 조선이 정말 잘 돼야 될 텐데. 무슨 좋은 방법이라도 있습니까?"

"우리는 방금 영세중립국 선언을 하는 것이 어떨까 말하고 있었습니다."

박일우가 숨겨놓은 이야기를 솔직히 말하자 펑더화이가 한참 생각하더니 자기의 의견을 말한다.

"저를 믿고 그런 깊은 말까지 해 주시니 감사합니다. 아주 좋은 생각입니다. 물론 우리 중국 입장에서는 미제를 반대하고 중국과만 친한 나라가 되어 주었으면 좋겠습니다만 조선의 영구한 장래를 위해서는 그것도 좋은 방법입니다."

"영세중립국을 선포했을 때 중국과 미국이 어떻게 나올까요?"

"내가 미리 말씀드립니다만 내 개인 생각과 중국 정부의 입장은 다를 수 있습니다. 중국 정부의 입장은 물론 반대이겠지요. 그러나 나는 찬성입니다. 미국 세력만 완전 배제한다면 중국도 구태여 반대할 명분이 없지요."

"감사합니다."

"그런데 두 분! 내 개인 생각입니다만 미국은 하늘이 두 쪽이 나도 조선반도에서 완전 철수는 하지 않을 것입니다. 그들이 어떻게 얻은 조선인데 그렇게 호락호락 물러나겠습니까? 미국과는 어차피 조선만의 힘으로 일전을 해야 할 것입니다. 그리고 세계 여론을 동원하세요. 내가 돕겠습니다. 미국만 완전 배제해 준다면 제가 가장 앞장서서 조선의 중립국 선언을 열렬히 지지하겠습니다."

박일우와 펑더화이의 대화를 듣던 리철근은 감개무량한 얼굴로 두 사람을 번갈아 보며 말한다.

"펑 총, 감사합니다. 일우 감사하네. 우리는 꼭 통일을 이루고 영세중립국을 선언하도록 하세."

"꼭 그렇게 해 주세요."

"펑 총은 언제 귀국하십니까?"

"곧 중앙당에서 훈령이 있을 것입니다. 아마 또 한참 동안 북경과 평양을 왔다 갔다 할 것입니다."

이때 등 뒤에서 낯익은 고운 여자 목소리가 들린다.

"참 보기 좋습니다. 제가 끼어들어도 되는 자리인지 모르겠습니다."

천시우룽이었다. 비 오듯 쏟아지는 총탄 속을 뚫고 뛰어다니며 조국에 항미원조전의 소식을 감격스럽게 보도하였던 대공보의 천시우룽 특파원. 박일우가 맨 먼저 일어나 대환영을 한다.

"어서 와요 천 기자. 우리는 한 잔씩 했는데 천 기자도 한 잔하셔야지요?"

"네, 좋습니다. 저도 한 잔 주셔요."

이철근이 술을 따르며 한마디 한다.

"전에 뵐 때도 그랬습니다만 지금도 펑 총과 천 소저는 꼭 연인 사이 같다니까요."

펑더화이는 만면에 웃음을 띠고 대답한다.

"연인 사이는 아닙니다만 내 굳이 부인은 하지 않겠습니다."

"그럼 인정한단 말씀입니까?"

"아니라니까요."

이때 천시우룽이 대담하게 말한다.

"저도 구차한 변명은 하지 않겠습니다. 연인 사이는 아니지만 펑 총은 제가 이 세상에서 가장 존경한 프롤레타리아 해방전사입니다. 제가 이 세상에서 가장 존경하는 사람이 두 분 있는데, 한 분은 마오쩌둥 주석이시고 또 한 분이 펑 총입니다."

"다른 말은 다 필요 없고 가장 중요한 말은 '부인하지 않는다'는 말입니다. 맞지요? 하하하하."

"하하하하…."

박일우가 말하자 모두 웃음꽃을 피운다.

이때 중국 위문단의 꽹과리 소리 징 소리가 요란하게 울리고 박수 소리 환호 소리가 터져 나온다.

"자 자, 우리도 공연장으로 가지요."

펑더화이, 박일우, 이철근, 이미숙, 천시우롱이 공연장으로 들어서자 마침 메이란팡의 열연인 〈패왕별희〉의 명장면, 초패왕 항우와 우희(虞姬)의 애절한 사랑 이야기의 크라이막스가 열연되는 중이었다. 메이란팡의 소름이 끼칠 정도의 고음의 여성(女聲)이 울려 퍼졌고 이어 공연장은 적막이 흐르더니, 이네 우레와 같은 박수 소리가 지하극장의 세포 하나하나까지 터트리며 울려 퍼지고 있었다.

밖으로 나온 인파의 맨 앞에 김일성과 펑더화이가 손을 꼭 잡고 만면에 희소를 띠고 걸어 나오고 있다. 모란봉 숲에서 불어오는 한국 가을 특유의 알싸하고 신선한 바람이 모두의 볼을 스치고 지나가고 진감색의 잉크빛 하늘에서는 영롱한 별들이 반짝이고 있었다.